Wolf S. Dietrich

Weinbergbunker

Handlung und Figuren dieses Romans sind frei erfunden. Ebenso die Verquickung mit tatsächlichen Ereignissen. Darum sind eventuelle Übereinstimmungen mit lebenden oder verstorbenen Personen zufällig und nicht beabsichtigt. Nicht erfunden sind Institutionen, Straßen und Schauplätze in Kassel und Umgebung.

Der Autor

Wolf S. Dietrich hat bereits zwei sehr erfolgreiche Kassel Krimis veröffentlicht. Er arbeitete als Lehrer und wissenschaftlicher Mitarbeiter an der Universität in Göttingen, wo er heute lebt, auch wenn er Kassel immer sehr verbunden bleibt. Neben seiner Arbeit als Pädagoge schreibt er Kurzgeschichten und Romane. *Weinbergbunker* ist sein achter Kriminalroman im Prolibris Verlag. Der Autor ist Mitglied im Syndikat, der Autorengruppe deutschsprachiger Kriminalliteratur.

Mehr Informationen zum Autor unter: www.literatur-aktuell.de

Wolf S. Dietrich

Weinbergbunker

Kriminalroman

Prolibris Verlag

Originalausgabe
1. Auflage Juni 2008
2. Auflage April 2009
3. Auflage Dezember 2010

Tel.: 0561/766 449 0, Fax: 0561/766 449 29

Lektorat: Anette Kleszcz-Wagner
Titelfoto: Prolibris Verlag
Druck: GGP Media GmbH, Pößneck
ISBN: 978-3-935263-57-3

www.prolibris-verlag.de

Ich danke

Jutta Donsbach, Christine Parr, Chantal, Rüdiger und Nadège Reyhn und Dr. Lili Seide für ihre Unterstützung bei der Überarbeitung des Manuskripts sowie Walter Krug für Tipps und Informationen zu den Kasseler Schauplätzen. Kriminalhauptkommissarin i. R. Barbara Kunze und Oberstaatsanwalt Dr. Wilfried Ahrens danke ich für fachliche Beratung in polizeilichen und ermittlungstechnischen Fragen. Mit freundlichen Auskünften zur Organisationsstruktur des Polizeipräsidiums Nordhessen hat mich Polizeihauptkommissar Volker Pieper von der Pressestelle unterstützt. Werner Guth verdanke ich die mundartlichen Übertragungen, Frank-Roland Klaube vom Stadtarchiv Kassel Informationen zu den historischen Bezügen und Hauptbrandmeister Jens Kühn eine eindrucksvolle Führung durch den Weinbergbunker und zahlreiche Hinweise zu seiner Geschichte. Nicht zuletzt danke ich meiner Frau Kristine für freimütige Kritik am Manuskript und Geduld mit dem schreibenden Ehemann.

Wolf S. Dietrich

Personenliste

Hanna Wolf	Erste Kriminalhauptkommissarin, Leiterin des Fachkommissariats für Tötungsdelikte
Nina Wolf	Hannas Tochter
Jonas Roth	Journalist und Hannas Freund
Florian Stöber	Kriminalkommissar Hannas engster Mitarbeiter
Klaus Starzinsky	Kriminaloberkommissar genannt »Starsky«
Andreas Huth	Kriminaloberkommissar genannt »Hutch«
Isabella Rodriguez	Sekretärin im Fachkommissariat für Tötungsdelikte
Gernot Wenzel	Kriminaloberrat, Hannas Vorgesetzter
Klaus Schubert	Kriminalhauptkommissar im Staatsschutzkommissariat
Dr. Frank N. Stein	Pathologe
Dr. Julia Engelhardt	Steins Mitarbeiterin
Carl von Bredow	Oberstaatsanwalt

Benjamin Bandele	jugendlicher Sohn von Benadou Bandele, Ingenieur bei ThyssenKrupp
Karin Siebert	Witwe Besitzerin eines Mehrfamilienhauses
Philipp Siebert	ihr Enkel
Torben Heintze	Anführer einer Neonazi-Gruppe
Marc Brenner Sascha Rudolph André Olewski Daniel Heimbruch	Mitglieder einer Neonazi-Gruppe

Friedrich Nissen	NSDAP-Hauptbereichsleiter
George Andersson	Sergeant der amerikanischen Armee
Günther und Ursula	Kasseler Kriegswaisen
Pieter de Boer	Zwangsarbeiter
Joachim Reske	Oberleutnant der Luftwaffe
Hilde Berghaus	ein Mädchen aus dem Sauerland
Werner Siepenbeck	ihr Verehrer

Prolog

Nichts deutete darauf hin, dass sich im Leben der Anderssons so rasch etwas ändern könnte. Georges Enkelkinder waren mit Freunden zum See gefahren. Sie würden dort grillen und erst spät nach Hause kommen. Sein Sohn hatte sich mit einem Budweiser in der Hollywood-Schaukel auf der Terrasse niedergelassen, während Jessica in der Küche das Abendessen vorbereitete.

Ein typischer Sommerabend in Minneapolis. Mit milder Wärme. Wie an den Abenden zuvor.

Zufrieden begutachtete George die gestutzten Zweige eines Ahorns. Er zog die groben Handschuhe aus und klemmte sie unter eine Achsel. Obwohl Jessica und Paul ihn davon abzuhalten suchten, sich als Gärtner und Hausmeister zu betätigen, fand er immer wieder Sträucher, die ausgelichtet, Bäume, die zurückgeschnitten, und Schäden am Haus, die repariert werden mussten. Doch für heute war Schluss, denn er hatte noch etwas vor. Wenn er an Liz dachte, fühlte er sich so jung wie schon lange nicht mehr. Trotz seiner sechsundachtzig Jahre. Irgendwann würde er sie Paul und seiner Familie vorstellen. Vielleicht war Weihnachten eine gute Gelegenheit. Aber bis dahin würde noch viel Wasser den Mississippi hinunterfließen.

»Kann ich deinen Wagen benutzen?«, fragte er, als er die Terrasse betrat. »Ich möchte noch mal rüber zu ... zur ... Chicago Avenue.« Sorgfältig legte er die Arbeitshandschuhe übereinander auf einer Fensterbank ab.

»Selbstverständlich. Du kannst den Century nehmen, mit dem Metro sind die Kinder unterwegs.«

»Danke. Ich bin vor Mitternacht zurück.«

»Also dürfen Jessica und ich den Abend mal wieder allein verbringen.« Paul leerte die Bierdose. »Obwohl wir eine sechsköpfige Familie sind.«

»Sei froh, dass du deine Frau mal für dich allein hast«, knurrte George. »Ich in deinem Alter ...«

Paul hob abwehrend die Hände. »Ist schon in Ordnung, Dad.

Apropos Alter. »Werden wir deine ... Bekannte gelegentlich kennen lernen? Ihr könntet euch doch auch mal hier treffen.«

George zuckte vage mit den Schultern. »Vielleicht. – Wo sind die Wagenschlüssel?«

George Andersson drehte das Autoradio lauter, um die 18-Uhr-Nachrichten nicht zu verpassen. Auf der Interstate 35 ging es nur mit mäßiger Geschwindigkeit voran. Kurz vor der Brücke behinderten Bauarbeiten den Verkehr. Nur noch zwei Fahrspuren standen zur Verfügung. Andersson fiel es schwer, sich auf die Ansagen zu konzentrieren, mit seinen Gedanken war er bereits jenseits des Flusses.

Den Century hatte er länger nicht gefahren. Er fühlte sich plötzlich ungewohnt schwammig in der Lenkung an. George nahm Gas weg, beschleunigte wieder. Nein, alles in Ordnung. Aber im nächsten Augenblick begann der Wagen leicht zu zittern. Versetzte ein Schwertransporter die Brücke in Schwingungen? Er sah sich um, doch weit und breit war kein ungewöhnliches Fahrzeug zu erkennen. Nur der übliche Feierabendverkehr. Überwiegend Mittelklassewagen. Dazwischen ein paar Pickups, Vans und die eine oder andere Luxuslimousine. Neben ihm fuhr der gelbe Schulbus einer Kirchengruppe mit Kindern. Sie schnitten Grimassen hinter den Scheiben. George streckte ihnen rasch die Zunge heraus und wandte den Blick wieder nach vorn.

Weit voraus erkannte er einen Lieferwagen mit dem Schriftzug einer Supermarktkette. Plötzlich verschwand der kastenförmige Aufbau wie von Zauberhand von der Straße. Gleichzeitig setzte ein dumpfes Grollen ein, und vor ihm leuchteten sämtliche Bremslichter auf. Auch Andersson trat auf die Bremse. Schon krachten mehrere Fahrzeuge ineinander. Doch was dann geschah, überstieg selbst das Fassungsvermögen des kampferprobten ehemaligen Soldaten. Die Brücke bebte, die Straße senkte sich, brach in gewaltige Stücke, auf denen die Autos wie Spielzeuge abwärts glitten. George fühlte sich wie auf einem dieser neuen mörderischen Karussells. Obwohl er mit aller Kraft auf die Bremse trat, rutschte der Century auf der kippenden Fahrbahn hinunter. Ein heftiger Schlag traf das Heck des Fahrzeugs und beschleunigte den mit kreischenden Reifen abwärts taumelnden Wagen. Gleichzeitig setzte um ihn herum ein ohrenbetäubendes Knirschen und Krachen ein. Aus den Augenwinkeln sah George die Schilderbrücke mit den grünen Tafeln herabstürzen. Die Trümmer schlugen hinter ihm auf die Fahrbahn und krachten auf die nachfolgenden Fahrzeuge. Er dachte an die Kinder im Schulbus. Doch im nächsten Augenblick erstarrte alles Denken. Der Century hatte die Bruchstelle erreicht und schrammte über die Kante.

Das ist das Ende. Für einen Augenblick sah George Andersson das erschreckte Gesicht von Liz, dann raste das dunkle Wasser des Mississippi auf ihn zu. Der Wagen schlug auf, Anderssons Kopf prallte gegen den Holm. Dann umschlossen ihn Dunkelheit und Stille.

Benommen hing er in den Gurten und versuchte, sein Bewusstsein zurückzugewinnen. Es dauerte einige Minuten, bis er halbwegs zu sich kam. Sanftes Zischen und Gluckern drang an seine Ohren. Das Wasser hatte das Innere des Wagens nahezu gefüllt. In wenigen Sekunden würde es seinen Mund erreichen. Bilder seines Lebens zogen an seinem inneren Auge vorüber. Szenen aus der Kindheit. Dann aus dem Krieg. Es war in dieser von Bomben zertrümmerten Stadt in Deutschland. Kassel. Ein Nazi richtete seine Pistole auf einen seiner Kameraden. In der nächsten Sekunde wandte er sich um und rannte davon. Der Film riss in dem Augenblick, als George sein Gewehr hob und den Flüchtenden erschoss.

1

»Die Amerikaner kommen!«

Das fünfjährige Mädchen mit den blonden Zöpfen wusste nicht, was dieser Satz bedeutete, den die Erwachsenen an diesem Tag so häufig und in einem eigenartigen Tonfall aussprachen. Doch Karin spürte, dass damit etwas ganz Besonderes gemeint war. Überhaupt schienen Veränderungen vor sich zu gehen. Das wiederkehrende Grollen in der Luft war an- und abschwellendem Kanonendonner gewichen. Onkel Friedrich, der stets seine braune Uniform mit den goldenen Abzeichen trug, erschien nur noch gelegentlich für kurze Besuche. Und Karins Mutter stieß ein ums andere Mal Seufzer der Erleichterung aus. »Gott sei Dank. Jetzt ist der Krieg vorbei. Und vielleicht kommt dein Vater bald nach Hause.«

Als sich auf der Straße ein ungewohntes Motorenbrummen näherte, krabbelte Karin trotz Verbotes aus dem Kellerfenster und spähte neugierig in die Richtung, aus der das Geräusch kam. Auf der von zerbombten Häusern gesäumten Fahrbahn kroch im Schritttempo eine Kolonne von Fahrzeugen, die von Männern in Uniform und mit Gewehren begleitet wurden. Soldaten. Aber diese sahen anders aus als alle, denen Karin zuvor begegnet war. Einige von ihnen hatten schwarze Gesichter. Obwohl sie wusste, etwas streng Verbotenes zu tun, ließ sie sich von ihrer Neugier zum Straßenrand treiben.

Mit offenem Mund betrachtete das kleine Mädchen die seltsamen, vorbeiziehenden Männer. Das mussten die Amerikaner sein. Die Unbekannten, in denen Onkel Friedrich so etwas wie Teufel sah, ihre Mutter dagegen Friedensbringer.

Einer der schwarzgesichtigen Soldaten lächelte ihr zu, zog ein Päckchen aus der Tasche und hielt es ihr aufmunternd lächelnd hin. Verlockend leuchtete buntes Papier aus einer Hand, die außen schwarz und innen hellbraun war. Karin streckte zögernd ihre Finger aus. Der Soldat legte die Packung hinein und sagte etwas, das Karin nicht verstand. Aber die Laute, die sie hörte, brannten sich in ihr Gedächtnis. Tschocklitt.

Fasziniert befühlte sie das glatte Papier und bestaunte die leuchtenden Farben. Dann umschlossen ihre Finger das Päckchen, und sie rannte so schnell sie konnte zum Haus zurück und kletterte durchs Kellerfenster hinein.

»Schau mal, Mama, was ich habe!«

Der erschrockene Blick der Mutter wanderte zwischen dem fremdartigen Gegenstand in der Hand ihrer Tochter und deren strahlenden Augen hin und her. »Schokolade!«, sagte sie schließlich. »Das sieht aus wie Schokolade. Wo hast du das her?«

Karin zögerte. »Gefunden«, murmelte sie, denn sie ahnte, dass die Wahrheit ihr eine Rüge, vielleicht sogar eine Ohrfeige einbringen würde.

»Jetzt fangen sie an, unsere Kinder zu vergiften«, schimpfte Onkel Friedrich aus dem Hintergrund.

Karins Mutter neigte den Kopf. »Das kann ich mir nicht vorstellen.« Sie nahm ihrer Tochter das Päckchen aus der Hand. »Setz dich!« Dann zog sie ein Messer aus der Schublade des Küchentisches, den sie aus den Trümmern des zerbombten Hauses gerettet hatte, nahm einen Teller aus der Geschirrkiste und begann, die Packung zu öffnen. Zuerst kam glänzendes Silberpapier zum Vorschein, dann eine dunkelbraune Masse, die einen verführerischen Duft verströmte.

»Tatsächlich: Schokolade!«

Karin schüttelte energisch den Kopf. »Tschocklitt«, behauptete sie.

»Das ist dasselbe.« Aus dem Lächeln ihrer Mutter wurde plötzlich ein strenger Blick. »Woher hast du diesen Ausdruck?«

Noch während das Kind über eine unverfängliche Antwort nachdachte, begann die Mutter, den Schokoladenstreifen in Stücke zu schneiden.

»Lasst die Finger davon!«, rief Onkel Friedrich, während er in seiner Kleiderkiste kramte. »Wer weiß, was die da reingetan haben.«

Anscheinend hatte die Mutter ihre Frage vergessen, denn sie wandte sich ihrem Schwager zu. »Das werden wir gleich haben.«

Sie steckte ein kleines Stück in den Mund und schloss die Augen. Nach einiger Zeit, die Karin unendlich lang erschien, begann sie zu lächeln. Sie öffnete ihre Augen, sah ihre Tochter an und hielt ihr den

Teller hin. »Jetzt darfst du ein Stück nehmen. Aber nicht kauen. Langsam auf der Zunge zergehen lassen. Dann ist es am schönsten.«

Plötzlich stand der Onkel neben ihnen und riss der Mutter den Teller aus der Hand. Die braunen Stücke segelten zu Boden. »Lass dieses Dreckszeug, Gertrud! Der Feind will damit unsere Moral untergraben.«

»Welche Moral?« Ungerührt sammelte Karins Mutter die Schokoladenstücke wieder ein und drückte ihrer Tochter den Teller in die Hand. »Der Krieg ist doch längst verloren, Friedrich. Und wir können froh sein, dass Kassel an die Amerikaner fällt und nicht an die Russen. Die einzigen, die jetzt noch etwas zu befürchten haben, sind du und deinesgleichen. Ich hoffe für dich, dass du rechtzeitig alle Spuren deiner Parteikarriere beseitigst. Trotzdem musst du damit rechnen, dass sie dich kriegen. Hier in Oberzwehren kennt dich zwar kaum jemand, aber in Kassel sieht das anders aus.«

»Noch ist nichts verloren!«, schrie der Onkel. »Noch gibt es aufrechte Kameraden, die sich dem Feind entgegenstellen.«

Karin duckte sich unter den Tisch und schob ein Stück Schokolade in den Mund. Lautstarke Auseinandersetzungen zwischen ihrer Mutter und Onkel Friedrich hatte es in letzter Zeit öfter gegeben. Karin war dann immer unter den Tisch gekrochen. Dort hatte sie auch gehockt, als einmal zwei fremde Männer gekommen waren, um mit ihrem Onkel zu reden. Sie hatten mit ihm am Tisch gesessen und von einem wichtigen Auftrag gesprochen. Und davon, dass es um Deutschlands Zukunft ginge. Obwohl sie sehr leise gesprochen hatten, war jedes Wort zu Karin gedrungen. Sie hatte zwar nicht begriffen, worum es ging, aber ein Bild hatte sich in ihrer Erinnerung festgesetzt: Das vom Hans im Glück, der einen fetten Klumpen reinen Goldes besaß. Ihrer Mutter hatte sie nichts davon erzählt, denn die wäre sehr böse geworden. Weil Karin Gesprächen von Erwachsenen gelauscht hatte. Das hatte sie ihr oft genug verboten.

Nach einem weiteren, gepresst geflüsterten Wortwechsel kramte Onkel Friedrich lange in seiner Kleiderkiste, legte Gegenstände davor ab, sortierte einiges wieder ein und packte anderes in eine lederne Aktentasche.

Schließlich warf er einen dunklen Mantel über seine Uniform, nahm einen weiteren Gegenstand aus seiner Kleiderkiste, ließ ihn in die Tasche gleiten und verabschiedete sich von Karins Mutter. Dabei klang er anders als sonst. Als ob es ein Abschied für immer war. Schließlich eilte er nach draußen, ohne seiner Nichte auf Wiedersehen zu sagen.

Die Mutter blieb eine Weile regungslos sitzen. Dann beugte sie sich unter den Tisch. »Na, meine Kleine, schmeckt es dir?«

Karin nickte strahlend. Noch nie hatte sie einen so himmlischen Geschmack im Mund gehabt.

Gauamtsleiter Friedrich Nissen bewegte sich abseits der Frankfurter Straße in Richtung Stadtzentrum. Gelegentlich gaben Lücken in der Trümmerwüste den Blick frei auf eilig errichtete Panzersperren oder eine Panzerabwehrkanone, die von jungen Männern in Stellung gebracht wurde. Kassel war durch Führerbefehl zur Festung erklärt worden, und der Kampfkommandant der Stadt, Generalmajor von Erxleben, hatte von seinem Befehlsstand im Weinbergbunker die Losung ausgegeben, bis zum letzten Mann zu kämpfen.

Bis in die Stadt war der Feind jedenfalls noch nicht vorgedrungen. Nissen warf den Kleppermantel ab und rollte ihn zusammen. Er stopfte das Kleidungsstück in die Aktentasche und rückte seine Uniform zurecht, deren Kragenspiegel ihn als NSDAP-Hauptbereichsleiter auswiesen.

Eine Bewegung auf einem Trümmergrundstück ließ Nissen innehalten. Er duckte sich hinter einen Mauerrest und heftete seinen Blick auf die Gestalt in Wehrmachtsuniform, die sich nur schwach vom bewachsenen Hintergrund abhob. Auch der Soldat verharrte. Sein Gewehr trug er über der Schulter, unter dem Arm hielt er ein Bündel. Suchend sah er sich um. Schließlich ließ er seine Waffe zu Boden gleiten und verschwand hinter einem Mauervorsprung.

Nissen ahnte, was dort vor sich ging. Er zog seine P 38, entsicherte sie und wartete. Nach weniger als einer Minute trat der Soldat in ziviler Kleidung aus seinem Versteck und suchte erneut die Umgebung ab. Schließlich bewegte er sich zögernd vorwärts. Als er die Grundstücksgrenze erreicht hatte, erhob sich Nissen und richtete seine Pistole auf den Mann. »Verräter sind des Todes!«, rief er. Der Soldat riss die Arme in die Höhe, öffnete den Mund und starrte den Fremden aus aufgerissenen Augen an. Nissen drückte ab und sah zu, wie sein Opfer zu Boden sackte.

Mit wenigen Schritten erreichte er den Sterbenden, setzte seine Waffe auf dessen Stirn und drückte ein weiteres Mal ab. Dann wandte er sich um und setzte seinen Weg fort.

Im Weinbergbunker herrschte Gedränge. Entgegen der vorgesehenen Nutzung als Luftschutzraum für die Bevölkerung des Stadtteils während eines Bombardements hatten in den letzten Tagen obdachlos gewordene Familien in den Stollen dauerhaft Zuflucht gesucht. Eigentlich sollte das nicht geduldet werden, fand Friedrich Nissen. Aber er hatte jetzt andere Sorgen.

Der geheime Auftrag von Gauleiter Gerland verursachte ihm Kopfzerbrechen. Um ihn erfüllen zu können, benötigte er die Unterstützung von Generalmajor von Erxleben. Zumindest von einem Offizier seines Stabes. Im Thüringer Wald, hatte Gerland angedeutet, gebe es geheime Orte, an denen man Vermögenswerte einlagern könne. Nur mit einem von Soldaten begleiteten LKW der Wehrmacht war der Transport sicher durchzuführen. Vielleicht auch per Bahn, aber dafür benötigte er ebenfalls einen Begleitschutz der Wehrmacht. Zwar hatte Nissen die Hoffnung noch nicht aufgegeben, dass die Festung Kassel den heranrückenden Amerikanern Widerstand leisten würde, aber er war realistisch genug, um auch das Unaussprechliche einzukalkulieren. Falls widrige Umstände es dem Feind ermöglichen sollten, die Stadt vorübergehend zu besetzen, durfte ihm keinesfalls das Vermögen der Partei in die Hände fallen.

Der Befehlsstand befand sich im ehemaligen Eiskeller des Gewölbes, einem hohen, kreisrunden Raum mit einer hölzernen Zwischendecke für die Nachrichtenzentrale. Generalmajor von Erxleben wurde durch zwei Vorzimmerdamen abgeschirmt und von bewaffneten Soldaten vor Eindringlingen geschützt. Jeder,

der sich unbefugt der Kommandozentrale genähert hätte, wäre auf der Stelle erschossen worden.

Obwohl Friedrich Nissen als Kasseler Gauamtsleiter den Mitgliedern des Stabes bekannt war und er immerhin den Dienstgrad eines NSDAP-Hauptbereichsleiters bekleidete, musste er seinen Ausweis vorlegen und fast eine halbe Stunde warten, bis er vorgelassen wurde. Seine Gedanken kreisten um den Auftrag. Wenn er keine Hilfe von der Wehrmacht bekommen würde, musste er auf ein Fahrzeug der Partei zurückgreifen. Doch gab es nur noch wenige, die fahrbereit und in so gutem Zustand waren, dass sie den Weg bis zum Thüringer Wald ohne Panne überstehen würden. Also müsste die Ladung auf zwei oder drei Fahrzeuge verteilt werden. Und die mit zuverlässigen Männern zu besetzen, war schier unmöglich. Nur wenige der in Kassel verbliebenen Parteigenossen waren körperlich für einen solchen Einsatz zu gebrauchen. Und ob sie vertrauenswürdig waren, konnte niemand vorhersagen. Mancher hatte sich in den letzten Tagen dazu entschlossen, Führer, Volk und Vaterland zu verraten und sich abzusetzen.

Eines der Mädchen an den Schreibmaschinen erinnerte Nissen an seine Schwägerin. Auch sie trug die blonden Haare zu einem am Hinterkopf gewundenen Knoten. Eigentlich hatte er seinem Bruder versprochen, Gertrud und das Kind in Sicherheit zu bringen, wenn die Lage in Oberzwehren für die Zivilbevölkerung gefährlich werden würde. Aber die junge Frau war eigensinnig und neigte zu zersetzendem Gedankengut. Insgeheim wünschte er ihr jene Erfahrung, die Frauen überall dort machen mussten, wo feindliche Teufel auf deutschen Boden vorgedrungen waren. Wenn sie zuließ, dass ihre Tochter aus der Hand des Feindes fraß, hatte sie es auch verdient. Andererseits war sie eine arische Mutter, die noch Kinder bekommen konnte und als solche vor dem Feind zu schützen war.

Seine Gedanken wurden unterbrochen, als aus dem Allerheiligsten ein schmächtiger Mann in der Uniform eines Hauptmanns auf ihn zutrat. »Bitte fassen Sie sich kurz. Der Herr Generalmajor hat nur wenig Zeit.«

Nissen richtete sich auf, nickte knapp und folgte dem Hauptmann in die Kommandozentrale.

Johannes von Erxleben saß an einem Tisch, auf dem eine Karte ausgebreitet war. Der Offizier war offensichtlich von den Strapazen seiner Aufgabe gezeichnet. Er mochte Anfang fünfzig sein, wirkte aber wie ein Sechzigjähriger. Nissen fragte sich, ob er vielleicht sogar krank war. Aber die Augen des Kommandanten blickten entschlossen.

»Bitte!« Von Erxleben wies auf einen Stuhl. »Ich höre.«

Hauptbereichsleiter Friedrich Nissen erläuterte seinen Geheimauftrag in aller Kürze und unterstrich die Notwendigkeit, das Eigentum des Volkes vor dem Feind in Sicherheit zu bringen. An dieser Stelle runzelte der Generalmajor die Stirn, und Nissen beeilte sich zu versichern, dass es sich um eine vorsorgliche Maßnahme handele und er selbstverständlich davon ausgehe, dass die Festung Kassel nicht fallen werde.

Dennoch entspannte sich die Miene des Offiziers nicht. Kurz und bündig beschied er: »Kann unmöglich Männer und Material entbehren. Auch nicht für einen Bahntransport. Habe Kassel um jeden Preis zu verteidigen. Empfehle den Transport auf dem Luftwege durchzuführen. Wenden Sie sich an die Fieseler-Werke. Vielleicht gibt es dort noch einsatzbereites Fluggerät. Guten Tag.«

Generalmajor von Erxleben winkte einige Offiziere heran, die sich im Hintergrund gehalten hatten, und beugte sich wieder über die Karte.

Friedrich Nissen verließ die Kommandozentrale und eilte durch die Gänge des Bunkers, vorbei an Frauen, Kindern und Alten, deren Blicke ihm mit Angst, Verachtung oder Gleichgültigkeit folgten. Er ignorierte sie und stellte sich vor, wie er an der Seite eines Piloten, die wertvolle Ladung im Gepäckraum, in einem Flugzeug die zerstörte Stadt hinter sich ließ und Kurs auf die Rhön nahm. Eine grandiose Vorstellung. Warum war er nicht selbst darauf gekommen? Der Gauleiter würde stolz auf ihn sein. Und ihm vielleicht sogar einen Orden verleihen.

2

Wenn sich die Straßenbahn in die Kurven zwängte, begannen Räder und Schienen leise wimmernd gegen die Gewalt aufzubegehren. Sekunden später ließen sie ein metallisches Kreischen hören, das rasch anschwoll und ebenso schnell wieder erstarb.

Früher hatte ihn das Geräusch erschreckt, aber inzwischen war er längst daran gewöhnt. Benjamin genoss die Fahrt durch die abendliche Stadt. Obwohl ihm der Sommer mehr zusagte als die kalte Jahreszeit, liebte er das Lichtermeer unter dem schwarzen Himmel. Wie immer, wenn er vom Cineplex zur Wohnung seiner Eltern am Warteberg fuhr, beobachtete er die Menschen durch die Scheiben der Straßenbahnfenster. In der Königsstraße führten elegante Damen kleine Hunde aus. Männer in dunklen Anzügen eilten zu den Taxis am Friedrichsplatz. Paare betrachteten die Auslagen in den erleuchteten Schaufenstern von Heinsius und Sander oder vom Kaufhof, Gruppen von Jugendlichen in dunklen Jeansjacken, die mit Ketten und allerlei Metallstücken behängt waren, zogen lärmend durch die Innenstadt.

Nach und nach leerte sich der Wagen. Hausfrauen mit Einkaufstaschen und prallen Plastiktüten, Männer, die müde vor sich hin gestarrt hatten, verließen die Tram. Niemand nahm ihre Plätze ein. Benjamin schloss die Augen und stellte sich vor, als einsamer Straßenbahnfahrer einen leeren Zug durch die Nacht zu steuern, der ganz allein ihm gehörte und von keiner letzten Station aufgehalten würde.

Er fuhr bis zur Endstation und musste das letzte Stück zu Fuß zurücklegen. Szenen aus dem Film liefen vor seinem inneren Auge ab. Rémy, die Ratte, fegte wie ein Wirbelwind durch die Küche, brachte alles durcheinander und die Köche ins Schwitzen. Benjamin lächelte unwillkürlich.

»He, Alter, was grinst du so blöd? Mach Platz!«

Vier junge Männer mit Glatzen, in grünen Jacken und schwarzen Hosen brachen in meckerndes Gelächter aus, als Benjamin erschreckt zurückzuckte. Er wollte ausweichen, doch sie schnitten ihm den Weg ab und ließen keine Lücke, durch die er hätte schlüpfen können. Breitbeinig bauten sich zwei der Männer vor ihm auf, während die anderen Bierdosen aus ihren Jackentaschen kramten. Mit den Zähnen rissen sie die Verschlüsse ab und spuckten sie auf den Boden. Benjamin sah sich um, aber weit und breit war niemand, der ihm hätte helfen können.

Langsam bewegte er sich rückwärts. Plötzlich fuhr ihm ein Stiefel zwischen die Füße und brachte ihn aus dem Gleichgewicht. Er taumelte und fiel zu Boden. Die Glatzköpfe lachten.

»Alter, du musst erst fragen, ob du gehen darfst. Sag schön bitte, bitte zum Onkel«, zischte einer mit Bierdunstatem dicht an seinem Ohr. Benjamin schüttelte den Kopf.

»Sieh da, der Kanake will nicht hören.«

Blitzschnell umfassten zwei der Angreifer seine Arme, ein dritter griff in seine Hosen- und Jackentaschen. Den Inhalt warfen sie ihrem Anführer zu. Der hielt einen Zwanzig-Euro-Schein, eine KVG-Monatskarte und einen Zettel mit der Adresse eines Zahnarztes hoch.

»Schau, schau, das ist wohl dein Freier, du alte Sau. Lässt sich von schwulen Untermenschen in den Arsch ficken und mit zwanzig Eiern abspeisen. Der ist ja nicht nur versaut, der ist auch noch bekloppt!«

Wieder gab es Gelächter. Geld und Papiere verschwanden in den Taschen des Anführers.

»Wir sollten ihm einen auf den Arsch verpassen!«, schrie einer der Glatzköpfe, »dann ist erst mal Sense mit der Sauerei.«

Erwartungsvoll blickten alle zum Anführer. »Gute Idee«, nickte der schließlich, »jeder darf dreimal. Dreht den Kanaken um, und dann ran an den Arsch.«

Als sich die Griffe lockerten, reagierte Benjamin blitzschnell. Er ließ sich einfach fallen und schlängelte sich durch die gespreizten Beine seiner Peiniger. Da traf ihn von hinten ein Schlag an seinem Kopf. Benjamin taumelte, griff ins Leere und fiel der Länge nach auf den Weg. Er spürte, wie er an den Füßen gepackt und in einen Hauseingang geschleift wurde. Dort ließen sie ihn fallen. Instinktiv verharrte er regungslos, beobachtete seine Peiniger aber aus den Augenwinkeln. Mit lautem Gejohle begrüßten sie eine Anweisung des Anführers.

Dann näherten sich zwei paar Stiefel. Benjamin wusste nicht, was die Männer vorhatten, aber er ahnte, dass sie ihn quälen würden. Inzwischen war sein Kampfgeist geweckt. Unmerklich hatte er die Beine angezogen und die Muskeln angespannt. Als sich einer über ihn beugte, um ihn zu packen, schnellte Benjamin hoch und stieß ihm seinen Kopf gegen die Nase. Es krachte, und mit einem Aufschrei zuckte der Mann zurück, drehte sich, seine blutende Nase mit beiden Händen haltend, aufheulend einmal um sich selbst und schwankte gegen die Hauswand. Der andere blickte verständnislos zwischen seinem Kumpan und Benjamin hin und her. Benjamin nutzte die Schrecksekunde, sprang auf und hechtete auf den Gehweg.

Zwei der Glatzköpfe warfen sich auf ihn und drückten ihn zu Boden. Ohne ein Wort zog einer von ihnen ein Messer aus der Tasche und hielt es Benjamin vor die Augen. Dann fassten sie unter seine Arme, zogen ihn hoch und zerrten ihn zurück in den Hauseingang.

Trotz der Messerklinge, die er an seinem Rücken spürte, begann Benjamin sich zu sperren. Der Druck der Klinge wurde stärker, er spürte, wie die Spitze seine Haut durchdrang. Panik erfasste ihn, und ohne es wirklich zu wollen, begann er, um Hilfe zu schreien. Doch niemand schien ihn zu hören. Sie warfen ihn auf den Boden, einer stellte ihm den Fuß in den Nacken. Sekunden später wurde Benjamin wieder hochgezerrt, vier Paar Hände umklammerten seine Arme, drückten sein Gesicht gegen die Hauswand.

»Los geht's!« Die Tritte der schweren Stiefel ließen den Körper des Jungen aufbäumen und wieder zusammensacken. Benjamin war verstummt. Er biss sich auf die Lippen, seine Schmerzen wollte er auf keinen Fall zeigen. Der letzte der mit Bedacht gezielten Tritte traf nicht nur sein Gesäß. In Sekundenbruchteilen breitete sich die Schmerzwelle von den Hoden bis zum Hirn aus, er hatte einen Augenblick lang das Gefühl, sein Körper würde zu einer riesigen Schwellung aufgepumpt und müsste platzen, dann verlor er das Bewusstsein.

Als er wieder zu sich kam, hörte Benjamin verschwommen das Gegröle und Gelächter seiner Peiniger. Vorsichtig schob er sich zur Wand und richtete sich auf. Er schmeckte Blut. Die Männer schienen keine Notiz von ihm zu nehmen.

Doch plötzlich wurde einer von ihnen aufmerksam. Mit der Bierdose zeigte er auf Benjamin. »Der Kanake kriecht schon wieder!«, rief er seinen Kumpanen zu und nahm das Opfer in Augenschein, als wolle er die Wirkung der Misshandlung prüfen. Benjamin erwartete einen weiteren Angriff, spannte alle Muskeln und stützte sich gegen die Wand. Als der Glatzköpfige auf Schrittlänge herangekommen war, bot er alle seine verbliebenen Kräfte auf, stieß sich ab, schnellte von der Wand und sprang mit beiden Füßen gegen das Standbein des Mannes.

Es krachte vernehmlich, das Bein knickte nach hinten, der Mann fiel schreiend zu Boden. Die anderen erhoben sich und starrten verblüfft auf ihren jaulenden Kumpan. »Das Schwein hat Sascha verletzt! Macht ihn fertig!«

Mit Gebrüll stürzten sie sich auf ihn. Blindwütig schlugen und traten sie auf ihn ein. Er war schneller und gelenkiger, einen Teil der Schläge konnte er abwehren, auch als ihm das Messer in den Unterarm fuhr, parierte er mit Händen und Füßen weiter die Angriffe. Doch dann zog einer der Männer eine Stahlrute. Der Schlag traf seinen Kopf und raubte ihm augenblicklich alle Sinne. Leblos sackte Benjamin zusammen.

Er hörte nicht, was die Männer beratschlagten, sah nicht, wer ihn an Armen und Beinen packte, fühlte nicht, wie sein Körper auf den Asphalt der Straße aufschlug.

Behutsam setzte sie das Messer an. Wie sie es schon viele Male zuvor getan hatte. Nur war diesmal das Opfer ein Mensch. Er lag im Gras, sie hockte neben seinem Kopf und bedeckte schluchzend sein Gesicht mit Küssen, und während die Klinge in seinen Hals eindrang und Blut hervorschoss, streichelte sie seinen Kopf und küsste ihn erneut.

»Siehst du, es tut gar nicht weh«, flüsterte sie an seinem Ohr. »Es tut gar nicht weh. Das habe ich dir doch versprochen.«

Dann begann sie zu zählen, zählte leise »drei ... vier ... fünf ...«, während das Leben aus dem Körper des Mannes wich.

Wie durch einen Schleier verfolgte Hanna Wolf die letzten Szenen. Schließlich schaltete sie den Fernsehapparat aus und starrte auf den dunklen Bildschirm. Mit dem Taschentuch, das sie in ihren Händen geknetet hatte, wischte sie sich die Tränen aus den Augen und von den Wangen.

Emmas Glück war zugleich ihr Unglück gewesen. Sie hatte Max lieben, aber nicht halten können. Aus Liebe hatte sie ihn von seinen Schmerzen befreit. Auf ihre Art. So wie sie ihn auf ihre Art geliebt hatte. Das ungewöhnliche Ende einer ungewöhnlichen Begegnung.

Ein wenig benommen erhob sich Hanna und versuchte, den Kloß in ihrem Hals loszuwerden. Der tragische Schluss des skurrilen, zeitweise auch fröhlichen Films hatte sie stärker erschüttert, als sie es gerne zugelassen hätte. Sie atmete tief durch und sah sich unschlüssig um. Sie musste etwas gegen diese Traurigkeit unternehmen, die sich auf ihr niederzulassen drohte.

Früher hätte sie sich eine Zigarette angezündet. Aber die Notfallpackung, die sie zwei oder drei Jahre lang in der Nachttischschublade aufbewahrt hatte, war längst in den Müll gewandert. Für einen Augenblick war sie versucht, sich eine Jacke überzuwerfen, auf die Straße zu laufen und nach einem Zigarettenautomaten zu suchen. Doch einen Rückfall hätte sie spätestens morgen früh bereut. Inzwischen fand sie Zigarettenrauch eklig, besonders wenn er kalt und klebrig in der Wohnung hing.

Dann doch lieber einen Calvados. Der hinterließ wenigstens keine Spuren. Wenn man von den Kalorien absah.

Auf dem Weg in die Küche warf sie einen Blick in den Spiegel. Der Kampf gegen die Pfunde war eine unendliche Geschichte. Gewinnen würde sie ihn wohl nie. Inzwischen war sie zufrieden, wenn sie ihr normales Übergewicht von sieben Kilo hielt. Dass die Schauspielerin in dem Film nicht zu den dünnen Model-Schönheiten gehörte, fand Hanna ungeheuer sympathisch. Wesentlich molliger war sie ja wohl auch nicht. Zum Glück stützte Jonas ihr Selbstbewusstsein in diesem Punkt. »Dein Übergewicht sitzt nicht hier«, sagte er, wenn sie über ihre Pfunde jammerte, zeigte auf seinen Bauch und tippte dann gegen seine Stirn, »sondern hier.«

Er hatte gut reden. Trotz seiner achtundvierzig Jahre hatte er die Figur eines jungen Handballers. Ein attraktiver Mann. Geschieden wie Hanna. Sie hatte ihn kennen gelernt, als er für eine Reportage über den Alltag von Kriminalpolizisten im Präsidium recherchiert hatte.

Ihre Beziehung hielt nun schon fast vier Jahre. Mit Höhen und Tiefen, aber sie hielt. Länger als alle ihre Beziehungen zuvor. Mit Niklas Wolf war sie zwar fast genauso lange verheiratet gewesen, aber innerlich gelöst hatte sie sich von ihm schon im zweiten Jahr ihrer Ehe, nach Ninas Geburt. Weil der Erzeuger ihrer Tochter – seinerzeit gut aussehender Assistent an der Kunsthochschule – sich von einer Affäre zur nächsten gehangelt hatte.

Der Flasche entströmte ein verführerischer Duft, als Hanna den Verschluss öffnete. Vorsichtig schenkte sie sich ein und kehrte mit dem Glas in der Hand ins Wohnzimmer zurück. Dort ließ sie sich auf ihrem Lieblingsplatz nieder. Von dem bequemen Sessel aus konnte sie die nächtliche Silhouette der Innenstadt erkennen und ein kleines Stück der Fulda sehen, auf deren Oberfläche Lichtreflexe glitzerten.

In Stunden wie dieser vermisste sie Jonas, der irgendwo in der Stadt seiner Arbeit nachging. So wie sie hatte er unregelmäßige Arbeitszeiten, und heute Abend war er mit den Kontrahenten im Streit um die Eissporthalle verabredet. Nacheinander. Bestimmt würde es spät werden, und dann würde er sich wohl nicht mehr bei ihr melden.

Anfangs hatten sie erwogen zusammenzuziehen. Hanna empfand jedoch zu große Nähe im Alltag als bedrohlich. Jonas hätte gern mit ihr die Wohnung geteilt, aber er war – bei aller Vertrautheit, die sich zwischen ihnen entwickelt hatte – nicht immer nur liebevoll. Manchmal zog er sich zurück, blieb verschlossen und seltsam in sich gekehrt. Dann, hatte sie gelernt, musste sie ihn in Ruhe lassen, Abstand halten und warten. In einer gemeinsamen Wohnung erschien ihr das unmöglich. So hatte sie entschieden, den Zustand beizubehalten.

»Wahrscheinlich sind wir deshalb noch immer zusammen. Auf uns!« Hanna hob ihr Glas und trank. Während sie das Aroma des bernsteinfarbenen Cœur de Lion genoss, kehrten ihre Gedanken zu dem Film zurück, der sie so aufgewühlt hatte.

Inzwischen war die emotionale Erschütterung einer eher nüchternen Betrachtungsweise gewichen. Hätte sie Emma an Stelle des Dorfpolizisten ebenfalls vor der Strafverfolgung bewahrt? Als Kriminalistin war ihr die Überführung von Straftätern nicht nur berufliche Selbstverständlichkeit, sondern auch ein inneres Anliegen, von dessen Berechtigung sie zutiefst überzeugt war. Andererseits hatte die junge Frau dem todkranken Max einen Liebesdienst erwiesen. Sollte sie dafür bestraft werden?

Das Telefon unterbrach ihre Überlegungen. Unwillkürlich sah sie zur Uhr. Wer rief um diese Zeit noch an?

Vor dem Klinikum stoppte der Notarztwagen, die Rettungssanitäter zogen die Trage mit dem Verletzten heraus. Gleichzeitig glitten die Türen der Patientenaufnahme auseinander, eine Ärztin und zwei Pfleger eilten den Ankömmlingen entgegen.

Während die Frauen und Männer in den weißen Kitteln die rollende Krankenliege im Laufschritt begleiteten, informierte der Notarzt seine Kollegin. »Zahlreiche Hämatome am ganzen Körper, Sturz- oder Schlagverletzung am Hinterkopf – möglicherweise lebensgefährlich. Aber es muss auch innere Verletzungen geben. Puls fadenscheinig, Blutdruck kaum noch messbar.«

»Verkehrsunfall?«

»Sieht aus, als sei er von einem Wagen überrollt worden. Mindestens von einem.«

»Angehörige?«

Der Notarzt zuckte mit den Schultern. »Wir wurden von der Polizei gerufen. Die Beamten werden gleich hier sein. Vielleicht wissen die was.«

Sie erreichten den Operationstrakt, und die Besatzung des Notarztwagens verabschiedete sich mit knappen Gesten. Dann schloss sich die automatische Tür hinter dem Patienten.

Polizeikommissarin Sarah Lilienthal hatte Situationen wie diese schon einige Male erlebt. Trotzdem empfand sie es als deprimierend, in einem Krankenhausflur auf eine Nachricht zu warten, für die es nur zwei Varianten gab. Das Unfallopfer überlebte - oder eben nicht. In beiden Fällen war es ihre und ihres Kollegen Aufgabe, den Angehörigen, sobald man sie ermittelt haben würde, die jeweilige Botschaft zu überbringen. Wie jedes Mal klammerte sie sich an die Hoffnung, es möge keine Todesnachricht sein.

Ihr Kollege Maik, der immer wieder nach draußen ging um zu rauchen, war bei der unangenehmen Aufgabe keine große Hilfe. Obwohl er als cooler Polizist erscheinen wollte und sich in seinem Verhalten an der einen oder anderen Filmfigur zu orientieren schien, überließ er ihr in emotional schwierigen Situationen den Vortritt. »Du kannst das einfach besser«, sagte er dann, und das klang in Sarahs Ohren ziemlich verzweifelt, so dass sie den Verdacht hegte, er könnte in Wahrheit ebenso sensibel sein wie sie. Sie würde schon noch herausbekommen, ob sie mit dieser Vermutung richtig lag.

In dem Augenblick, als er nach seiner vierten Zigarette wieder hereinkam, öffnete sich auch die Tür des OP-Traktes. Die Ärztin zog ihren Mundschutz nach unten und nahm die grüne Haube vom Kopf. Ihr scharf geschnittenes Gesicht wirkte blass unter dem schwarzen Haarschopf. Sie fixierte Sarah und trat auf sie zu.

»Wir haben ihn verloren. Tut mir leid. Zum einen der Blutverlust, vor allem innerlich, zum anderen ...«

Sarah sprang auf. »Verdammt«, murmelte sie, »er war noch so jung.«

Die Ärztin nickte. »Höchstens siebzehn.« Sie sah plötzlich sehr müde aus, und Sarah fragte sich, wie lange sie wohl schon im Dienst war. »Sie haben sicher alles getan ...«

»Wenn man ihn früher gefunden hätte ... Vielleicht hätten wir ...«

»Hatte er etwas bei sich? Papiere?« Sarah Lilienthal dachte an die nächsten Schritte. Endlich die Angehörigen ausfindig machen, sie aufsuchen, mit dem Unfassbaren konfrontieren ...

»Nein.« Die Ärztin schüttelte den Kopf. »Nichts. Ich glaube übrigens nicht, dass es ein Verkehrsunfall war. Einige der Hämatome sehen aus wie von ... Tritten. Mit schweren Stiefeln. Auch die inneren Verletzungen könnten eine Folge dieser Tritte sein. Ich habe noch kein Unfallopfer gesehen, das so ... zugerichtet war. Außerdem gibt es leichte Stichverletzungen und eine Verletzung am Kopf.«

»Dann ist es ein Fall für die Kollegen von der Kripo«, warf Maik ein. Er klang erleichtert. »Ich rufe im Präsidium an. Übernimmst du die Staatsanwaltschaft?«

Als Hanna Wolf am Morgen das Haus im Stadtteil Wesertor verließ, fröstelte sie, und ihr kam der Gedanke, den Wagen zu nehmen. Außerdem hatte sie schlecht geschlafen, fühlte sich müde und schlapp. Doch dann sagte sie sich, dass das betagte Cabrio mehr Zeit benötigen würde, um ein wenig Wärme zu produzieren, als die Fahrt bis zum Präsidium am Grünen Weg dauern würde. Also beschleunigte sie ihre Schritte, um warm zu werden. Bewegung war sowieso besser. Für die Figur und überhaupt. Ob der Fußmarsch angesichts des dichten Verkehrs, der zu dieser Zeit auch schon auf der Weserstraße herrschte, wirklich gesünder war? Immerhin würde er die Müdigkeit vertreiben.

Laut schnatternde Schulkinder mit bunten Rucksäcken kamen ihr entgegen, gefolgt von älteren Jugendlichen. Jungen in tief hängenden Hüfthosen, Mädchen, die trotz des kühlen Wetters in nabelfreien Pullis ihre Piercings ausstellten. Nicht wenige von ihnen rauchten.

Eigentlich erstaunlich, dass Nina nie eine Zigarette angerührt hatte. Wahrscheinlich hatte das Beispiel ihrer Mutter eher abschreckend gewirkt. Hannas Zigarettensucht war ein ständiges Streitthema gewesen, solange ihre Tochter noch zu Hause gelebt hatte. Trotzdem hatte sie Nina in den letzten Jahren vermisst. Mehr als sie zuzugeben bereit war.

Während ihres Studiums in Göttingen war sie noch regelmäßig nach Kassel gekommen. Doch dann hatte sie ihr Jurastudium in Frankfurt fortgesetzt, um mit ihrem Freund Jan zusammenbleiben zu können, der dort beim Hessischen Rundfunk arbeitete. Eines Tages hatte sie ihre Mutter mit dem Entschluss überrascht, an einem Entwicklungshilfeprojekt in Nicaragua mitzuarbeiten. Recherchen ihres Freundes für eine Magazinsendung über Dietmar Schönherrs Projekt *Casa de los Tres Mundos* hatten sie auf die Idee gebracht, sich für ein Praktikum zu bewerben. Als sie überraschend ausgewählt worden war, ging alles ganz schnell. Und plötzlich hatte sich Nina Wolf auf der anderen Seite des Erdballs befunden.

Nach ihrer Rückkehr aus Mittelamerika war sie für wenige Tage nach Kassel gekommen, voller Eindrücke, überquellend von Erlebnissen und Erfahrungen. Wie ein Schmetterling war Nina in ihrem alten Freundeskreis herumgeflattert. Und dann überstürzt nach Frankfurt weitergefahren.

Und nun hatte sie sich überraschend angekündigt, aber Hanna konnte sich nicht recht darüber freuen. Ja, natürlich würde sie ihre Tochter beglückt in die Arme schließen. Doch ein unbekannter Ton in ihrer Stimme hatte Hanna signalisiert, dass etwas nicht stimmte. Der späte Anruf hatte Hanna nicht nur überrascht, sondern auch in Unruhe versetzt. Nina hatte nicht verraten, warum sie plötzlich nach Kassel kommen wollte. »Das erzähle ich dir, wenn ich da bin. In Ruhe, Mama. Und nicht am Telefon.«

»Ist alles in Ordnung?«, hatte sie gefragt, und ihre Tochter hatte ein wenig gezögert. Ganz kurz nur. Aber Hanna hatte es bemerkt.

Später hatte sie sich gefragt, ob sie nicht darauf hätte bestehen sollen, den Grund des Anrufes zu erfahren. Obwohl sie sich gesagt hatte, dass Nina erwachsen sei und ihr eigenes Leben führe, hatte sie nicht schlafen können. Stattdessen waren ihr Fragen und Gedanken durch den Kopf gegangen. Hatte sie Probleme mit dem Examen? Oder mit Jan? War sie womöglich schwanger?

3

Die glänzenden schwarzen Augen des Nagetieres starrten ihn an, unbeweglich. Nur seine Barthaare zitterten. Günther starrte zurück. In der Dämmerung waren die Umrisse der Ratte nur schwach zu erkennen. Er musste warten, verharrte ebenfalls bewegungslos. Das Tier hob den Kopf und schnupperte, ohne die Augen von ihm zu lassen. Die Barthaare zitterten stärker. Dann schien sich der Körper zusammenzukrümmen, der fleischfarbene Schwanz bewegte sich neben den krallenartigen Füßen, die sich auf dem Holzbalken festklammerten. Günther hielt den Atem an. Gleich würde sie springen. Als die schwarzen Augen zur Seite huschten, warf er den Stein. Er traf die Ratte im Sprung. Mit einem schrillen Quietschen flog das Tier gegen die Bretterwand des Schuppens. Günther ergriff eine Holzlatte und schlug blitzschnell zu. Die Augen flogen heraus, aus dem Maul schoss ein dünner Blutstrahl, und unter dem Schwanz quoll eine breiige Masse hervor. Ohne jeden Ekel schob er die Latte unter das tote Tier und beförderte es mit geübtem Schwung durch die kreisrunde Öffnung in der Wand, durch die einmal ein Ofenrohr hinausgeführt hatte.

Für eine Weile würde er Ruhe haben. In diese Hütte verirrten sich die Ratten selten. Es gab hier nichts zu fressen.

Günther rückte die Seegrasmatratze zurecht, zog sich die Decke über Beine und Köper und versuchte, eine bequeme Lage zu finden, um noch eine Weile zu dösen. Seit der große Feuersturm seine Familie getötet und die Wohnung seiner Eltern und Großeltern vernichtet hatte, war das verlassene Gartenhaus auf dem Möncheberg seine Unterkunft geworden.

Tagsüber streifte er durch die Vororte, stieg in fremde Gartenhäuser und Keller, immer auf der Suche nach Essbarem. Der Gedanke an Eingemachtes und Wurst in Dosen ließ ihn seinen Hunger spüren. Er warf die Decke ab und stand auf. Es wurde Zeit, sich auf den Weg zu machen.

An der kleinen Brücke über die Ahna fassten sie ihn. Günther hatte von seinem früheren Leben, von Ausflügen mit Schulkameraden und regelmäßigen Mahlzeiten, vom sorgenvollen Blick seiner Mutter und der verschlossenen Miene des Vaters beim Heimaturlaub geträumt und nicht auf die Männer in den schwarzen Uniformen geachtet, die sich ihm plötzlich in den Weg stellten. Für eine Flucht war es zu spät. Also wurde er zu einem Lastwagen geschleift, auf dem schon etliche Jungen saßen, die von der SA-Patrouille aufgegriffen worden waren. Günther war klar, dass sie zu einem Arbeitseinsatz gebracht wurden. Bei seinen Streifzügen hatte er diese Trupps aus Hitlerjungen und SA-Schergen schon öfter beim Aufgreifen und Überwachen von Kindern und Jugendlichen beobachtet.

Am Karlsplatz wurden sie abgesetzt. Dort wartete bereits eine größere Gruppe, beaufsichtigt von Parteigenossen in Uniform. Von ihrem Anführer erhielten sie den Einsatzbefehl. Sie sollten die Straßen zwischen Rathaus und Martinskirche durchkämmen, verschüttete Kellereingänge freilegen und nach Leichen suchen. Dafür wurden Geräte, Taschenlampen und Gummihandschuhe ausgegeben. Über die Gummihandschuhe wunderten sich die Jungen ein wenig, auf die hätten sie gern verzichtet. Keiner wollte wie eine Hausfrau beim Abwasch aussehen. Doch schon bald änderten sie ihre Meinung.

Befehlsgemäß begannen sie, Schutt aus Eingängen zu räumen. Nicht jeder bekam eine Schaufel. Mit den Händen zerrten sie Mauerreste und Holzbalken zur Seite, schichteten Steine an den Häuserwänden auf und schoben Geröll beiseite. Sobald ein Zugang freigelegt war, kletterten sie hinein und richteten die Lampen in die dunklen Räume.

Günther war nicht ängstlich, aber jetzt war er froh, nicht allein durch die fremden Keller streifen zu müssen. Hier hatten sich Menschen zum Überleben eingerichtet, die Strahlen der Lampen geisterten über Stühle und Tische, über Teppiche und Vorratsschränke. Hinter einer Schranktür entdeckte er eine Reihe gefüllter Einweckgläser. Rote Plakate, die er in der Stadt gesehen hatte, kamen ihm in den Sinn: »Ich bin ein Volksschädling. Ich habe in meinem Keller gehamstert und komme nun ins KZ dafür.«

Aber auch Volksschädlinge durfte man nicht bestehlen. Er unterdrückte den Impuls, nach einem Glas Kirschen zu greifen. Man könnte ihn beobachten und ihn zur Rechenschaft ziehen, vielleicht sogar erschießen.

In einem Keller stießen sie auf einen alten Mann, der regungslos auf seinem Stuhl saß. »Der hat Nerven«, wunderte sich einer, »draußen liegt alles in Scherben, und der pennt hier.«

Einer der Hitlerjungen schüttelte den Kopf. »Tot. Der muss schon seit Tagen tot sein. Seit dem letzten Bombenangriff.«

Wortlos standen die Jungen um die Leiche herum. Schließlich brach der Truppführer den Bann. »Na los, schafft ihn nach draußen!«

Der Mann war schwerer als gedacht, alle mussten mit anfassen. Als der kleine Trupp in den Keller zurückkehrte, um die Suche fortzusetzen, herrschte Schweigen.

Inzwischen war Günther froh über die Gummihandschuhe. Die Leichen hätte er nicht mit bloßen Händen anfassen mögen. Einige waren verkohlt, andere zerquetscht. Einstürzende Mauern hatten Gliedmaßen abgetrennt. In Wannen und Wäschekörben, mit Decken oder Planen, manchmal nur an der Kleidung zerrend, schleppten sie Tote und Leichenteile aus den Kellern. Stumm eilten die Jungen als schwarze Schatten im Schein tanzender Lampenstrahlen durch finstere Kellerräume, um nach weiteren Leichen zu suchen. So musste es im Hades zugehen. Sie arbeiteten wie besessen, um dieses schaurige Werk möglichst bald hinter sich zu bringen.

Die Wirkung der Arbeit schien den Aufsicht führenden Parteigenossen nicht entgangen zu sein. Sie gönnten den Jungen eine Pause, riefen sie zusammen, lobten sie und schenkten Weinbrand aus. Zum ersten Mal in seinem Leben trank Günther Alkohol. Mit einer Mischung aus Neugier und Abwehr roch er am Glas und beobachtete die anderen. Als die Ersten das braune Getränk in einem Zug hinunterstürzten, tat er es ihnen nach. Für Sekunden blieb ihm die Luft weg, dann spürte er ein Brennen in Hals und Magen. Kurze Zeit später hatte er das Gefühl, dass sein Gehirn im Kopf schwebte, Geräusche klangen wie durch Watte. Nach dem zweiten Glas hatte er Mühe, gerade zu stehen. Den Kameraden ging es nicht anders. Die Männer von der Ortsgruppe schien das zu amüsieren. Sie stießen sich an und lachten brüllend. Sie machten sich über die Jungen lustig, aber seltsamerweise machte Günther das gar nichts aus.

Plötzlich erstarrten die Uniformierten, nahmen Haltung an und standen stramm. Ein Parteigenosse, dessen Kragenspiegel und Abzeichen ihn als hohen Funktionär mit zahlreichen Auszeichnungen auswiesen, war aus einer Mercedes-Limousine gestiegen und kam auf die Gruppe zu. Einer der Partei-Chargen machte ihm Meldung, und nach einem kurzen Wortwechsel wurde Günther mit einem weiteren Jungen zu einem Sondereinsatz ins Rathaus abkommandiert.

Gummihandschuhe und Taschenlampen mussten sie abgeben, offenbar erwartete sie eine weniger grauenvolle Arbeit. Nicht ohne Neugier folgten sie dem Mann.

Inmitten der Ruinen der ehemals schönsten Häuser Kassels, aus deren Mauerresten nur vereinzelt Bauwerke wie die Martinikirche oder der Druselturm aufragten, bot auch der Anblick des Rathauses ein Bild der Zerstörung. Die bittere Erkenntnis, wie unterschiedslos die Bomben bedeutende und weniger bedeutende Bauwerke in Schutt und Asche gelegt hatten, bohrte sich schmerzhaft in Friedrich Nissens Gedanken.

Die ehemals prachtvolle Fassade, vor der noch im Oktober eine feierliche Zeremonie zum Gedenken an die Opfer der Angriffe stattgefunden hatte, war nicht wiederzuerkennen. Um die Fachwerkhäuser der Altstadt war es nicht schade, sie waren ohnehin einem modernen nationalsozialistischen Stadtbild im Wege. Aber dass Gauleitung und Oberpräsidium, Oberlandesgericht und Landgericht ebenso wie das Arbeitsamt und die Finanzämter durch den Bombenterror zerstört worden waren, erfüllte ihn mit grimmiger Wut.

Und noch etwas erzürnte und beunruhigte ihn zutiefst. Was er in diesen Tagen gesehen und gehört hatte, widersprach den offiziellen Verlautbarungen der Partei über den Endsieg so grundlegend, dass sein Weltbild ins Wanken geraten war. Sein Kopf dröhnte vom überhöhten Blutdruck, wenn er daran dachte, und in seinem Hirn kreisten aberwitzige Bilder von ausländischen Teufeln, die über deutsche Herrenmenschen herfielen und deutsche Kultur und deutsche Zivilisation in die Gosse traten. Aber noch war das Land nicht verloren. Wenn erst die geheime Vergeltungswaffe eingesetzt würde, musste sich das Blatt wenden. Bis dahin hatte jeder seine Pflicht zu tun. Und er hatte diesen ganz besonderen Auftrag zu erfüllen.

Nissen verscheuchte die Zweifel aus seinen Gedanken, eilte die Treppe zum Untergeschoss des Rathauses hinab und bedeutete den Jungen, ihm ins Kellergewölbe zu folgen. Spärliche Beleuchtung wies ihnen den Weg zu einem etwas abgelegenen Kellergang. Vor einer Stahltür zog der Parteifunktionär einen Schlüssel aus einer verdeckten Tasche seiner Uniform. Nur drei Personen hatten Zugang zu diesem Raum. Der Gauleiter, sein Stellvertreter und Hauptbereichsleiter Friedrich Nissen. Er schloss die Tür auf und trat ein. Mit einem weiteren Schlüssel öffnete er die Türen eines Stahlschrankes, hinter denen gleichmäßig geformte rechteckige Gegenstände in grauen Hüllen sichtbar wurden.

»Los, ran an die Arbeit!« Er deutete mit der Pistole auf leere Munitionskisten, die an einer Wand gestapelt waren. »Da muss das alles rein.« Dann steckte er die Waffe zurück, behielt die Jungen aber im Auge.

Hastig schichteten sie die in grobes Leinen eingeschlagenen Quader in die hölzernen Transportbehälter. Nur mit Mühe ließen sich die gefüllten Kisten anheben. Trotz der kühlen Kellerluft schwitzten die Jugendlichen. Hin und wieder richtete sich einer auf und wischte sich den Schweiß von der Stirn. Doch ein Blick von Nissen genügte, um ihn wieder zur Arbeit zu treiben. Gelegentlich zog der Hauptbereichsleiter seine Pistole erneut hervor, prüfte den Verschluss oder ließ das Magazin heraus- und wieder hineingleiten. Keiner der Jungen würde diesen Auftrag überleben, aber für den Fortgang der Arbeit genügte es vorerst, dass sie die Waffe nicht vergaßen.

Sobald alle Kisten gefüllt waren, ließ Nissen sie nach draußen bringen. Vor dem Rathaus parkte eine der letzten intakten Mercedes-Limousinen, über die der Fahrdienst der Partei noch verfügte. Unter dem Gewicht der Ladung senkte sich die Karosserie bedenklich ab. Den Weg nach Rothwesten würde sie trotzdem schaffen. Wenn die Straßen frei waren. Überall lag Trümmerschutt herum, und die Einsatzkräfte, die nur noch aus Hitlerjungen und alten Männern bestanden, hatten Mühe, die Fahrbahnen zu räumen. Aber Nissen hatte keine Wahl. Bis nach Thüringen würde der Wagen mit dieser Ladung nicht durchhalten. Doch zum Fliegerhorst der Fieseler-Werke würde ihn die Limousine bringen können. Notfalls konnten die Jungen Schutt und Steine aus dem Weg schaffen.

Das Heck des Wagens hatte sich sichtbar gesenkt, als die Kisten verstaut waren, die Hinterräder standen schräg nach außen. »Das geht so nicht«, murmelte der Fahrer, der die Beladung der Limousine mit leicht missbilligender Miene beobachtet hatte. Nissen war nicht sicher, ob die Bemerkung für seine Ohren bestimmt war, dennoch herrschte er den Uniformierten an. »Ihre Meinung ist nicht gefragt.« Dabei starrte er auf die zwei Streifen auf dem Kragenspiegel des Mannes. »Sie sind nur der Fahrzeugführer, Parteigenosse Oberhelfer.«

»Aber ich bin für den Wagen verantwortlich. Das ist der letzte intakte 320er. Wenn er beschädigt wird ...«

»Sind Sie lebensmüde, Mann?«, brüllte Nissen und zog seine Pistole.

Der Fahrer nahm Haltung an und starrte erschrocken auf die Waffe. »Nein, Hauptbereichsleiter! Entschuldigung. Wollte nur ...«

»Maul halten! Einsteigen!« Eilig erklomm der Mann den Fahrersitz. Nissen winkte die Jungen heran, die mit der letzten Kiste aus dem Rathauskeller geklettert kamen. »Einladen und aufsitzen! Wird ein bisschen unbequem, dauert aber nicht lange.« Er steckte den Kopf ins Innere des Mercedes. »Und Sie fahren vorsichtig. Die Ladung darf keinesfalls in Gefahr geraten. Sie halten nur an, wenn ich es befehle.«

Er quetschte sich neben den Fahrer und deutete nach vorn. »Los geht's! Erst mal Richtung Wesertor. Dort sage ich Ihnen, wohin es geht.«

Nissen richtete den Blick auf die Fahrbahn und vermied es, die Ruinen der Stadt anzusehen. Die Jungen hinter ihm auf den Munitionskisten starrten dagegen stumm auf die zerbombten Häuser, deren leere Fensterhöhlen sich gegen den Himmel abhoben. Schon rings um den Karlsplatz war vom alten Stadtbild nicht mehr viel zu erkennen. Sie passierten die ausgebrannten Häuser der Oberen Königsstraße, die geschwärzte Fassade des Fridericianums und die Ruine des Weißen Palais.

Längs der Fulda war die Silhouette der Bürgerhäuser und Speicher zu einer unförmigen Schutthalde geworden, aus der nur vereinzelt Mauerreste in die Höhe ragten. Erst als sie den Stadtteil Wesertor hinter sich ließen, nahm das Ausmaß der Zerstörungen ab. Aber auch hier war die Fahrbahn von Trümmerbergen gesäumt, und stellenweise blieb gerade so viel Raum, dass der Mercedes hindurchpasste. Die wenigen Menschen, denen sie begegneten, blieben stehen und sahen sich nach der schwarzen Limousine um, die kaum schneller als ein Fuhrwerk in Richtung Fasanenhof rollte.

Nachdem sie Ihringshausen und das Schocketal hinter sich gelassen hatten, war die Fahrbahn besser geworden. Es gab hier zwar ebenfalls Trümmerschutt von einigen zerbombten Häusern, aber deutlich weniger als in dem Kasseler Stadtzentrum. Die Jungen würde er nun nicht mehr benötigen.

Bei Simmershausen passierte die Limousine ein Waldstück. Es erschien Nissen für sein Vorhaben hinreichend geeignet, und so ließ er den Fahrer halten.

»Absitzen«, kommandierte er und bedeutete den Jungen, das Fahrzeug zu verlassen. »Sie warten!«, befahl er dem Chauffeur und stieg ebenfalls aus. »Dort hinüber!« Sein Arm zeigte auf Buschwerk und Bäume des nahen Waldrandes.

Zögernd bewegten sich die Jungen in Richtung Unterholz. Sichtlich verunsichert sahen sie sich immer wieder um, blieben stehen, zeigten fragende Gesichter.

»Weiter, weiter!«, trieb Nissen sie an. Plötzlich lief ein Schauer des Erkennens über eine der Mienen. Der Junge wandte sich um und begann zu rennen. »Lauf!«, rief er seinem Kameraden zu, »lauf weg!« Doch der verharrte wie angewurzelt.

Nissen zog seine Pistole, entsicherte sie und schoss dem Jungen, der in seiner Nähe stand, in den Kopf. Der andere flüchtete weiter, rannte, Haken schlagend, unter die Bäume. Nissen fluchte, zielte, schoss. Aber die Kugel klatschte in einen Baumstamm. Ein zweiter Schuss verfehlte den Flüchtenden ebenfalls, und dann war er auch schon im Wald verschwunden. Wieder stieß der NSDAP-Hauptbereichsleiter einen Fluch aus, zögerte einen Augenblick, steckte schließlich seine Waffe ein.

»Glotzen Sie nicht so blöd!«, fuhr Nissen den Fahrer an, der ihn entsetzt anstarrte, als er zum Wagen zurückkehrte. »Es geht weiter. Abfahrt!«

Mit grimmiger Freude hatte Pieter de Boer in der Vergangenheit beobachtet, wie einige der fertiggestellten Flugzeuge in Flammen aufgingen. Immer wieder waren die Fieseler-Werke Ziel von Bombenangriffen. Doch dann hatte man sie aus der Stadt heraus an mehrere Orte in die Umgebung verlagert. Zusammen mit anderen Zwangsarbeitern war er nach Rothwesten abkommandiert worden. Hier war das Leben ein wenig erträglicher als im Lager Wartheland in Bettenhausen.

Unter strenger Geheimhaltung war der Schwerpunkt der Fieseler Produktion vom Jagdflugzeug Focke-Wulff FW 190 auf einen pilotenlosen Flugkörper verlagert worden, den sie Vergeltungswaffe nannten. Auch in Rothwesten hatten sie daran mitgebaut. Mit der V1, glaubten die Deutschen, das Kriegsgeschehen noch wenden zu können. Aber Pieter hoffte, dass es dafür nun zu spät sei.

In Rothwesten hatten alliierte Bomberverbände am 3. Oktober verheerende Schäden angerichtet. Offenbar sollte Kassel bombardiert werden und die englischen Zielmarkierungsbomber hatten die »Christbäume« falsch gesetzt, so dass das Umland stärker getroffen wurde als die Stadt. Aber seitdem die Fieseler-Werke hierher verlegt worden waren, war der Fliegerhorst verschont geblieben, aber der Rauch über Kassel war nach jeder Bombennacht deutlich zu sehen. An manchen Tagen auch zu riechen.

Seit dem 21. März hatte es keine neuen Bombenangriffe mehr gegeben. Gerüchte über den Vormarsch der Amerikaner machten die Runde. Darüber, ob ihre Befreiung unmittelbar bevorstand, waren die Meinungen unter Pieters Landsleuten geteilt. Viele befürchteten, die Deutschen könnten die Angriffe zurückschlagen, andere mutmaßten, die SS würde im letzten Augenblick Gefangene und Zwangsarbeiter erschießen.

Pieter war zu jung, um sich mit einem solch ungewissen Schicksal abzufinden. Er wollte leben und nach Eindhoven zurückkehren. Dazu hatte er einen Plan in Angriff genommen, der ihm schon an jenem Tag in den Sinn gekommen war, an dem er den Fieseler-Werken als Arbeitskraft zugeteilt worden war. Eine verwegene, nur schwer durchführbare Idee, die er bisher nicht umsetzen konnte. Aber obwohl Hunger, Hoffnungslosigkeit und harte Arbeit ihn und seine Kameraden zermürbt hatten, hatte er nicht aufgegeben und dachte mehr denn je an Flucht. Lange Zeit hatten die Deutschen die Arbeit im Werk, aber auch die Bewachung der Fremdarbeiter und die Materialkontrolle nahezu perfekt organisiert. Doch in den letzten Wochen hatten sich die Zustände entscheidend verändert.

Die Angriffe der Alliierten hatten die Fertigung der V1 eingeschränkt. Immer wieder stockte der Materialnachschub. Es konnte nicht mehr lange dauern, bis die Produktion vollständig stoppte. An manchen Tagen gab es nicht mehr genug Arbeit für alle Gefangenen. Die deutschen Aufseher sorgten zwar dafür, dass sie beschäftigt wurden, aber oft genug waren es sinnlose Tätigkeiten, zu denen sie gezwungen wurden. Wie das Ausfegen der Hallen oder das wiederholte Nachzählen von Ersatzteilen. Dennoch blieb Zeit für heimliche Vorbereitungen. Und weil die Deutschen in letzter Zeit unkonzentriert und weniger aufmerksam waren, ließ sich manches Werkstück und der eine oder andere Kanister Flugbenzin beiseiteschaffen.

Pieter hatte sich in den zwei Jahren Zwangsarbeit so etwas wie eine Vertrauensstellung geschaffen. Da es zu wenige Piloten gab und er fließend Deutsch sprach, hatte man ihn beauftragt, bei Kontrollflügen das Versuchslog zu schreiben. Wegen ausbleibender oder falscher Materiallieferungen musste immer öfter improvisiert werden, an den Maschinen wurden Veränderungen vorgenommen, die von den Konstrukteuren nicht vorgesehen waren. Pieter de Boers Protokolle lieferten die Grundlage dafür. Wer im Flugzeugbau beschäftigt war, hatte Genauigkeit gelernt und verinnerlicht. Seltsamerweise galt das auch für Zwangsarbeiter. Pieters Arbeit hatte Anerkennung gefunden, und so war ihm das eine oder andere Privileg zugefallen, das ihm erlaubte, seinen Plänen nachzugehen. Einer der Piloten hatte ihm gezeigt, wie ein Flugzeug zu fliegen war, und ihm gelegentlich den Steuerknüppel überlassen. Pieter hatte manche Stunde in der Kanzel des *Storchs* zugebracht und sich mit den Instrumenten und Bedienungselementen vertraut gemacht. Er war sicher, diese Maschine fliegen zu können.

Größte Genauigkeit legte Pieter de Boer auch bei der Vorbereitung seiner Flucht an den Tag. Woche für Woche hatte er Werkzeug, Ersatzteile und Benzin beiseitegeschafft und in einem Versteck deponiert. Wann immer sich die Gelegenheit bot, stahl er sich in den abgelegenen Schober, in dem man Flugzeugteile aufbewahrte, die seit der Produktionsumstellung nicht mehr benötigt wurden. Aus unerklärlichen Gründen war dort auch ein *Fieseler Storch* abgestellt. Das Leichtbauflugzeug Fi 156 verdankte seinen Namen dem hochbeinigen starren Fahrgestell, das die Kanzel hoch über dem Boden schweben ließ. Das fast vergessene Exemplar galt im Werk als nicht mehr flugfähig. Pieter hatte die Maschine untersucht und herausgefunden, warum. Was dem Flieger fehlte, war – außer Treibstoff und Öl für den Motor – nur ein Seilzug für das Höhenruder, Luft auf den Reifen des Fahrwerks und ein kleines Stück des starren Vorflügels, der für die berühmten Langsamflugeigenschaften der Fi 156 mitverantwortlich war. Zum Start brauchte der kleine Flieger nur 50 bis 75 Meter, landen konnte er auf einem halb so langen Stück. Ein Stück Straße, jede Wiese, zur Not eine Waldlichtung, konnten als Landeplatz dienen.

Der luftgekühlte 8-Zylinder-V-Motor brachte den *Storch* auf 175 Stundenkilometer, und mit einer Tankfüllung würde er bei mäßiger Geschwindigkeit mindestens 350 Kilometer schaffen. Zuerst hatte er erwogen, Benzin in Kanistern mitzunehmen, irgendwo in der Landschaft zwischenzulanden und aufzutanken. Doch dann hatte sich der Diebstahl der notwendigen Menge an Treibstoff als schwieriger erwiesen, als er gedacht hatte. Bis nach Eindhoven würde es also nicht reichen. Zumal er um das Ruhrgebiet einen großen Bogen schlagen musste. Über den genauen Frontverlauf im Westen besaß er keine exakten Informationen, zur Not würde er rechtzeitig landen und sich zu Fuß durchschlagen. Vielleicht würde er bei günstigem Wind und mit etwas Glück sogar die holländische Grenze erreichen. Wenn er nicht abgeschossen wurde.

Der gefährlichste Teil des Unternehmens bestand aber im Startvorgang. Pieter war darauf angewiesen, dass der Motor sofort ansprang, einen Probelauf konnte er sich nicht leisten. Aber er setzte auf den Überraschungseffekt. Bevor die Wachmannschaften begreifen würden, was geschah, hoffte er der Reichweite ihrer Waffen entkommen zu sein.

Zufrieden begutachtete Pieter de Boer den reparierten Vorflügel, kontrollierte die Funktion des wiederhergestellten Höhenruders und prüfte den Reifendruck am Fahrgestell. Alles war in bester Ordnung. Was ihm jetzt noch fehlte, war ein weiterer Kanister Benzin. Und ein Vertrauter, der den Storch aus der Halle zu rollen und den Motor anzuwerfen half. Um kein Risiko einzugehen, würde er erst in der Nacht seines Starts einen Landsmann einweihen. Er würde noch während der Dunkelheit starten und sich am beginnenden Morgengrauen orientieren.

4

»Ich kann es nicht glauben. Isabella! Hast du das gelesen?« Florian Stöber ließ die Zeitung sinken. Isabella Rodriguez hantierte an der Kaffeemaschine. Mit der Filtertüte in der Hand wandte sie sich um. »Wenn du mir sagst, worum es geht, kann ich dir die Frage vielleicht beantworten. Danke übrigens, dass du an Kaffee gedacht hast.«

»Wurde ja auch mal Zeit«, murmelte Stöber undeutlich. »Und mach ihn bitte nicht zu dünn!« Dann hob er den Kopf. »Was da in Bayern passiert ist ... Ich fass es nicht. Was müssen die Leute über uns denken, wenn sie so was lesen. Sexueller Missbrauch und Misshandlungen. Schwerwiegende Vorwürfe gegen die Polizeihundeschule im bayerischen Herzogau. Ermittler sind möglicherweise einem Skandal auf der Spur. Angeblich wurden Polizistinnen in Hundestachelhalsbändern auf allen Vieren durch die Kantine geführt, Anwärter mussten Urin trinken und Abfälle ...«

»Ach das! Habe ich gestern in *Brisant* gesehen. Ehrlich gesagt, ich hab's nicht richtig geglaubt, Florian. Das ist doch bestimmt von irgendeinem kranken Hirn in die Welt gesetzt worden, um euch, ich meine, um uns zu schaden.«

Stöber schüttelte den Kopf. »Ich fürchte, dass da was dran ist, Isabella. Wenn sich schon die Staatsanwaltschaft eingeschaltet hat ... Also, hier liest sich das ziemlich überzeugend. Und wenn es stimmt ... Wozu Polizeibeamte fähig sind ...«

»Wozu sind wir fähig?«

»Guten Morgen, Hanna«, begrüßten Isabella Rodriguez und Florian Stöber ihre Chefin einstimmig.

Hauptkommissarin Wolf schloss die Tür hinter sich und warf ihren Mantel über einen Garderobenhaken. »Guten Morgen.« Sie wandte sich der Sekretärin zu. »Mach ihn bitte nicht zu stark!«

Isabella verdrehte die Augen.

Hanna setzte sich an ihren Schreibtisch und ließ den Blick über die dort liegenden Papiere gleiten. »Nichts vom Kriminaldauerdienst für uns dabei.«

»Seien wir froh. Offenbar hat es in der Nacht keine neuen Tötungsdelikte gegeben.«

»Also, Florian: Wozu sind wir fähig?«

Stöber raschelte mit der Zeitung. »Na, wir sicher nicht. Aber wenn das stimmt, was ich gerade über die Zustände in einer bayerischen Polizeihundeschule gelesen habe ...«

»Ach, das meinst du.« Hanna schüttelte den Kopf. »Schwer zu glauben. Aber ich fürchte, es ist was dran. Wenn ich daran denke, wie der eine oder andere Ausbilder uns damals behandelt hat. Wir waren nur acht oder neun Frauen, und manche Herren fanden sich so unwiderstehlich, dass sie in uns so etwas wie Freiwild sahen.«

»Aber ihr habt euch das doch bestimmt nicht gefallen lassen«, warf Isabella entsetzt ein. »Du jedenfalls nicht, Hanna. Oder?«

»Natürlich nicht. Trotzdem hat es den einen oder anderen Übergriff gegeben. Aber wir haben uns durchaus gewehrt. Die meisten jedenfalls. Einmal haben wir den größten Macho in eine Falle gelockt. Eine Kollegin hat so getan, als wolle sie sich mit ihm treffen. Statt eines Schäferstündchens haben ihn dann sechs Frauen erwartet und mit einem halben Liter billigem Herrenparfüm übergossen. Der hat noch nach Tagen wie ein Moschusochse gestunken. Und musste sich spitze Bemerkungen gefallen lassen. Aber dann war Ruhe.«

»Super!« Isabella nickte zufrieden. »Ich frage mich nur, warum manche sich nicht wehren. Ich kann mir nicht vorstellen, dass ich mich an einem Hundehalsband herumführen lassen würde.«

»Das frage ich mich auch«, stimmte Hanna Wolf ihr zu. »Aber das hat wohl mit der Situation zu tun. Die Schule liegt irgendwo in der Pampa, keiner kann weg. Die Auszubildenden sind abhängig von ihren Vorgesetzten. Dann spielt meistens Alkohol eine Rolle. Wer weiß ...«

Auf Hannas Schreibtisch klingelte das Telefon.

Als sie wieder aufgelegt hatte, machte sie eine ernste Miene. »Es hat doch einen Toten gegeben. Ein Jugendlicher. Möglicherweise zusammengeschlagen. Frankenstein ist schon unterwegs.« Sie erhob sich. »Komm, Florian! Wir müssen los.«

»Und was ist mit meinem Kaffee«, fragte Isabella, aber da hatten die beiden schon das Zimmer verlassen.

Julia Engelhardt hatte allen Grund, stolz zu sein. Sie hatte ihr Studium in Rekordzeit absolviert und die Promotion mit summa cum laude abgeschlossen. Professor Severin hatte ihr vorgeschlagen, eine Assistentenstelle anzunehmen und in die Forschung zu gehen. Doch Julia hatte andere Pläne.

Darum war sie nach Kassel zurückgekehrt. Dort gab es für sie bessere Chancen als im Universitätsbetrieb. Für das Gerangel um Posten und Positionen, um Forschungsgelder und das höhere Ansehen hatte sie nicht viel übrig. Sicher würde am Anfang ihr Aussehen eine Karriere fördern. So wie sie ihrer Schönheit manchen Vorteil während des Studiums, besonders bei Prüfungen, verdankt hatte. Aber ihr war bewusst, wie rasch der Vorzug äußerlicher Attraktivität vergehen konnte.

Mit kritischen Blick drehte sie sich vor dem Spiegel der neuen Wohnung in der Mühlengasse, zeigte ihrem Abbild perlweiße Zähne und schüttelte ihre blonde Mähne. So förderlich ihr Aussehen für das Studium gewesen war, so hinderlich hatte es sich im Privatleben ausgewirkt. Ein Grund mehr, in die Großstadt zurückzukehren. Seit Dennis waren alle Beziehungen zu Männern flüchtig geblieben. Obwohl sie sich nur mit ihm eingelassen hatte, um ihn unter Kontrolle zu halten, weil er von ihrem Racheakt wusste, hatten sie doch eine recht gute Zeit miteinander gehabt. Doch dann war ihr klar geworden, dass er sie nur fürs Bett brauchte und mit seinem Wissen über ihr Geheimnis an sich binden wollte. Weil sie nicht riskieren konnte, dass er nach einer Trennung davon Gebrauch machen würde, hatte sie für sein Ableben gesorgt. Auf eine fast sanfte, vor allem unauffällige Art. Ein zweifacher Akt der Befreiung. Damit war auch der einzige Zeuge ihrer Rache an dem Vergewaltiger, dem Würger von Wehlheiden, verschwunden.

In Marburg waren die interessanten Männer in festen Händen gewesen oder allzu unreif. Kurzzeitige Verhältnisse mit Assistenten oder Professoren hatten ohnehin keine Zukunft gehabt,

Kommilitonen waren ihr gegenüber eher unsicher oder gar ängstlich gewesen. Oder hatten sie mit ihren brünstigen Bedürfnissen abgestoßen.

Dagegen würde sie in ihrer Heimatstadt Kassel eine Position erobern, die sie unangreifbar machte. Sie hatte ihre Fühler bereits ausgestreckt und war auf eine höchst attraktive berufliche Perspektive gestoßen. Möglicherweise würde sie ein wenig nachhelfen müssen, wenn es darum ging, die Stelle frei zu machen, die sie einzunehmen gedachte. Noch hatte sie keine konkrete Vorstellung, wie sie dabei vorgehen würde. Aber sie war sicher, dass ihr zu gegebener Zeit eine Lösung einfallen würde. Schließlich war ein Medizinstudium auch dafür eine gute Voraussetzung.

Als Julia Engelhardt ihre Wohnung verließ, begegneten ihr auf der Treppe drei junge Männer in gleichförmigem Outfit. Sie trugen Lonsdale-Jacken, gebleichte Jeans und schwarze Doc-Martens-Stiefel. Bewundernde Blicke war Julia gewohnt, doch in den Augen dieser Jungen glaubte sie fast so etwas wie Verehrung zu entdecken. In dem, der zuerst gegrüßt hatte, hatte sie Philipp Siebert erkannt, den Enkel ihrer Vermieterin. Sie beschloss, die Jungen trotz ihres abschreckenden Äußeren freundlich zu behandeln, und verkniff sich ein spöttisches Grinsen. Lächelte stattdessen anerkennend, als seine Kameraden sich beeilten, ebenfalls höflich zu grüßen. Drei kräftige junge Männer könnten ihr irgendwann von Nutzen sein. Und sei es, um schwere Gegenstände in die Wohnung zu tragen.

Sobald ihr erstes Gehalt auf dem Konto war, würde sie sich um eine angemessene Einrichtung kümmern. Von den Billigmöbeln aus der Studentenzeit hatte sie sich bereits getrennt und nur wenige Gegenstände mit nach Kassel gebracht. Sicher würde sie sich nicht mit Ikea einrichten. Bei Schaumann hatte sie eine Rolf-Benz-Sitzgruppe entdeckt. Das hatte Stil.

Das Haus 7 des Klinikums, in dem die Pathologie untergebracht war, lag am südlichen Rand des riesigen Krankenhauskomplexes an der Mönchebergstraße. Stöber benutzte die Zufahrt über die

Liebigstraße zum Hintereingang und stellte den Wagen neben einem Bestattungsfahrzeug ab.

Dr. Frank Norbert Stein, der für die Kasseler Polizei rechtsmedizinische Aufgaben übernahm, empfing die Beamten an der Tür des Sektionssaals. Hanna stieg ein seltsamer Geruch in die Nase. Eine Mischung aus Desinfektionsmittel und Apfelmost. Dazu verströmte der Pathologe den Dunst von Tabaksqualm und Restalkohol. Die Kombination war Hanna vertraut. Offenbar hatte Stein am Vorabend seinem geliebten Rotwein zugesprochenen. Für einen Augenblick blitzten ihre Erinnerungen an die Vorhaltungen ihrer Tochter auf. Ähnlich unangenehm musste Nina ihre Mutter empfunden haben, wenn Hanna in der Wohnung geraucht und dazu den einen oder anderen Calvados genossen hatte.

Trotz des Rauchverbots im Klinikum klemmte eine brennende Zigarette im Mundwinkel des Arztes. In Hannas Augen war der Sechzigjährige ein Musterbeispiel für die schlank machende Wirkung des Rauchens. Obwohl er, wie im Präsidium gemunkelt wurde, gutem Essen und besonders einem gehaltvollen Tropfen durchaus zugetan war, behielt er seine schmächtige Figur. Allerdings hatten die unzähligen Zigaretten deutliche Spuren hinterlassen: Kein anderer Mann aus Hannas Bekanntenkreis oder beruflichem Umfeld besaß ein derart zerknittertes Gesicht. Dessen regelmäßiger Anblick hatte ihren schweren Entschluss erleichtert, das Rauchen aufzugeben. Seitdem erinnerte sie jede Begegnung mit Stein an die schwierige Zeit.

»Können Sie uns schon was sagen, Herr Doktor Stein?«

Hanna wusste, wie sehr der Pathologe diese Frage hasste, darum lächelte sie verbindlich, berührte leicht seinen Unterarm und fügte hinzu: »Falls es Ihnen nichts ausmacht. Ich weiß, dass es eigentlich zu früh ist, aber ...«

»Papperlapapp«, unterbrach sie der Arzt. »Die Kollegen von der Unfallchirurgie haben schon an ihm rumgeschnippelt, für ein paar grundlegende Informationen dürften deren Erkenntnisse reichen. Kommen Sie!« Er ging voran, löschte die brennende Zigarette unter einem Wasserhahn und warf die Kippe in einen Abfalleimer.

Trotz ihrer gut und gerne zwanzig Dienstjahre überfiel Hanna wieder dieses beklemmende Gefühl, das sich nicht abschütteln ließ, als sie an den stählern glänzenden Seziertisch trat. Der Arzt schlug das grüne Tuch, das den Leichnam bedeckte, nur so weit zurück, dass der Kopf sichtbar wurde. Das ebenmäßige Gesicht eines jungen Mannes mit brauner Hautfarbe erschien. Nicht sehr dunkel. Waren entweder Mutter oder Vater dunkelhäutig? Verkrustetes Blut klebte in seinen kurzen schwarzen Haaren.

»Der Junge wäre irgendwann innerlich verblutet«, erklärte Stein. »Milz und Leber dürften verletzt worden sein. Außerdem scheint ein Nierenriss vorzuliegen. Aber mit Sicherheit tödlich war die Kopfverletzung.«

»Ist er überfahren worden?«, fragte Florian Stöber.

»Dafür fehlen die typischen Anstoßverletzungen an den Unterschenkeln. Allenfalls könnte er liegend überrollt worden sein. Darauf weisen aber keine konkreten Anzeichen hin.«

»Also wurde er zusammengeschlagen?«

»Vermutlich. Die Kopfwunde dürfte von einem Schlag mit einem schmalen harten Gegenstand stammen. Zum Beispiel einer Stahlrute.« Stein deckte den Oberkörper auf. »Und sehen Sie sich das an! Für mich sieht das nach Fußtritten aus. Mit schweren Stiefeln. Genaueres kann ich natürlich erst nach der Obduktion ...«

»Selbstverständlich, Herr Doktor Stein.« Hanna Wolf versuchte vergeblich, charmant zu klingen. »Wann rechnen Sie mit Ergebnissen?«

»Morgen, verehrte Frau Hauptkommissarin. Heute bin ich allein. Für die Sektion brauche ich einen Kollegen. Morgen früh fängt meine neue Assistentin an. Wir können dann zur üblichen Zeit beginnen. Die Staatsanwaltschaft ist informiert, und Sie kommen doch sicher auch. Oder schicken Sie einen Kollegen? Danach wissen Sie mehr. Im Laufe des Nachmittags dürfte dann ein vorläufiger Bericht vorliegen.«

»Sehr gut.« Hanna lächelte dankbar. »Das wäre eine große Hilfe. Wer von uns an der Obduktion teilnimmt, weiß ich noch nicht.« Sie sah sich suchend um. »Hatte er etwas bei sich, das uns einen Hinweis auf seine Identität geben könnte?«

»Nichts.« Stein deckte den Leichnam wieder zu und schüttelte den Kopf. »Er hatte überhaupt nichts bei sich. Die Kleidung bestand neben der Unterwäsche aus Jeans, Sportschuhen und einem Kapuzenpulli. Sie wird noch untersucht. Im Brustbereich gab es Blutspritzer, die kaum von der Wunde am Hinterkopf dorthin geraten sein können. Vielleicht liefern sie einen Anhaltspunkt für Ihre Ermittlungen.« Seine Hand verschwand unter dem Kittel und förderte eine Zigarettenpackung zu Tage.

Hanna verstand. Der Arzt wollte rauchen. »Dann bedanken wir uns schon einmal für diese Auskünfte.«

Stein nickte stumm und ging zur Tür. Hanna und Stöber folgten ihm.

Draußen sahen sie sich verwundert an. »Ich frage mich«, sagte Hanna, als sie außer Hörweite waren, »warum Frankenstein heute so wenig gesprächig war. Sonst findet er mit seinen Vorträgen nie ein Ende.«

»Vielleicht hat ihn der Tod eines so jungen Menschen doch etwas mitgenommen. Ich meine die Art und Weise, wie er ums Leben gekommen ist.«

»Könnte sein. Obwohl er sonst ja nicht sehr empfindsam ist. Aber vielleicht sollen seine flapsigen Sprüche die Betroffenheit überdecken.« Hanna seufzte. »Ist schon ziemlich übel, wie dieser Junge zugerichtet worden ist. Was mag da wohl passiert sein?«

»Raubüberfall oder rassistisch motivierter Totschlag«, murmelte Stöber, während sie dem Wagen zustrebten.

»Ja, wahrscheinlich eins von beiden. Aber es gibt noch eine dritte Möglichkeit. Hast du das Gesicht des Jungen gesehen?«

»Ja, sicher. Wieso?«

»Hübsch. Sehr hübsch. Und nicht nur das Gesicht. Für einen solchen Körper zahlen manche Männer unvorstellbare Summen.«

Stöber blieb stehen. »Eine Auseinandersetzung in der Stricherszene?«

»Oder ein Eifersuchtsdrama«, nickte Hanna.

»Kann ich mir nicht vorstellen. So gehen die nicht vor. Da wird eher einer mit dem Messer abgestochen. Ich tippe auf einen rechten Schlägertrupp.«

Hanna nickte nachdenklich und ging weiter. »Jedenfalls nicht unwahrscheinlich. Die Verletzungen deuten auf einen Angriff durch mehrere Personen hin. Komm, Florian, lass uns fahren. Der Wind hier ist ziemlich frisch. Außerdem müssen wir zurück ins Präsidium, die Vermisstenmeldungen durchgehen.«

Stöber beeilte sich, seiner Chefin zu folgen. »Können wir kurz am Café Havanna halten?«

»Hast du nicht gefrühstückt?«

Er schüttelte den Kopf. »Silke ist ... zu einer Fortbildung. Und allein ...«

»... warst du nicht in der Lage, einzukaufen.«

»Ich hab's einfach nicht geschafft«, gab er kleinlaut zu. »Ein paar Croissants zu Isabellas Kaffee wären doch nicht schlecht. Oder?«

Das Haus in Kassel-Mitte, das Philipps Großmutter von ihrem verstorbenen Ehemann übernommen hatte, verfügte über sechs Wohnungen. Da die Immobilie schuldenfrei und in gutem Zustand war, konnte sie von den Mieteinnahmen gut leben und ihrem Enkel fast alle Wünsche erfüllen. Dass er sich neuerdings mit kahl rasierten Kumpanen traf und sein Äußeres diesen etwas beschränkt wirkenden Jungmännern mehr und mehr anglich, beunruhigte sie ein wenig. Doch da er ihr versicherte, sie seien nur wegen des gemeinsamen Musikgeschmacks befreundet, verdrängte sie das ungute Gefühl und redete sich ein, es müsse sich um eine vorübergehende Erscheinung handeln.

Heute war er ihr etwas bedrückt erschienen. Doch auf ihre Frage, ob ihm etwas fehle, hatte er nur stumm den Kopf geschüttelt.

Der Junge war ihr Ein und Alles. Sie hatte ihn wie ihr eigenes Kind aufgezogen, nachdem seine Eltern bei einem Verkehrsunfall ums Leben gekommen waren, als er erst drei Jahre alt war. Sie wusste, dass ihm der Vater fehlte. Aber den konnte sie ihm nicht ersetzen. Eine Zeit lang hatte eine nette Familie mit einem Sohn in Philipps Alter in ihrem Haus gewohnt. Der Vater hatte viel mit den beiden Jungen unternommen, aber dann waren sie in eine andere Stadt gezogen. Die Mieter wechselten immer schneller. Gerade zog wieder eine neue Mieterin ein. Die junge Frau hatte zwar so gut wie keine Möbel mitgebracht, besaß aber einen Doktortitel. Ihre Erklärung, am Klinikum Kassel ihre erste Stelle anzutreten und sich ganz neu einrichten zu wollen, klang einleuchtend. Und wenn man auf die Siebzig zuging, war es gut, eine Ärztin im Haus zu haben. Karin Siebert hatte nichts gegen die neue Mieterin einzuwenden.

Bei Kaffee und Croissants im Büro waren sie noch ganz guter Dinge gewesen. Doch dann hatte sich der Fall Benjamin Bandele wie kalter Nebel über sie gelegt. Die Eltern waren ins Präsidium gekommen, um Vermisstenanzeige zu erstatten. Ein aufmerksamer Kollege hatte eine mögliche Verbindung zu der unbekannten Leiche hergestellt und die verzweifelten Angehörigen zum Fachkommissariat für Tötungsdelikte begleitet, wo Hanna Wolf sie schließlich mit der schrecklichen Nachricht konfrontieren musste. Während Isabella sich um die weinende Mutter gekümmert hatte, war die Hauptkommissarin mit dem Vater zur Pathologie gefahren.

Unterwegs hatte er ihr in dürren Worten seine Geschichte erzählt. Benadou Bandele stammte aus Douala, einer Stadt an Kameruns Atlantikküste. Er war vor zwanzig Jahren nach Deutschland gekommen, um hier zu studieren, hatte sich in eine deutsche Kommilitonin verliebt, mit ihr ein Kind bekommen, sie geheiratet, und beide hatte es beruflich nach Kassel verschlagen, wo er als Ingenieur bei ThyssenKrupp und seine Frau als Lehrerin an einer Grundschule arbeitete.

Der Vater hatte seinen Sohn identifiziert.

Nachdem Hanna eine Notfallseelsorgerin angefordert und die Eltern nach Hause begleitet hatte, war sie ins Büro zurückgekehrt. Dort war Florian Stöber damit beschäftigt, die mageren Ergebnisse der Spurensicherung zu sichten.

»Außer geringen und vom Regen schon verwaschenen Blutspuren sind noch ein paar Fasern und Blutspritzer in einem Hauseingang gegenüber der Fundstelle entdeckt worden. Wenn beides vom Opfer stammt, haben wir herzlich wenig.«

Hanna ließ sich auf ihren Bürostuhl fallen. »Wenn es keine Hinweise aus der Bevölkerung gibt, sehen wir ziemlich alt aus.«

Stöber nickte. »Hat dir der Vater irgendwelche Hinweise geben können? Gab es schon einmal ähnliche Vorfälle? Oder Drohungen?«

Bevor Hanna antworten konnte, klingelte ihr Handy. Das Display zeigte weder eine Nummer noch einen Namen an. Sie meldete sich. »Du bist's! Nein, im Augenblick störst du nicht. – Schon morgen? – Ja gut. – Bis dann!«

»Deine Tochter?«, fragte Stöber, nachdem Hanna das Telefon zugeklappt hatte.

»Nina will mich besuchen. Kommt etwas überraschend.«

»Aber du freust dich doch sicher?«

»Natürlich. Andererseits ist mir etwas unwohl. Irgendetwas scheint nicht in Ordnung zu sein.«

»Hat sie Probleme im Referendariat? Sie müsste doch bald fertig sein.«

»Im übernächsten Monat findet die letzte Prüfung statt«, bestätigte Hanna. »Bisher ist alles gut gelaufen. In allen Stationen hat man ihr gute Leistungen bescheinigt. Und sie hat genug Punkte, um nicht mehr durchfallen zu können. Es geht nur noch um die Frage, ob sie ein Prädikatsexamen erreicht.«

»Das schafft sie sicher. Ich glaube nicht, dass du deswegen beunruhigt sein musst.«

»Dein Wort in Gottes Ohr, Florian. Aber nun lass uns mal zu unserem Fall zurückkehren. Du hattest nach dem Vater des Jungen gefragt. Nein, er konnte mir keine Hinweise geben. Sein Sohn war übrigens ganze sechzehn Jahre alt.«

»Dann bleibt uns im Augenblick nichts weiter als ein Aufruf an die Medien, dass sich eventuelle Zeugen melden sollten. Und wir müssen die Ergebnisse der Obduktion und der kriminaltechnischen Untersuchung der Spuren abwarten.«

Hanna nickte. »Wir könnten inzwischen die Überprüfung unserer Thesen ...«

Sie wurde unterbrochen, als die Bürotür aufschwang, Kriminaloberrat Wenzel eintrat und mit einem Blatt Papier wedelte. In der anderen Hand hielt er einen Umschlag. »Entschuldigen Sie die Störung, Frau Kollegin. Ich hätte da ... Also, nur wenn Ihre laufenden Ermittlungsarbeiten nicht ... Es ist wirklich nur eine Bitte ... genauer gesagt, eine Frage.«

»Was können wir für Sie tun, Herr Kriminaloberrat?«

Wenzel hielt das Blatt hoch, als würde sich seine Anwesenheit damit erklären. »Wir ... ich meine die Pressestelle, eigentlich der PP, dieses Schreiben ... Aus den USA ... ein Brief. Mit einem alten Partei-Ausweis. Na ja. Der Besitzer ... Am besten, Sie lesen selbst. Es müsste nach einer Person ... Beziehungsweise nach deren Nachkommen ... Sie können das doch am besten. Aber wirklich nur, wenn die aktuellen Ermittlungen nicht ... Sie verstehen. Und es hat ja auch gar keine Eile.« Er drückte der Hauptkommissarin das Blatt und den Umschlag in die Hand und verließ eilig das Büro.

Hanna warf einen flüchtigen Blick auf das Papier und legte es an die Seite. »Wieder einer von Oberwenzels Spezialaufträgen, mit denen er beim Polizeipräsidenten einen guten Eindruck machen will. Wir kümmern uns später darum.«

»Du hattest gerade von der Überprüfung unserer Thesen gesprochen«, erinnerte Stöber.

»Ja, Florian. Ich spreche mit den Kollegen von der Sitte. Mal sehen, ob die einen Tipp für uns haben. Außerdem sollten wir den Staatsschutz um Hilfe bitten. Vielleicht haben sie jemanden, der sich in den Kreisen umhören kann, in denen wir den Täter vermuten. Würdest du das übernehmen?«

»Mit den Kollegen reden? Oder mich umhören?«

»Letzteres sollten wir den Experten überlassen. Aber wenn du mal mit ihnen sprichst ...«

Florian Stöber sprang auf. »Hanna, das machen wir selbst! Ich könnte mich doch bei diesen Figuren einschleichen.«

Die Hauptkommissarin lächelte nachsichtig. »Undercover? Du? Das ist zu gefährlich, Florian. Sprich mit den Kollegen. Die sollen das machen.«

»Aber wenn die Staatsschützer nichts dagegen hätten, könnte ich doch ... Die würden mir sagen, worauf man achten muss und ...«

»Falls dir die Kollegen vom ZK 10 tatsächlich grünes Licht geben sollten, können wir noch mal darüber reden.«

»Einverstanden. Ich gehe gleich mal rüber.«

5

Obwohl es in seinem Versteck langsam kalt wurde, verharrte Günther in dem Erdloch, bis die Dämmerung einsetzte. Er war durch den Wald gehetzt, bis ihn seine Kräfte verlassen hatten. Erschöpft hatte er sich umgesehen und diese Zuflucht entdeckt. Eine kleine Höhle, die durch das herausgerissene Wurzelwerk eines umgestürzten Baumes entstanden war. Mit einigen herumliegenden Zweigen hatte er für zusätzlichen Sichtschutz gesorgt.

Schlimmer als die Kälte waren Hunger und Durst. Seit er aufgebrochen war, hatte er noch nichts zu sich genommen. Und die Ausbeute seiner Streifzüge an den Tagen zuvor war gering gewesen. Aber trotz seines leeren Magens war ihm nach der raschen Flucht vor dem schießwütigen Parteibonzen derart übel geworden, dass er minutenlang hatte würgen müssen.

Als er aus seinem Schlupfwinkel kroch, wurde ihm erneut übel und schwindelig, aber er zwang sich, weiterzugehen. Bis nach Kassel hatte er ein gutes Stück Weg zurückzulegen. Dabei würde er sich abseits der Straßen halten müssen, um nicht einer Polizeistreife oder einem SA-Trupp in die Hände zu fallen.

Während er in die Richtung wanderte, in der er Simmershausen vermutete, kreisten die Eindrücke des Tages in seinem Kopf. Der Anblick der Leichen aus den Trümmerhäusern, die seltsame Arbeit im Keller des Rathauses, die Fahrt in der Mercedes-Limousine. Was mochte das sein, was sie in dem Wagen verstaut hatten? Die schweren Metallblöcke hatten sich durch das grobe Leinen wie Eisen angefühlt. Oder wie Blei.

Und immer wieder drängten sich die entsetzten Gesichter des anderen Jungen vor sein inneres Auge. Seine aufgerissenen Augen, als er erkannte, was geschehen würde. In Günthers Ohren dröhnte der Hall der Schüsse. Wieder und wieder. Er hätte gern geweint. Aber er hatte schon lange keine Tränen mehr.

In der Baracke, die dem Kommandanten des Fliegerhorsts als Büro diente, war die Beleuchtung auf das Nötigste reduziert.

NSDAP-Hauptbereichsleiter Friedrich Nissen hatte sein Anliegen knapp und eindringlich vorgetragen und dabei unterstrichen, dass er in unmittelbarem Auftrag des Gauleiters handelte. Der Luftwaffenoffizier im Rang eines Majors schien wenig beeindruckt. »Wir helfen selbstverständlich, wo wir können. Aber Ihr Vorhaben lässt sich nicht so ohne Weiteres verwirklichen. Wenn Sie auf der Rhön landen wollen, geht das nur mit einem *Fieseler Storch*. Davon haben wir gerade noch ein Exemplar. Und das ist nicht einsatzbereit. Ich könnte jemanden abstellen, der sich um die Maschine kümmert. Ein Pilot lässt sich sicher auch finden. Aber das wird einige Stunden dauern. Da Sie schlecht in der Dunkelheit starten können, müssen Sie bis morgen früh warten.«

»Gut. Dann also morgen früh bei Tagesanbruch.« Nissen verließ das Büro, um sich nach einem Quartier für die Nacht umzusehen.

Pieter de Boer erschrak, als die Ordonanz des Kommandanten in der Unterkunft erschien und ihm ausrichtete, er möge die Fi 156 aus dem Lagerschuppen holen, in die Wartungshalle bringen und mit zwei oder drei Leuten darangehen, das Flugzeug startklar zu machen. Notfalls sei die Nacht durchzuarbeiten, denn die Maschine solle am Morgen zu einem Transportflug starten. Das Wachpersonal sei bereits informiert.

Er musste seine ganze Beherrschung zusammennehmen, um die Erregung zu verbergen, die der Befehl ausgelöst hatte. Zum Glück hatte es der Überbringer eilig und verschwand, ohne sich lange aufzuhalten.

In seinem Kopf überschlugen sich die Gedanken. Wenn einer der deutschen Offiziere das Flugzeug in seinem jetzigen Zustand zu Gesicht bekam, würde er Fragen stellen, auf die es keine plausiblen Antworten gab. Wieso war der *Storch*, der doch als flugunfähig galt, plötzlich in so gutem Zustand? Wer hatte die Maschine in Ordnung gebracht? Auf wessen Veranlassung?

Ihm blieb nichts anderes übrig, als auf Arglosigkeit und Desinteresse bei den Deutschen zu hoffen. In der Dunkelheit würde vielleicht niemandem auffallen, dass die Maschine schon wiederhergestellt war. Und ein wenig konnte er ja auch noch dazu beitragen, diesen Eindruck zu verwischen.

Der beunruhigendste Gedanke war jedoch die Vorstellung von der startenden Maschine. Am Steuerknüppel würde nicht er, sondern ein deutscher Pilot sitzen. Und wahrscheinlich würde er die Fi 156 nie wiedersehen. Es sei denn, es gelang ihm, die Kanzel des Fliegers im ersten Morgenlicht zu erreichen, die Maschine zu starten und abzuheben, bevor jemand auf die Idee kam, dass nicht der für den Flug vorgesehene Pilot am Steuer saß.

Ein riskantes Vorhaben. Aber das Kriegsende in der Gewalt der Deutschen zu erleben, war nicht weniger gefährlich. Außerdem hatte dieser Plan den Vorteil, niemanden einweihen zu müssen. Und alle technischen Vorbereitungen für den Flug konnten ganz offiziell getroffen werden. Und ganz offiziell konnte er nun auch Helfer anfordern. Pieter entschied sich für zwei nicht sonderlich aufgeweckte, aber verlässliche Friesen aus der Gegend von Enkhuizen, mit denen er schon gelegentlich zusammengearbeitet hatte.

Bevor er sie zum nächtlichen Einsatz beorderte, lief er zum Lagerschuppen und ließ einen Teil der Luft aus den Reifen des Fahrgestells, damit wenigstens ein Mangel sichtbar wurde. Weil an der Maschine nicht mehr viel zu tun war, würde er sich Aufgaben für seine Helfer einfallen lassen müssen.

Die Männer aus der Provinz Nordholland waren nicht begeistert von der zusätzlichen Nachtschicht, wussten aber auch, dass sie keine Wahl hatten. Kurz vor dem Start würde Pieter sie allerdings vor eine ganz andere Entscheidung stellen. Zwar hatte der *Storch* nur zwei Sitze, aber der zweite Landsmann konnte im Laderaum untergebracht werden.

Vorsichtig näherte Günther sich den Häusern des Dorfes, musterte Fenster und Türen und hielt Ausschau nach Hintereingängen, nach Ställen und Scheunen. Manchmal waren dort Vorräte versteckt. Und auf Bauernhöfen fanden sich gelegentlich Reste von heimlichen Fütterungen, da und dort gab es vielleicht ein paar Hühner, aus deren Stall sich das eine oder andere Ei entwenden ließ.

Sein Blick fiel auf einen kleinen Anbau, der sich auf der Rückseite eines Hauses zwischen wild wuchernden Sträuchern versteckte. Langsam schlich Günther näher. Erst als er den Grundstückszaun überstiegen und und nur noch wenige Meter vom Haus entfernt war, entdeckte er die hölzerne Tür des Anbaus. Sie wirkte stabil und war mit einem Vorhängeschloss gesichert. Unschlüssig sah er sich um. In den Trümmern der Stadt fand sich immer ein Stück Eisen, das man als Werkzeug zum Öffnen verschlossener Türen benutzen konnte, hier jedoch entdeckte er nichts dergleichen. Während er noch überlegte, ob es sich lohnen könnte, auf den Nachbargrundstücken nach einem geeigneten Hilfsmittel zu suchen, hörte er, wie eine Tür geöffnet wurde und sich schlurfende Schritte näherten.

Rasch hockte er sich nieder und presste sich in den Schatten der Hauswand. Im nächsten Augenblick erschien eine alte Frau, an deren Arm eine Petroleumlampe schaukelte. Die Flamme wanderte als schwacher Lichtpunkt durch den Garten. Vor der Tür sah sich die Alte um, stellte die Lampe ab, kramte einen Schlüsselbund aus der Kittelschürze und öffnete das Schloss.

Günther wartete einen Augenblick, dann folgte er ihr in den niedrigen Raum. Zu seiner Überraschung beleuchtete der Schein der Leuchte nur nackte Wände und leere Regale. Ihm den Rücken zukehrend kniete die alte Frau auf dem Boden. Sie hatte ein Holzbrett zur Seite geschoben und griff gerade mit beiden Händen in den Hohlraum darunter, als Günther ihr einen Stoß versetzte. Sie fiel auf die Seite und begann zu schreien. Blitzschnell griff Günther in die Öffnung, packte, was ihm in die Hände kam, und stürzte hinaus. Wenige Augenblicke später hatte er das Grundstück verlassen und rannte zurück in Richtung Wald. Das Geschrei wurde schwächer, andere Stimmen mischten sich ein, schließlich herrschte Ruhe.

Anscheinend war ihm niemand gefolgt. Unter den Bäumen des Waldrandes ließ er sich nieder und betrachtete das Ergebnis seines Raubzuges. Ein Glas mit eingekochten Birnen und eine Dauerwurst. Fieberhaft zog und zerrte er an dem Gummiring, der den Deckel auf dem Einweckglas hielt. Mit den Zähnen gelang es ihm schließlich, ihn ein wenig herauszuziehen. Es zischte leise, dann ließ sich der Deckel abheben. Gierig griff er hinein und stopfte sich die süßen Fruchtstücke in den Mund. In wenigen Augenblicken war das Glas geleert, und Günther begann die Pelle mit den Zähnen von der Wurst zu reißen. Nach den ersten Bissen spürte er seinen Magen revoltieren, und er zwang sich, langsamer zu essen. Dennoch war nach kurzer Zeit die gesamte Beute vertilgt.

Dann machten sich die Strapazen des Tages bermerkbar, er wurde langsam müde. Da er seinen Schuppen auf dem Möncheberg ohnehin nicht mehr erreichen würde, beschloss er, sich nach einem Schlafplatz umzusehen. Er wanderte weiter am Ortsrand entlang in Richtung Ihringshausen, bis er eine Scheune entdeckte, in der er genügend Stroh zusammenkratzen konnte, um daraus ein ausreichend wärmendes Lager zu formen.

Wenig später war er eingeschlafen. Im Traum kehrte er in sein Elternhaus zurück, wo ihn seine Mutter an der Tür erwartete. »Du warst so lange weg, mein Junge. Ich bin froh, dass du wieder da bist.« Günther wollte ihr erklären, wo er die letzten Tage und Nächte verbracht hatte, doch er bekam kein Wort heraus. Nur ein undeutliches Krächzen. Sein jüngerer Bruder tauchte plötzlich auf und zerrte an seinem Ärmel.

Günther erwachte und starrte in das Licht einer Stalllaterne. Um ihn herum standen fünf oder sechs Jungen in abgetragenen HJ-Uniformen. In den Händen hielten sie Knüppel. Einer ließ einen Dreschflegel kreisen. »Da ist ja der Volksschädling. Das Schwein hat meine Oma beklaut.«

Es kostete einige Mühe, den Flieger aus dem Schuppen zu rollen. Nachdem allerlei Schrott und Bauteile beiseitegeräumt und die Reifen mittels einer Fußpumpe wieder den nötigen Druck erhalten hatten, schoben die Männer den *Storch* ins Freie. Ein paar Wachsoldaten halfen, ihn über die Wiese zur Montagehalle zu schieben. Dort dirigierte Pieter den schweren Vogel unter einen Scheinwerfer. Er beglückwünschte sich dazu, ihn noch nicht gesäubert zu haben, denn unter der teilweise verwischten Staubschicht und den vom Schmutz blinden Kanzelfenstern wirkte das

Flugzeug doch einigermaßen mitgenommen. Um seine Landsleute zu beschäftigen, trug er ihnen auf, alle beweglichen Teile zu ölen oder zu fetten, während er selbst Motor und Instrumente einer gründlichen Prüfung unterzog. So kritisch die neue Entwicklung sein mochte, so dankbar war er für die Gelegenheit, die Maschine ausgiebig und in Ruhe auf den großen Flug vorzubereiten. Dabei betete er, dass dieser nach Eindhoven führen möge.

Plötzlich klopfte jemand gegen das Blech der Außenverkleidung. Pieter schreckte aus seinen Gedanken.

»Sie da! Kann das Flugzeug beladen werden?«

Unter ihm, neben dem Fahrgestell, reckte ein Deutscher in der verhassten braunen Uniform der Nazi-Partei den Kopf in die Höhe. Nach Kragenspiegel und Abzeichen schien es sich um jemanden zu handeln, den die Deutschen respektvoll »ein hohes Tier« nannten. Oder verächtlich »Goldfasan«, je nach politischer Haltung.

Pieter stieg von der Flugzeugkanzel herab und wischte sich die öligen Finger an einem Lappen ab. »Was wollen Sie denn einladen?«

»Geht Sie einen feuchten Kehricht an.«

»Das mag sein«, entgegnete der Holländer. »Aber wenn Sie morgen früh ohne Probleme starten wollen, muss das Gewicht der Ladung bestimmt und ihre Verteilung genau berechnet werden. Das wiederum hängt davon ab, wie viele Personen mitfliegen.«

Der Uniformierte starrte Pieter mit leicht zusammengekniffenen Lidern an. »Eine Person«, zischte er schließlich. »Plus Pilot. Die Ladung besteht aus Munitionskisten.«

»Entscheidend ist das Abfluggewicht. Sie können maximal 250 Kilogramm zuladen, wenn neben dem Piloten noch eine Person transportiert werden soll.«

»Mehr nicht?« Der Blick des Deutschen wurde misstrauisch.

Pieter hob die Schultern. »Kein Pilot startet mit einer überladenen Maschine.« Mit dem Daumen deutete er auf den Storch. »Meine Leute können Ihre Kisten einladen. Aber die müssen vorher auf die Waage. Wenn Sie zu viel mitnehmen wollen, riskieren Sie, dass vor dem Start ein Teil wieder herausgeholt werden muss und sich der Abflug weiter verzögert.«

Wortlos drehte sich der Deutsche um und verschwand. Eine halbe Stunde später kehrte er zurück, einen ebenfalls braun uniformierten Mann im Schlepptau, der mit einiger Mühe eine offenbar schwere Kiste hinter sich her schleifte.

»Wo ist die Waage?«

Wortlos wies Pieter zu einer Seitenwand der Halle.

Mit einer Kopfbewegung gab der Nazibonze den Wink an seinen Helfer weiter. Der schleppte seine Last zu der bezeichneten Stelle und wuchtete die Kiste auf das Gerät. Es dauerte eine Weile, bis die Männer mit der Mechanik zurechtkamen. Dann flüsterten sie erregt, schließlich trugen sie die Kiste gemeinsam wieder hinaus. Kurz darauf hörte Pieter vor der Halle das Geräusch eines Hammers, mit dem Nägel in Holz getrieben wurden.

Erneut hatte sich die Situation geändert. Offenbar sollte mit dem *Fieseler Storch* eine größere Menge schweren Materials ausgeflogen werden. Wenn die Maschine bereits während der Nacht beladen wurde, würde er – vorausgesetzt, es gelang ihm, in einem unbeobachteten Moment in den startbereiten Flieger zu klettern – ohne seine Landsleute starten müssen.

In der Wartungshalle stapelten sich die Kisten neben dem Flugzeug. Der Nazibonze und sein Gehilfe hatten sie nacheinander auf die Waage gewuchtet und dann zum *Storch* gebracht. Pieter hätte gern gewusst, was sich in den Kisten verbarg. Es musste etwas sehr Wichtiges oder sehr Wertvolles sein, denn die Männer ließen sie nicht aus den Augen. Sie hatten sich eine Sackkarre organisiert, und wenn einer die nächste Kiste holte, blieb der andere stets neben dem Stapel stehen. Außerdem waren die Behälter inzwischen alle vernagelt, so dass es selbst dann unmöglich gewesen wäre, einen Blick hinein zu riskieren, wenn sie einen Moment unbeaufsichtigt gewesen wären.

Sichtlich unzufrieden wanderte der Blick des Goldfasans zwischen seiner Fracht und dem Flugzeug hin und her. Offenbar hatte er mehr zu transportieren, als diese Maschine tragen konnte.

»Müssen zweimal fliegen«, hatte Pieter aufgeschnappt. »Sie bewachen den Wagen. Sollte etwas fehlen, sind Sie ein toter Mann.« Dass man ihm einen ausländischen Gefangenen zugeteilt hatte, um die Maschine startklar zu machen, schien ihm ebenfalls nicht zu gefallen. Mit herrischer Geste deutete er auf die Munitionskisten. »Baldmöglichst einladen! Möchte bei Tagesanbruch starten. Ohne Verzögerung.«

Pieter de Boer nickte und gab seinen Landsleuten ein Zeichen. Die wussten, was sie zu tun hatten und begannen sofort die hölzernen Behälter in das Flugzeug zu laden, sie sorgfältig zur Einhaltung des richtigen Schwerpunktes zu verteilen und gegen Verrutschen zu sichern – misstrauisch beäugt von dem Mann in der braunen Uniform. Der winkte seinen Helfer heran und raunte ihm einen Befehl ins Ohr. Wenig später erschien ein deutscher Luftwaffenoffizier. Der Oberleutnant nickte Pieter kaum merklich zu und wandte sich an den Goldfasan. »Sie können Herrn de Boer vertrauen, Hauptbereichsleiter. Ein qualifizierter und zuverlässiger Mann.«

»Ausländer«, schnaubte der Nazi. »Potenzielle Saboteure! Kontrollieren Sie alles, was mit der Sicherheit des Flugzeugs zu tun hat! Das Unternehmen darf keinesfalls gefährdet oder verzögert werden. Handle im unmittelbaren und persönlichen Auftrag des Gauleiters.« Er senkte die Stimme. »Es geht um die Ausführung eines Führerbefehls.«

Der Offizier nickte nachsichtig und gab Pieter ein unauffälliges Zeichen. Dann umrundete er den *Storch*, bewegte prüfend Seitenruder und Höhenruder, strich mit der behandschuhten Hand über die Kanten des Propellers und trat mit seinem polierten Schuh gegen die Ballonreifen des Fahrgestells. Schließlich erklomm er die Kanzel, betätigte dort Steuerknüppel und Pedale, rief Pieter eine Reihe von Fragen zu, die dieser jeweils nach einem Blick auf eines der Bauteile des Flugzeugs beantwortete.

Nachdem offenbar alles zu seiner Zufriedenheit war, verließ der Oberleutnant die Kanzel und bestieg eine Trittleiter, die der Holländer neben den Motorraum geschoben hatte. Die halbrunde Klappe, die den Zugang zu Öleinfüllstutzen und Vergaser erlaubte, stand noch offen. Der Kopf des Offiziers verschwand für einen Augenblick darunter, dann sprang er von der Leiter. »Alles in bester Ordnung. Erstaunlich, wie schnell Herr de Boer und seine Leute den Flieger flottgekriegt haben.«

Aus dem verhaltenen Mienenspiel des Hauptbereichsleiters las Pieter, wie wenig ihm die zweite Bemerkung zu gefallen schien. Er vermutete, dass der Luftwaffen-Oberleutnant sie mit Absicht hinzugefügt hatte.

»Wir können bei Tagesanbruch starten. Der genaue Zeitpunkt wird Ihnen mitgeteilt. Wünsche noch eine gute Nacht.« Der Oberleutnant salutierte und wandte sich zum Gehen. Missbilligend starrte der Goldfasan ihm nach.

Im milchigen Glanz eines abnehmenden Halbmondes zog der kleine Trupp die Dorfstraße entlang. Günther kannte das Ziel nicht, war sich aber sicher, dass man ihn zu einer Polizeistation oder – schlimmer – in eine Versammlungsstätte der HJ führen würde, um ihn dort festzusetzen und später umzubringen. Mit »Volksschädlingen« wurde schon lange kurzer Prozess gemacht. Es gab nur einen Ausweg: Er musste ihnen entkommen. Sie waren alle jünger als er, und wenn sie nicht mit Knüppeln bewaffnet und so deutlich in der Überzahl gewesen wären, hätte er den Kampf nicht gescheut. So musste er auf eine günstige Gelegenheit zur Flucht warten.

Sie ergab sich, als ihnen ein Fahrzeug mit abgedunkelten Scheinwerfern entgegenkam. Günther erkannte einen Opel Blitz der Wehrmacht. Die Jungen traten zur Seite, als sich der Lkw näherte, hielten dabei aber ihren Gefangenen umringt. Als das Fahrzeug die Gruppe passierte, stieß Günther den Jungen, der ihm am nächsten war, mit aller Kraft in Richtung des Lastwagens. Mit einem Aufschrei prallte er gegen die seitliche Ladekante, wurde mitgerissen und stürzte auf die Straße. Nur knapp rollte der hintere Reifen an ihm vorbei. Die Besatzung schien nichts bemerkt zu haben, mit unverminderter Geschwindigkeit rollte ihr Fahrzeug weiter.

Günther nutzte die Erstarrung der anderen, rannte los, folgte dem Lkw, erreichte ihn, klammerte sich an die hintere Ladeklappe, zog sich daran hoch und schwang ein Bein hinüber. Während er noch versuchte, sich ganz auf den fahrenden Lastwagen zu ziehen, spürte er einen heftigen Schlag auf dem Rücken. Er schaute sich um. Zwei der Jungen waren ihm gefolgt und hieben nun mit ihren Knüppeln auf ihn ein. Ihre Schläge trafen Rücken, Hinterkopf und Hände. Fast hätte er den Halt verloren, doch die Verfolger konnten das Tempo des Lastwagens nicht halten, blieben zurück und stießen wüste Verwünschungen aus.

Trotz seiner Schmerzen zog Günther sich weiter hoch, überwand endlich die Klappe und ließ sich auf die Ladefläche fallen. Erschöpft streckte er sich aus, schloss die Augen und lauschte dem monotonen Motorengeräusch. Vor seinem inneren Auge sah er den Opel Blitz mit seiner menschlichen Ladung in Richtung Kassel rollen. Gleichzeitig wurde ihm klar, dass der Wagen jederzeit abbiegen und ihn weiter von der Stadt wegbringen konnte. Obwohl sich alles Empfinden dagegen sträubte, würde er sich aufrichten und den Weg verfolgen müssen, den das Fahrzeug nahm. Aber nicht sofort. Nur ein paar Minuten würde er noch ausruhen.

Er lag sehr unbequem, die Ladefläche ruckelte und schaukelte und der Motor brummte lautstark, doch die Monotonie des Geräusches wirkte einschläfernd. Nur mit Mühe konnte er verhindern, einzuschlummern. Plötzlich veränderte sich der Klang des Motors. Günther schreckte auf. War er eingeschlafen? Der Lkw verlangsamte seine Fahrt, rumpelte über unebenen Untergrund und kam tuckernd zum Stillstand.

Günther hielt den Atem an.

6

In Florian Stöber arbeitete es. Sein Blick wanderte aus dem Fenster. Über der Nordstadt lag ein grauer Dunstschleier. Gewöhnlich konnte man vom Präsidium aus über Vellmar, Simmershausen und Rothwesten hinweg den Reinhardswald sehen. Doch heute endete die Sicht schon auf der Höhe von Rothenditmold. Dahinter waren Warteberg und Philippinenhof gerade noch zu erahnen.

Aus der undurchsichtigen Luftmasse kristallisierten sich seltsame Bilder heraus. Er sah sich, kurz geschoren und mit Alpha-Bomberjacke, zwischen dumpfen Jungmännern in schwarzen Levis-Jeans und Doc-Martens-Schuhen, die der dröhnenden Musik von *Kraftschlag*, *Stahlgewitter* oder *Landser* lauschten. Dann schob sich wieder der geschundene Körper des jungen Benjamin Bandele vor sein inneres Auge. »Okay. Ich gehe gleich mal rüber zum ZK 10.«

Stöber erhob sich und deutete auf den Umschlag, den seine Kollegin noch immer in der Hand hielt. »Und was ist damit?« Er beugte sich vor und las die Adresse ab. »Police Headquarters, Kassel, Germany.«

Hanna Wolf sah auf ihre Hand, als hätte sie vergessen, was sie darin hielt. Sie schüttelte die Briefhülle, der ein weiter Weg anzusehen war. Ein zerdrücktes rotes Büchlein fiel heraus. Sie nahm es auf, drehte es um und erschrak. Auf der Vorderseite prangte das goldfarbene Emblem der NSDAP mit dem Hakenkreuz. »Was soll das denn?« Sie schlug das Heft auf.

Florian Stöber hatte den Schreibtisch umrundet und sah ihr über die Schulter. »Sieht aus wie ein Parteibuch. Kannst du entziffern, was da steht?«

Die bräunlich-gelben Seiten waren in einer steilen und spitzen Handschrift mit schwarz-blauer Tinte beschrieben. Offenbar ein Name, eine Adresse und eine Reihe seltsamer Bezeichnungen, die einander auf den ersten Blick ähnelten.

»Friedrich kann ich erkennen. Und Wilhelm und Hermann. Der Nachname ... warte mal, könnte Missen heißen. Oder doch Nissen? Ja, ich denke ja: Friedrich Wilhelm Hermann Nissen.« Hanna blätterte um. »Und das hier könnten Dienstgradbezeichnungen sein. Haupt-, Ober- und immer wieder -leiter. Hier zum Beispiel: Oberdienstleiter. Wenn das Dienstgrade waren, dann ist der Mann ziemlich oft befördert worden.«

»Ich sehe mal nach, ob ich im Internet was über Dienstgrade bei der NSDAP finde.« Stöber kehrte an seinen Platz zurück und begann die Tastatur seines Computers zu bearbeiten. »Hier!« Er deutete auf den Bildschirm. »Dienstgrade und Kragenspiegel der Politischen Organisation der NSDAP. Anwärter, Helfer, Oberhelfer, Arbeitsleiter, Oberarbeitsleiter ... Meine Güte! Fast dreißig Stufen. Geht bis Gauleiter und Reichsleiter. Jetzt würde mich aber doch dieser Brief interessieren, der dazu gehört.«

»Warte.« Hanna nahm das Blatt, das der Kriminaloberrat gebracht hatte, auf. »Ich lese ihn dir vor. Die Pressestelle hat die Übersetzung gleich mitgeliefert.«

Sehr geehrte Damen und Herren,

im Sommer letzten Jahres ist mein Vater George Bernhard Andersson im Alter von 86 Jahren (beim Einsturz der Interstate-35W-Mississippi-River-Brücke) gestorben. Wir haben erst jetzt seinen Nachlass vollständig durchsehen können. Dabei sind wir auf die beiliegenden Dokumente gestoßen. Mein Vater hatte vor einiger Zeit erwähnt, dass er »eine Sache mit einem Deutschen« in Ordnung bringen wolle. George B. Andersson war im Zweiten Weltkrieg als Angehöriger des 3. Bataillons, 318. Infanterieregiment der 80. Division bei der Eroberung der Stadt Kassel beteiligt. Er hat dort einen Mann erschossen und dessen Parteibuch mitgenommen. Das haben wir einem Brief entnommen, den er an unseren Reverend geschrieben, aber nicht abgeschickt hat. Einzelheiten wissen wir nicht, denn er hat mit uns nicht darüber gesprochen.

Falls Sie die Möglichkeit haben, bitten wir Sie, die Dokumente an die Familie des Mannes weiterzuleiten, dessen Name in dem roten Büchlein steht. Anderenfalls mögen Sie die Unterlagen vernichten oder an ein Museum geben. Wie es Ihnen beliebt.

Mit freundlichen Grüßen

Paul G. Andersson

»Na, das passt ja«, murmelte Stöber. »Ich sehe mich bei den Neonazis um, und du suchst nach einem Alt-Nazi, besser gesagt: nach dessen Nachkommen.«

Hanna ließ das Blatt sinken. »Damit beschäftigen wir uns, wenn der Fall Bandele aufgeklärt ist.«

»Ich kann doch zwischendurch mal ein bisschen nach dem Namen forschen«, schlug Isabella vor, die das Gespräch ihrer Chefs mit zunehmendem Interesse verfolgt hatte. »Ich meine, wenn gerade nichts anderes zu tun ist.«

Die Hauptkommissarin sah ihren Kollegen an, beide hoben synchron die Schultern. »Dagegen spricht eigentlich nichts.« Sie reichte die Unterlagen an die Sekretärin weiter. Dabei fiel ein zusammengelegtes gelbliches Blatt Papier aus dem Parteibuch und flatterte zu Boden.

Isabella hob es auf und faltete es vorsichtig auseinander. Kopfschüttelnd legte sie es auf Hannas Schreibtisch zurück. »Was kann das sein? Sieht aus wie die unterirdischen Gänge von Wühlmäusen. Oder Maulwürfen.«

Florian Stöber und Hanna Wolf beugten sich über die Zeichnung. Das Gewirr der Linien schien keinen Sinn zu ergeben. Einige Stellen waren beschriftet, doch ließen sich die Buchstaben kaum erkennen. Die Schrift war verblasst, und auch die Linien verloren sich an einigen Stellen im Nichts. »Vielleicht war der Zeichner Soldat«, vermutete Stöber. »Und hat Skizzen über irgendwelche Stellungen angefertigt. Diese ist zufällig übrig geblieben.«

Hanna schüttelte den Kopf. »Das kommt mir irgendwie bekannt vor. Ich meine, ich hätte das schon mal gesehen. Oder etwas sehr Ähnliches.« Sie wandte sich an Isabella. »Du könntest das vielleicht mal – zwischendurch, wenn gerade nichts anderes zu tun ist – den Kollegen von der KTU zeigen. Die können bestimmt die Schrift wieder sichtbar machen.«

Isabella strahlte. »Selbstverständlich. Gern. Ihr könnt euch auf mich verlassen.«

»Höre ich da so etwas wie kriminalistischen Ehrgeiz heraus?«, fragte Stöber. Die Sekretärin zuckte mit den Schultern, und Hanna schüttelte kaum wahrnehmbar den Kopf.

Er ahnte, dass die beiden Frauen ein Wissen teilten, das ihm verborgen geblieben war, hielt es aber für klüger, nicht nachzufragen, um seine Ahnungslosigkeit nicht auch noch preiszugeben. »Ich gehe dann mal. Bis später.«

Den beiden Kollegen, die Stöber im Staatsschutz-Kommissariat antraf, war anzusehen, wie wenig sie von seinem Vorhaben hielten. »Das ist nichts für Amateure«, stellte Hauptkommissar Schubert fest. Der fast kahl geschorene Enddreißiger sah selbst wie ein in die Jahre gekommener Skinhead aus. Er war kräftig, wirkte sportlich und zupackend. Stöber konnte sich gut vorstellen, wie er in entsprechender Aufmachung auf politisch desorientierte Milchbubis wirken musste. Wenn so einer dann auch noch einschlägige Parolen mit entsprechendem Pathos von sich gäbe, machte er bestimmt Eindruck.

»Ich will euch ja auch überhaupt nicht ins Handwerk pfuschen, Kollegen. Alles was ich möchte, ist ein bisschen die Ohren aufsperren. Unauffällig natürlich. Und dazu hätte ich gern ein paar Tipps von euch.«

Beide Kollegen grinsten. »Du willst wissen, wie du dich verkleiden sollst? Das können wir dir zeigen. Aber sobald du in der rechten Szene auftauchst, lachen die sich bestenfalls kaputt. Die riechen förmlich, dass du Bulle bist. Und dann kriegst du die Hucke voll. Wenn du was erfahren willst, musst du zeigen, dass du einer von ihnen bist, musst dich an Aktionen beteiligen. Bis sie Vertrauen haben. Und das dauert. Was glaubst du, warum das mit den V-Leuten so problematisch ist?«

»Ihr macht mir ja Mut.« Florian Stöber machte ein unglückliches Gesicht.

Die Staatsschützer sahen sich an. »Vielleicht gibt es ja doch eine Lösung«, lenkte Schubert ein. »Aber anders, als du es dir vorstellst. Komm mal mit! Wir zeigen dir was.«

Hanna hatte den Rest des Tages damit verbracht, liegen gebliebene Akten aufzuarbeiten. Zwischendurch hatte sie mit der Staatsanwaltschaft telefoniert, um die Behörde über die Entwick-

lung im aktuellen Fall zu informieren. Die Geschäftsstelle hatte ihre Nachricht entgegengenommen und einen Rückruf angekündigt. Nur wenig später hatte sich Oberstaatsanwalt Carl von Bredow gemeldet. Wenn er für den Fall zuständig sein sollte, hätte sie in ihm einen vertrauten Ansprechpartner. Nach ihrer Scheidung von Niklas Wolf hatte sie eine Affäre mit ihm gehabt. Er hatte geduldig und ausdauernd um sie geworben, und sie hatte eine Schulter zum Anlehnen gebraucht. Dafür schien er der Richtige gewesen zu sein.
Carl war ein charmanter Begleiter und interessanter Gesprächspartner gewesen. Doch ein wenig kam er ihr vor wie aus einer anderen Zeit. Er war stets höflich und zuvorkommend, aber auch sehr ordentlich, geradezu pedantisch. Sogar in der Liebe. Sie hatte sich bei ihm geborgen gefühlt, aber irgendwann hatte sie die Leidenschaft vermisst, die für sie zu einer Liebesbeziehung gehörte. Als Staatsanwalt war er korrekt und kooperativ, interessierte sich für die Details der Ermittlungen ebenso wie für die Einschätzungen der Kriminalbeamten. Dabei konnte er nicht nur gut zuhören, er hatte auch Verständnis für ihre schwierige Arbeit. Nachdem sie sich von ihm getrennt hatte, war ihr die dienstliche Zusammenarbeit mit ihm zuerst schwergefallen, doch seine zurückhaltendfreundliche Art und der Respekt, den er ihr nach wie vor entgegenbrachte, hatten es ihr erleichtert, zu einem professionellen Umgang zurückzufinden. Geblieben war eine gewisse Vertrautheit, die Hanna jedoch nicht als Nachteil empfand.
So hatten sie sich auch schnell über den Fall Bandele geeinigt und verabredet, ihn mit allen Beteiligten zu erörtern, sobald die Ergebnisse der kriminaltechnischen Untersuchung und das Gutachten der Pathologen vorlägen.

Hanna hatte die Gelegenheit zu einem pünktlichen Feierabend ergriffen und war vom Präsidium aus zum Einkaufen in die Innenstadt gegangen. Es war ohnehin an der Zeit, den Kühlschrank aufzufüllen. Und wenn Nina – was Hanna hoffte – ein paar Tage bleiben würde, sollten auch Pizza, Cola und Kartoffelchips im Hause sein. Alles Dinge, die sie früher abgelehnt hatte. Aber heute trieb sie das Bedürfnis, es dem Kind ein bisschen nett zu machen. Gesunde Ernährung hin oder her.

Der Gang durch die Geschäfte hatte sie abgelenkt. Doch nachdem sie den Einkauf verstaut, sich umgezogen und es sich mit einer Tafel Schokolade vor dem Fernseher bequem gemacht hatte, kreisten ihre Gedanken erneut um Nina.

Sie dachte an die E-Mails, die ihre Tochter aus Nicaragua geschrieben hatte. Sie waren voller Begeisterung für die Menschen, das Land und seine Strände gewesen. In kräftigen Farben hatte sie Landschaft, Vegetation und Tierwelt beschrieben und vom Elend der Menschen und den Hilfsaktionen der *Casa de los Tres Mundos* berichtet.

Geradezu schwärmerisch hatten ihre Worte geklungen, als sie laue Abende am Strand der Karibik und durchtanzte Nächte geschildert hatte. Offenbar war dem Mädchen die Salsa so in die Glieder gefahren, dass sie davon wie berauscht gewesen war. Und in Hanna war der Gedanke aufgeblitzt, Nina könnte sich in diesem fernen Land verliebt haben. War es das, was ihre Tochter umtrieb? Wollte sie sich von Jan trennen, mit dem sie schon so viele Jahre zusammen war?

Hanna schob ein weiteres Stück Schokolade in den Mund und stellte den Ton des Fernsehers lauter, denn auf dem Bildschirm erschienen Bilder vom Landtagswahlkampf. Der Ministerpräsident beschwor die Gefahr eines Linksrutsches in Hessen. Keinesfalls würde seine Partei mit den Grünen zusammengehen. Kurz darauf versicherte seine Herausforderin, unter keinen Umständen mit den Linken kooperieren zu wollen. Hanna schüttelte innerlich den Kopf. Warum diese kategorischen Festlegungen? Wenn das Wahlergebnis knapp ausfiele, würden die Politiker ihre Versprechungen wieder mal nicht halten.

Julias neuer Chef wirkte älter und faltiger, als sie ihn vom Vorstellungsgespräch her in Erinnerung hatte. Sie schätzte ihn auf Anfang sechzig. Er streckte ihr die Hand entgegen und musterte sie kritisch aus wachen Augen. Sie las darin auch so etwas wie Verwunderung. Wahrscheinlich fand er sie viel zu jung für den Job.

»Herzlich willkommen, Frau Kollegin. Wir können gleich anfangen. Aber vielleicht möchten Sie sich vorher ein wenig im Institut umsehen. Wenn Sie wollen, führe ich Sie herum.«

»Das wäre reizend, Herr Doktor Stein. Aber bitte nur, wenn es Ihre Arbeit erlaubt.« Julia Engelhardt zeigte ihr freundlichstes Lächeln. »Ich möchte nicht ...«

»Papperlapapp«, erwiderte Stein. »Das ist der Vorteil bei unseren Patienten. Wir kommen immer noch früh genug.« Er deutete mit dem Daumen hinter sich in Richtung Sektionssaal. »Keiner von denen muss leiden, wenn wir uns eine halbe Stunde oder auch einen halben Tag Zeit nehmen, bevor wir uns ihm zuwenden. Und damit eines gleich klar ist. Unter uns gibt es keine akademischen Titel. Und es ist auch nicht meine, sondern unsere Arbeit.«

»Selbstverständlich, Herr Kollege Stein.« Erneut strahlte die junge Ärztin den Pathologen an. »Und Sie dürfen Julia zu mir sagen. Ich fände es irgendwie unangemessen, wenn Sie mich mit Frau Kollegin ansprächen. Ich fange doch gerade erst an und möchte noch sehr viel von Ihnen lernen. Der Doktortitel besagt doch gar nichts.«

Jetzt huschte ein kaum wahrnehmbares, zufriedenes Lächeln über das Gesicht des alten Herrn. »Das ist genau die richtige Einstellung. Dann kommen Sie mal, Julia.«

Unter einer schwarz-weiß-roten Flagge, in deren Zentrum das Bild vier ineinander greifender Hände an ein Hakenkreuz erinnerten, klatschten etwa zwei Dutzend junger, glatzköpfiger Männer heftig Beifall. Das Bild war verschwommen, der Ton undeutlich. Unruhig wanderte die Kamera zu dem Sprecher, dem der Applaus galt. Ein kräftiger Typ in grüner Jacke, dessen Schädel ebenfalls rasiert war, berichtete offenbar von einer jüngst erlebten Begegnung mit der Staatsgewalt.

»... wurde unsere Gruppe von der Polizei umstellt und zur Personenkontrolle aufgefordert. Vereinzelt erklangen Buhrufe. Unterdessen durften die roten Ratten ungehindert ihre vaterlandsverachtenden Parolen verbreiten. Die Missfallenskundgebungen wurden lauter. Aber die Bür-

ger waren auf unserer Seite. Wir sollten auch unsere Meinung sagen dürfen.« Beifall unterbrach den Redner.« *Das passte natürlich den Roten nicht. Sobald wir versuchten, ans Mikrofon zu kommen, zeigten die Zecken, wie wenig sie wirklich von Demokratie halten, und griffen uns tätlich an. Es gelang uns aber, unser Transparent zu zeigen. Von den umstehenden Bürgern und Jugendlichen gab es dafür Beifall. Auch die Zuhörer klatschten. Am Reden wurden wir jedoch gewaltsam gehindert. So weit ist es also schon gekommen mit der Diktatur des Proletariats. Aber die Bevölkerung ist auf unserer ...«*

Der Ton brach ab, das Bild kippte zur Seite, erfasste die Decke des Versammlungsraums, kehrte zu den Zuhörern zurück. Aus deren Mitte stürmten zwei Glatzköpfe auf die Kamera zu. Es gab ein kurzes Bildrauschen, dann war brach das Video abrupt ab.

Fragend sah Florian Stöber seine Kollegen an. »Was ist da passiert?«

»Gute Frage«, antwortete Hauptkommissar Schubert. »Was denkst du?«

Stöber hob die Schultern. »Keine Ahnung. Doch! Ich kann's mir denken. Da war einer von euch in der Versammlung und hat gefilmt. Und die haben was gemerkt.«

»Genau. Der Kollege hat anschließend drei Tage im Krankenhaus zugebracht und war vier Wochen dienstunfähig.« Schubert schaltete den Beamer aus.

»Und wie kommt ihr an die Aufnahme?«

»Zufall. Oder Glück im Unglück. Der Kollege hat es in letzter Sekunde geschafft, die Speicherkarte rauszuziehen und verschwinden zu lassen. Die haben die Brüder übersehen. Sie haben nur den Camcorder zerstört.«

»Ich würde natürlich weder mit Kamera noch mit anderen verdächtigen Utensilien aufkreuzen.«

»Trotzdem musst du damit rechnen, dass sie in dir den Bullen erkennen.«

Nachdenklich starrte Florian Stöber auf den Bildschirm seines Kollegen. »Habt ihr noch mehr davon?«

»Jede Menge tätliche Auseinandersetzungen auf der Straße. Aus dem inneren Zirkel eher weniger.«

»Für die Aufklärung von Straftaten«, ergänzte der andere Staatsschützer, »bringen solche Aufnahmen auch nicht mehr so viel. Die Szene benutzt Handys und das Internet, wenn sie sich verabreden oder ihre Heldentaten verbreiten wollen. Die rechnen einfach damit, dass jemand von uns oder ein Journalist auf ihren Versammlungen zuhören könnte. Aber sie prahlen natürlich untereinander, wenn sie einen Bullen oder einen Ausländer geklatscht haben. Meistens beim Bier in der Kneipe.«

»Meint ihr, da könnte man was aufschnappen?«

»Wenn du im richtigen Outfit in die richtigen Lokale gehst, könnte das durchaus der Fall sein. Das wäre jedenfalls der schnellere Weg. Und sicherer, als wenn du versuchen würdest, dich in ihre Versammlungen einzuschleichen.«

»Gut.« Stöber erhob sich. »Ich versuche es. Wenn ihr mich entsprechend ausstattet und mir sagt, wo ich hingehen muss.«

Trotz eines zweiten Calvados fand Hanna keinen Schlaf. Sie schwitzte, warf die Bettdecke ab, öffnete das Fenster, fror. Schloss das Fenster, kroch unter die Decke. Um wenig später aufzustehen und die Prozedur von vorn zu beginnen. Während sie versuchte, für das richtige Schlafklima zu sorgen und eine bequeme Lage zu finden, geisterten Bilder des Tages durch ihren Kopf. Der tote Junge, die Gesichter seiner Eltern, die seltsame Postsendung aus Amerika. *Die spinnen doch, die Amis. Was sollen die Nachkommen eines Nazi-Funktionärs mit dessen Parteibuch anfangen können? Wenn Isabella die Familie ausfindig macht, möchte der Präsident wahrscheinlich eine rührende Story in die Zeitung bringen. Kasseler Polizei klärt nach sechzig Jahren das Schicksal eines Verschollenen – oder so ähnlich. Wenn er dabei nur nicht in ein braunes Fettnäpfchen tritt.*

Hanna fragte sich, ob sie es wirklich verantworten konnte, Florian Stöber zu einem Ausflug in die rechte Szene zu schicken. Was, wenn ihm dort etwas zustieß? Nachdem er sich entschieden hatte, würde er sich nicht mehr davon abhalten lassen. *Ich sollte auf jeden Fall Oberwenzel und Carl von Bredow informieren.*

Von ihrem ehemaligen Lebenspartner wanderten ihre Gedanken zu ihrem ersten Ex. Professor Niklas Wolf. In den sie sich beim Besuch einer Ausstellung in der Kunsthochschule verliebt hatte. Als er noch Assistent war. Und schon war sie wieder bei Nina. Ihr Vater würde sich wohl keine Gedanken machen, wenn sie mit einer neuen Liebe ankäme. *Nina ist erwachsen*, würde er sagen. *Lass sie ihre Erfahrungen machen.* Damit lag er natürlich nicht ganz falsch. Andererseits hatte sie mit Jan schon viele gemeinsame Jahre erlebt. Und der war ein ganz reizender, gut erzogener junger Mann. Hanna hatte ihn längst in ihr Herz geschlossen.

Was rede ich mir ein? Es ist doch gar nicht sicher, dass Nina ihn verlassen will. Wahrscheinlich hat sie nur Stress mit dem Examen.

Hanna seufzte. *Warum muss ich mir immer solche Gedanken machen? Andere schlafen um diese Zeit ungerührt den Schlaf des Gerechten. Und nicht wenige haben echte Probleme. Benjamins Eltern zum Beispiel. Die können bestimmt auch nicht schlafen. Was für ein Schlag, sein Kind zu verlieren. Wenn Nina etwas zustoßen würde ...*

Plötzlich saß Hanna kerzengerade im Bett. War ihre Tochter vielleicht krank?

7

Das Motorengeräusch erstarb, Türen klappten, schwere Schritte stapften um das Fahrzeug. Stimmengemurmel entfernte sich. Vorsichtig hob Günther den Kopf und spähte in die Dunkelheit. Zwei schwarze Silhouetten standen am Rand eines Buschwerks, es plätscherte leise. Erleichtert sank er zurück. Gern hätte er gewusst, wo er sich befand. Aber er wagte es nicht, sich aufzurichten. Vielleicht wollten die Soldaten nach Kassel fahren und nutzten die Gelegenheit, sich noch außerhalb des Stadtgebietes zu erleichtern. Stiefelschritte signalisierten ihm ihre Rückkehr. Günther spürte plötzlich, wie er zitterte. Vor Kälte oder aus Angst. Er hätte es nicht sagen können.

Neben dem Führerhaus blieben die Männer stehen. Er hörte, wie ein Streichholz angerissen wurde, kurz darauf roch er den Tabakrauch.

»Eigentlich ist es Blödsinn, was wir machen«, vernahm er.

»Wieso?«, fragte der andere.

»Es heißt, die Amerikaner stehen vor der Stadt.«

»Und?«

»Wenn wir mit dem Zeug, das wir aus der Kaserne holen sollen, in die Reichweite der amerikanischen Panzer kommen – dann gute Nacht.«

»Was sollen wir machen? Befehl ist Befehl.«

»Wir könnten verschwinden. Da drüben. Irgendwo im Wald an der Fulda.«

»Bist du verrückt? Wenn sie uns erwischen, werden wir erschossen.«

»Zwei oder drei Tage könnten wir uns verstecken. Dann ist der Krieg vorbei.«

»Und wenn nicht?«

»Dann bleiben wir eben länger im Wald. Es kann nicht mehr lange dauern.«

Für eine Weile schwiegen die Soldaten. Dann hörte Günther, wie sie mit den Stiefeln die Zigarettenkippen austraten.

»Ich fahre jetzt jedenfalls weiter zur Jägerkaserne. Du kannst machen, was du willst.«

Günther spürte an der Ladefläche unter sich, wie die Männer ins Führerhaus kletterten, und hörte die Türen zuschlagen. Der Motor wurde angelassen, der Opel Blitz rumpelte zur Straße zurück und nahm Fahrt auf.

Der Weg des Militärlastwagens zur Jägerkaserne würde durch das Stadtzentrum führen. Irgendwo konnte er sicher abspringen und sich auf den Weg zu seiner Hütte machen. Trotz starker Schmerzen und einer lähmenden Müdigkeit hatte ihn eine innere Erregung erfasst. Wenn der Krieg vorbei sein würde – was bedeutete das? Würden die Menschen wieder so leben wie früher? Aber es lag doch so vieles in Trümmern. Das Stadtzentrum war ausgebrannt. Würden die Amerikaner Kassel wieder aufbauen? Oder würden sie den Rest auch noch zerstören und alle Menschen gefangen nehmen?

Nachdem der Lastwagen die Fuldabrücke passiert hatte, hielt er auf dem Altmarkt an. Günther ließ sich über die Ladeklappe gleiten, drückte sich in den ehemaligen Hauseingang eines Trümmergrundstücks und sah gerade noch, wie einer der Soldaten ebenfalls ausstieg und eilig in Richtung Judenbrunnen hastete. Dann setzte der LKW seine Fahrt durch die Brüderstraße fort.

Unschlüssig spähte Günther in alle Richtungen. Dann sah er sich auf dem Grundstück um. Jetzt noch bis zum Möncheberg zu laufen, erschien ihm zu anstrengend. Seine Glieder schmerzten und sein ganzer Körper sehnte sich nach Ruhe.

Fündig wurde er erst, nachdem er drei weitere Grundstücke durchsucht hatte. Eine nur halb verschüttete Kellertreppe bot einen Durchschlupf, hinter dem er einen mit allerlei Gerümpel gefüllten Raum entdeckte. In einem anschließenden Kellerraum fand er eine mit Schuhen gefüllte Truhe und einen Schrank mit Kleidungsstücken, aus denen er sich ein Lager einrichtete.

Im Halbschlaf schmiedete er Pläne für den nächsten Tag. Er wollte den 320er Mercedes finden, das Kennzeichen hatte er sich eingeprägt. VH 43124. Und den Nazibonzen, der den anderen

Jungen getötet hatte. Morgen würde er zum Rathaus gehen und nach dem Wagen suchen. Er wollte diesen Goldfasan ausfindig machen und beobachten, herausfinden, was er trieb und wo er sich aufhielt. Was er zu tun gedachte, falls er ihn treffen würde, war ihm jedoch nicht klar. Aber er hatte das Gefühl, dass er sich an der Beendigung des Krieges beteiligte, wenn er diesen Mann fand.

Bereits zwei Stunden vor Sonnenaufgang begann Pieter de Boer mit den Vorbereitungen zu seiner Flucht. Im Arbeitsanzug und mit einer Werkzeugtasche in der Hand schlenderte er gähnend zur Halle, in dem der *Storch* zum Abflug bereitstand. Den wachhabenden Soldaten winkte er freundlich zu und gab ihnen durch Gesten zu verstehen, wie ungern er um diese Zeit die Arbeit aufnahm. Sie nickten verständnisvoll und rauchten ihre Zigaretten weiter, die sie hinter dem Rücken versteckt hatten, bevor sie erkannt hatten, wer sich so früh schon hier einfand.

Pieter verstaute seine Tasche im Flugzeug. Sie enthielt kein Werkzeug, stattdessen Wasserflaschen und ein paar Lebensmittel, die er sich von seiner kargen Ration aufgespart hatte. Von diesem Augenblick an würde er bei einer Entdeckung seines Fluchtplanes keine Ausrede mehr haben. Und sie würde seine augenblickliche Erschießung bedeuten.

Vorsichtig schob er das Tor der Halle auf und sah sich um. Über dem Flugfeld lag Dunkelheit, nur am östlichen Nachthimmel war ein schwacher Lichtschein zu erkennen. Von den Produktionshallen auf der anderen Seite drangen Arbeitsgeräusche an sein Ohr, während die Baracken von Verwaltung und Flugleitung verlassen schienen.

Aus Richtung Kassel vernahm er das dumpfe Grummeln von Geschützfeuer. Offenbar gab es schwachen Wind aus Südwest. Die Gerüchte der letzten Tage schienen sich zu bestätigen. Weit entfernt konnte die Front nicht mehr sein. Also würde es nicht mehr lange dauern, bis die Amerikaner die Stadt eroberten. Für einen Augenblick erwog Pieter, auf die Flucht mit dem Flugzeug zu verzichten, um auf die Befreiung durch die Amerikaner zu warten. Andererseits musste er damit rechnen, dass die Nazis ihren Feinden nichts als verbrannte Erde überlassen würden. Also auch keine lebenden Gefangenen. Eine größere Chance zu überleben hatte er nur, wenn er ganz aus Rothwesten verschwand. Der Anblick der für den Flug vorbereiteten Maschine gab schließlich den Ausschlag.

Pieter zog eine zerdrückte Zigarettenpackung aus der Tasche, die er für diesen Tag organisiert hatte, ging zu den Wachsoldaten hinüber und streckte sie ihnen entgegen. Während sich die Deutschen bedienten und die Zigaretten anzündeten, erklärte er ihnen, dass ein sehr hohes Tier der Partei beim ersten Tageslicht mit einem *Fieseler Storch* starten würde. Er, Pieter, habe den Auftrag, das Flugzeug startklar zu machen. Der Funktionär wäre sicher sehr dankbar, wenn er die Maschine bereits in Startposition vorfände.

Dankbar für die Zigaretten und für jede Abwechslung während ihres monotonen Wachdienstes, erklärten sich die Soldaten bereit, das Flugzeug auf die Startbahn zu schieben.

An diesem Morgen rasierte sich Hauptbereichsleiter Friedrich Nissen besonders sorgfältig. In seiner Vorstellung würde er noch heute Gauleiter Gerland gegenüberstehen, den erfolgreichen Vollzug der überaus wichtigen geheimen Mission melden können und eine Belobigung entgegennehmen. Die Rettung des Parteivermögens war ein Bravourstück, für das er darüber hinaus bestimmt einen Orden, zumindest aber eine offizielle Anerkennung durch den Reichsleiter, vielleicht sogar durch den Führer persönlich, erwarten konnte.

Seltsamerweise musste Nissen plötzlich an seine Schwägerin denken. Und an seine Nichte, die einem amerikanischen Soldaten begegnet war. Wenn der Feind auch vor den Toren der Stadt angekommen war, die Festung Kassel würde er nicht erobern. Von Erxleben war dabei, alle Kräfte zu mobilisieren. Der Generalmajor hatte einen eisernen Willen und würde mit der erforderlichen Härte zurückschlagen.

Und wenn es doch anders kommen sollte? Unwillig schüttelte Nissen den Kopf. Dabei ritzte das Rasiermesser seine Haut. Ein

Tropfen Blut mischte sich mit dem Schaum der Rasierseife zu einem rosafarbenen Fleck. Nissen wischte ihn weg, presste einen blutstillenden Stift auf die Wunde und genoss das kurze Brennen, das der Alaunkristall auslöste.

Falls er nicht nach Kassel zurückkehren konnte, weil die Situation dort unerwartet unsicher werden sollte, würde sich Gertrud mit dem Kind allein durchschlagen müssen. Jedenfalls für eine Weile. Schließlich war es nur eine Frage der Zeit, wann der Führer die Vergeltungswaffe einsetzen und damit den Feind zum Verlassen deutschen Bodens zwingen würde. So war es direkt aus dem Führerhauptquartier in Berlin angekündigt worden, und der Wahrheitsgehalt dieser Nachricht war verbürgt.

Es war also müßig, sich Sorgen zu machen. Nissen tupfte den restlichen Schaum ab und erfrischte sein Gesicht mit kaltem Wasser.

Während er die Uniform anlegte, wanderten seine Gedanken zu dem bevorstehenden Flug. Er hatte noch nie zuvor in einem Flugzeug gesessen und spürte bei der Vorstellung einer Luftreise eine leichte Unruhe. Andererseits wurde die Maschine von einem Luftwaffen-Oberleutnant geflogen. Vor Soldaten hatte Nissen mehr Respekt, als er jemals zeigen würde. Ein Offizier der deutschen Wehrmacht beherrschte sein Handwerk, ihm sollte er sich und die wertvolle Ladung wohl anvertrauen können.

Pieter de Boer hatte sich so in die Vorflugkontrolle vertieft, dass er die Annäherung des deutschen Offiziers nicht bemerkt hatte. Als eine Hand auf seine Schulter tippte, fuhr er zusammen.

»Habe ich Sie erschreckt?« Oberleutnant Reske gehörte zu den wenigen Offizieren, die Fremdarbeiter und Gefangene nicht duzten.

»Ja. Nein. Entschuldigen Sie. Ich bin gerade dabei ...«

Pieter spürte, wie sich Schweiß unter seinen Achseln und im Nacken bildete.

»Das sehe ich.« Der Pilot lächelte. »Ein etwas seltsames Unternehmen. Aber gut. Was tut man nicht alles für die Partei? Unter uns gesagt, de Boer, ich freue mich darauf, mal wieder den guten alten *Storch* fliegen zu können.«

Der Oberleutnant ließ den Blick über das Flugzeug wandern. »Ich bin froh, dass Sie sich um die Maschine kümmern. Ist alles in Ordnung?«

De Boer nickte. »Es sollte keine Probleme geben. Allerdings ist der Flieger bis an die Grenze beladen.« Er deutete mit dem Daumen zur Kanzel. »Ziemlich schwere Kisten. Aber genau abgewogen und verteilt.«

»Gute Arbeit. Es ist ein Jammer, dass jemand wie Sie ...« Der Offizier unterbrach sich und warf einen Blick auf seine Armbanduhr. »Wir starten eine halbe Stunde vor Sonnenaufgang. Wenn der hohe Herr pünktlich ist. Ich kümmere mich inzwischen um eine aktuelle Karte. Es soll ja wohl zum Thüringer Wald gehen. Möchte wissen, was es so Wichtiges aus Kassel wegzuschaffen gibt.«

Pieter de Boer hob die Schultern. Innerlich betete er, dass der Offizier sich nicht vom Ladezustand der Maschine überzeugen wollte. Denn auf dem Sitz des ersten Beobachters stand seine Tasche. Verschlossen und mit dem Gurt gesichert. Als Werkzeugbehälter würde sie so nicht durchgehen. Und ein Blick hinein würde seinen Plan offenbaren.

In diesem Augenblick stellte sich der Deutsche auf die Zehenspitzen und reckte den Kopf zur Kanzel.

»Haben Sie eine Handlampe?«

De Boer stockte der Atem. Seine Stimmbänder versagten. Ungewollt heftig schüttelte er den Kopf. Eine unglaubwürdige Antwort, denn eine vorschriftsmäßige Kontrolle hätte er ohne Lichtquelle kaum durchführen können. Erneut brach ihm der Schweiß aus. »Ich wollte sie gerade holen«, brachte er schließlich heraus. »Die Batterie ist jetzt so gut wie leer, und vorhin war noch niemand in der Materialausgabe.«

»Dann sehe ich mir den Flieger später genauer an. Das geht bei etwas mehr Tageslicht ohnehin besser.« Der Oberleutnant wandte sich zum Gehen. »Also wie gesagt: Abflug Sonnenaufgang minus dreißig Minuten.«

Mühsam seine Erleichterung verbergend, nickte Pieter. »Bis dahin ist alles erledigt.«

Er sah dem Offizier nach, dessen dunkle Uniform rasch von der Dämmerung verschluckt wurde. Voller Ungeduld musterte er den östlichen Himmel. Dort hatte sich der helle Streifen zwar verstärkt, doch würde es noch mindestens eine halbe Stunde dauern, bis genügend Licht die Konturen der Landschaft so weit erkennbar werden ließ, dass er einen Start riskieren konnte, ohne in die Bäume des nächsten Waldes zu stürzen. Um aber den Salven der Maschinenpistolen rasch zu entgehen, die die Wachen auf ihn richten würden, müsste er schnell, also so tief wie möglich fliegen. Von den Testflügen wusste er, wie schwierig das selbst bei guter Sicht war. Erst außerhalb der Reichweite der Schusswaffen würde er den langsamen Steigflug riskieren und dann mit sicherem Bodenabstand fliegen können. Aber dann wurde es ohnehin von Minute zu Minute heller.

Erneut schoss ihm der Gedanke durch den Kopf, den Fluchtplan zu ändern. Noch konnte er seine Tasche nehmen und im Schutz der Dunkelheit versuchen, den Zaun zu überwinden. Aber wie weit würde er kommen?

»Mir gefällt nicht, dass dieser Kriegsgefangene an dem Flugzeug herumfummelt. Haben Sie keine deutschen Kräfte?« NSDAP-Hauptbereichsleiter Nissen hatte Oberleutnant Reske in der Kantine getroffen, wo er einen Kaffee und etwas Essbares verlangt hatte.

Der Luftwaffenoffizier kaute sein Käsebrot zu Ende und schüttelte dann kaum merklich den Kopf. »Herr de Boer ist ein ausgezeichneter Techniker und in jeder Hinsicht verlässlich. Auch als wir noch ausreichend Personal hatten, gab es kaum einen Deutschen, der so sorgfältig gearbeitet hat.«

»Herr ...!«, schnaufte Nissen. »Der Mann ist Ausländer. Von denen kann keiner zuverlässig sein. Wenn Sie an sicherheitskritischen Stellen Fremdarbeiter einsetzen, müssen Sie dafür auch die Verantwortung übernehmen. Ich hoffe, dass Ihnen das klar ist.«

Reske nickte nachdrücklich. »Glauben Sie mir, wir wissen, was wir tun. Ohne de Boer und einige andere Ausländer hätten wir den Laden hier schon längst dicht machen müssen. Unsere eigenen Leute hat der Krieg verschlungen. Auch Henschel, Wegmann oder Junkers hätten ohne die ausländischen Arbeiter nicht produzieren können. Wie ich hörte, arbeiten dreißigtausend in Kasseler Rüstungsbetrieben.«

Nissens Kiefer mahlten. Wie gern hätte er diesen Wehrmachtsschnösel zurechtgewiesen. Ihn wegen seines leichtfertigen Geredes der Abwehr gemeldet. Aber noch war er auf ihn angewiesen. Die Amtshilfe des Flugplatzkommandanten bestand aus einem ausgemusterten Flugzeug und einem freiwilligen Luftfahrzeugführer. Er hatte keine Handhabe, etwas anderes zu verlangen. Musste den Flieger mit der seltsamen Bezeichnung Storch ebenso akzeptieren wie diesen Piloten mit zweifelhaften Ansichten. Stellte er das Angebot in Frage, war das ganze Unternehmen gefährdet.

»Die können froh sein«, knurrte er, »für uns arbeiten zu dürfen. Nach dem Endsieg wird sich ohnehin einiges ändern. Dann haben sich die nichtarischen Völker unterzuordnen, und wir werden ihre Länder annektieren und durch Deutsche besiedeln. Beispielsweise hat Heinrich Himmler ...«

»Nach dem Endsieg?« Oberleutnant Reske gab sich keine Mühe, die Skepsis in seiner Stimme zu verbergen. Er schien jedoch das Interesse an einer weiteren Diskussion verloren zu haben. Während er nach seiner Mütze angelte, deutete er auf Nissens Kaffeetasse. »Trinken Sie nicht zuviel davon. Im Flugzeug gibt es keine Toilette.« Er erhob sich und warf einen Blick auf seine Armbanduhr. »Ich habe unseren Start für fünf Uhr angemeldet. Eine halbe Stunde vor Sonnenaufgang. Sie sollten sich pünktlich auf dem Flugfeld einfinden.«

Hauptbereichsleiter Nissen bezähmte seine Wut. Diesem unsympathischen Offizier mangelte es an Respekt für die Partei und an Loyalität gegenüber seinem deutschen Vaterland. Er würde ihn melden. Nach dem erfolgreichen Abschluss des Unternehmens. Dann hätte er auch den Gauleiter hinter sich. »Ich werde pünktlich sein«, zischte er. »Aber ich verlange, dass Sie das Flugzeug persönlich überprüfen.«

Oberleutnant Reske nickte nachsichtig. »Jeder Pilot überprüft vor dem Start seine Maschine. Bis dahin habe ich noch einiges zu erledigen. Wir sehen uns dann am Flieger.« Er wandte sich um und verließ den Kantinenraum.

Wütend starrte Nissen ihm nach.

Von einem bestimmten Augenblick an handelte Pieter de Boer ohne nachzudenken. Innerhalb weniger Minuten hatte sich die Dunkelheit so weit zurückgezogen, dass die Startbahn deutlich zu erkennen war und sich die Baumwipfel des nahen Waldes klar gegen den Himmel abzeichneten. Alle Zweifel waren wie weggeblasen. Pieter kletterte in die Kanzel des *Fieseler Storchs* und ließ sich in den Pilotensitz gleiten. Einer Eingebung folgend, erhob er sich noch einmal und kroch über den Sitz nach hinten. Hastig löste er die Verschnürung, mit der die Holzkisten gegen Verrutschen gesichert waren. Er wuchtete eine Kiste über den Einstieg der Kanzel und ließ sie fallen. Dann die zweite, schließlich weitere. Bis nur noch eine Kiste übrig war. Dann lehnte er sich aus dem Flugzeug, um sich zu vergewissern, dass das Spornrad nicht durch die Trümmer behindert wurde. Eine der Kisten war aufgebrochen. Zwischen den Brettern glänzte goldgelbes Metall. Hatte der Nazi einen Goldschatz aus der Stadt schaffen wollen? Befand sich demnach auch Gold in der Kiste, die noch hinter ihm auf dem Boden des Rumpfes lag?

Er schob die Fragen beiseite, kehrte in den Sitz zurück, prüfte noch einmal Höhen-, Seiten- und Querruder, verriegelte die Kanzel und schaltete das Bordnetz ein, kontrollierte die Instrumente und betätigte schließlich den Anlasser.

Langsam, viel zu langsam, begann sich der Propeller zu drehen. Der luftgekühlte Argus-V8-Motor hustete, drehte, ohne richtig zu zünden, hustete erneut, wurde langsamer. Plötzlich knallte es, das Flugzeug ruckte, es knallte ein letztes Mal, dann begann der schwere Motor wieder zu drehen, das Husten ging in ein gleichmäßiges Dröhnen über, die Luftschraube verschwamm zu einer Scheibe.

Der *Storch* bebte und zitterte, der Propeller zerrte an der Maschine, doch Pieter gab die Bremsen nicht frei. Noch hatte sich das Öl nicht überall verteilt, noch hatte der Argus seine Betriebstemperatur nicht erreicht, noch lieferte der Motor nicht genügend Leistung. De Boer sah sich um. Niemand schien dem Lärm der Maschine eine besondere Bedeutung beizumessen. Die Wachen schauten zu ihm herüber, machten aber keinerlei Anstalten, ihre Waffen zu heben oder auf andere Weise zu reagieren.

Es dauerte eine Weile, bis Oberleutnant Reske das Geräusch ins Bewusstsein drang. Konzentriert hatte er die Flugroute ermittelt und in die Karte eingetragen. Dazu hatte er das übliche Fluglog vorbereitet, in das er während des Fluges die Zeiten eintragen würde, zu denen er die festgelegten Wegpunkte zu erreichen gedachte.

Den charakteristischen Klang des Argus-Motors und der Storch-Luftschraube hatte er lange nicht mehr gehört, aber er war ihm vertraut. Wenn de Boer schon jetzt den Motor warmlaufen ließ, war es eigentlich ein wenig zu früh. Andererseits würden sie später schneller starten können, wenn das Triebwerk bereits eine höhere Betriebstemperatur erreicht hatte.

Während er seine Unterlagen sorgfältig faltete und in einer flachen Ledertasche verstaute, kam ihm die misstrauische Miene des Hauptbereichsleiters in den Sinn. Und dessen verbohrte Ansichten. Der Parteifunktionär würde jetzt befürchten, dass der ausländische Techniker sich mit dem Flieger und seiner offenbar wertvollen Ladung aus dem Staub machen wollte. Er sollte sich besser auf den Weg zur Maschine machen.

Als Reske aus der Tür der Luftaufsichtsbaracke trat, war die Morgendämmerung so weit fortgeschritten, dass er den Storch sehen konnte. Er stand mit rotierendem Propeller am Rollhalteort vor der Startbahn. Der Motor brummte gleichmäßig. Ein guter Klang im Ohr des Piloten. Die Zeiger seiner Uhr standen auf halb fünf. Noch dreißig Minuten bis zum Start. Der Oberleutnant wandte sich zum Hauptgebäude, um die Toilette aufzusuchen. Wie vor jedem Flug.

Plötzlich kam jemand gestikulierend und schreiend aus dem Haus gerannt. Reske erkannte zuerst die gold-braune Uniform, dann Hauptbereichsleiter Nissen. Mit einer Pistole fuchtelnd stürzte er auf ihn zu. »Das Schwein haut ab! Habe ich Ihnen nicht gesagt, dass man dem nicht trauen kann? Tun Sie was! Wo sind die Wachen? Stoppen Sie den Verrückten!«

Reske schüttelte den Kopf. »Der lässt nur den Motor warmlaufen.«

»Warmlaufen nennen Sie das?« Die Stimme des Parteifunktionärs schnappte über. »Stecken Sie mit dem unter einer Decke, Mann?« Der Lauf seiner Pistole richtete sich auf Oberleutnant Reske. Der drehte sich um. Und nun sah er, wie der *Fieseler Storch* über die Startbahn rollte. Langsam zwar, aber mit zunehmender Geschwindigkeit. Reske erstarrte. Automatisch registrierte er, dass der Pilot richtig handelte. Um ausreichend Geschwindigkeit für einen schnellen Wechsel in den Steigflug zu haben, nutzte er die leicht abfallende Startbahn so lange wie möglich aus.

Das Geschrei des Parteifunktionärs riss ihn in die seltsame Situation zurück. Nissen hatte ihn an der Schulter gepackt und geschüttelt, jetzt ließ er von ihm ab und rannte in Richtung Startbahn, die Pistole auf das startende Flugzeug gerichtet. Seine Mütze flog ihm vom Kopf, er achtete nicht darauf. Dann krachten Schüsse.

Der Oberleutnant schüttelte innerlich den Kopf. So würde er den Flieger nicht treffen. Und nur mit sehr viel Glück – oder Pech für den Piloten – konnten Pistolenkugeln an einem Storch Schaden anrichten. Falls wirklich Pieter de Boer am Steuerknüppel saß, war er in einer Minute in Sicherheit. Nur wenn die Wachen das Feuer aus ihren Maschinenpistolen eröffneten, wäre der Flug noch zu stoppen. Aber die glaubten wahrscheinlich an den offiziellen Start, der ihnen gemeldet worden war. In diesem Augenblick wurde ihm klar, dass ihn erhebliche Schwierigkeiten erwarteten. Der Parteifunktionär würde alle Hebel in Bewegung setzen, um ihn zur Rechenschaft ziehen zu lassen.

Vorerst war der Hauptbereichsleiter jedoch mit sich selbst beschäftigt. Atemlos und erschöpft hatte er den Punkt erreicht, an dem das Flugzeug zuvor gestanden hatte. Und jetzt erkannte Reske, dass dort jene Kisten auf dem Boden lagen, die mit dem *Storch* hätten ausgeflogen werden sollen.

Mit einer Geste der Verzweiflung sank Nissen inmitten der demolierten Kästen auf die Knie.

8

»Hast du heute wieder Frühstück bekommen?« Kriminalhauptkommissarin Hanna Wolf saß bereits an ihrem Schreibtisch, als Florian Stöber noch etwas verschlafen das Büro betrat. Seine Chefin musterte ihn mit halb besorgtem und halb spöttischem Blick.

»Silke ist wieder da«, murmelte er und ließ sich ebenfalls an seinem Schreibtisch nieder. »Trotzdem könnte ich noch einen Kaffee gebrauchen.« Sein Blick wanderte suchend zum Schreibtisch der Sekretärin und zur Kaffeemaschine.

»Bedien dich!« Sie deutete mit dem Daumen dorthin, wo der leicht starre Blick ihres Kollegen hängen geblieben war. »Es ist alles da. Filtertüten, Kaffee und eine Maschine, die den Rest erledigt.«

»Danke«, brummte er. »Ich warte lieber.«

Erneut traf ihn ein aufmerksamer Blick. »Isabella kommt heute etwas später. Sie macht noch einen Umweg über die KTU. Vielleicht haben die dort schon etwas herausgefunden.«

»Warum ist Isabella eigentlich so darauf erpicht, sich mit diesem ominösen Brief aus Amerika zu beschäftigen?«

Hanna lachte. »Es geht weniger um den Brief als um den Kontakt zu den Kollegen von der KTU. Isabella geht sehr gern dorthin.«

»Sehr gern? Zur Kriminaltechnik? Verstehe ich nicht.«

»Nein?« Sie schmunzelte. »Vielleicht solltest du mal wieder einen Krimi lesen. Krimileser wissen mehr. Oder – noch besser – einen Liebesroman.«

»Du meinst ...?«

»Ich meine nicht, ich weiß. Aber sprich sie nicht darauf an. Sie will es uns demnächst ganz offiziell eröffnen.«

»Es?«

»Nun lass mal gut sein, Florian. Da du bisher nichts mitbekommen hast, sollte es dich auch jetzt nicht beunruhigen, wenn Isabella auf Wolken schwebt. Erzähl mir lieber, was die Kollegen vom Staatsschutz von deiner Idee halten. Anschließend verrate ich dir, was es Neues von Frankenstein gibt.«

»Also gut.« Ergeben breitete er die Arme aus. »Begeistert waren sie nicht gerade. Aber sie haben mir einen Tipp gegeben und wollen mich auf die Aktion vorbereiten.«

»Aktion?« Hanna zog zweifelnd die Augenbrauen zusammen.

»Damit du beruhigt bist: Ich schleiche mich nicht bei einer Neonazi-Gruppe ein. Ich werde lediglich ab und an in zwei der Kneipen herumhängen, in denen sich die Leute der rechten Szene gerne aufhalten, und versuchen, etwas aufzuschnappen.«

»Keine schlechte Idee. Alles andere wäre aber auch eine Nummer zu groß. Und, ehrlich gesagt, auch zu gefährlich.«

Sie schlug eine Akte auf. »Wir haben Frankensteins Ergebnisse bekommen. Das Blut auf Benjamin Bandeles Kapuzenpulli stammt definitiv nicht von ihm. Und es war nicht gerade wenig. Also ist einer seiner Peiniger verletzt worden.«

»Sehr gut! Das kann eine entscheidende Spur werden. Falls wir an Vergleichsmaterial kommen. Und hat Isabella etwas aus der Kriminaltechnik mitgebracht?«

Hanna zog einen anderen Ordner heran. »Auch das. Es hilft uns im Augenblick zwar nicht viel weiter, aber wenn du wirklich auf jemanden stoßen solltest, der an der Tat beteiligt sein könnte, hätten wir neben den Blut- auch textile Faserspuren, um ihn zu überführen. Interessant dabei sind die Fundorte. An einer Wand in dem Hauseingang, vor dem der Überfall stattgefunden hat, und – unter Benjamins Schuhsohlen. Beide Fasern stammen aus demselben Stoff.«

»Also hat er sich gewehrt. Einen der Typen getreten. Aber dafür spricht ja auch das fremde Blut auf seiner Kleidung.«

»Du sagst es, Florian. Wir müssen noch mal bei den Eltern nachfragen, ob der Junge irgendeine Kampfsportart trainiert hat. In dem Fall dürfte die Verletzung, die er einem seiner Peiniger zugefügt hat, nicht unerheblich sein.«

Stöber stieß ein zufriedenes Hach! aus. »Das würde mich freuen. Und noch mehr, wenn ich den Kerl erwische, zu dessen Klamotten die Fasern gehören. Haben wir einen, kriegen wir auch die anderen. Diese Typen haben zwar eine große Klappe, aber wenn eine Mordanklage droht, dann scheißen sie sich in ihre Domestos-

Hosen. Ich kann es kaum erwarten, mich in ihrem Umfeld umzuhören.«

»Langsam. Langsam, Florian.« Hanna hob die Hände. »Sei bitte vorsichtig und beachte die Verhaltensregeln, die dir die Kollegen vom Staatsschutz mitgegeben haben. Im Übrigen haben wir noch kein grünes Licht für die Aktion. Erst sprechen wir mit dem zuständigen Staatsanwalt. Und Oberwenzel muss ich auch informieren. Sonst gibt's Ärger. Besonders, wenn etwas schiefgeht.«

Er verzog das Gesicht. »Das dauert doch wieder ... Wenn die es überhaupt genehmigen. Können wir nicht ohne ...«

»Keine Chance, Florian.« Sie schüttelte den Kopf. »Aber es geht schnell. Mit Bredow habe ich bereits ein Gespräch verabredet. Und Wenzel kriege ich schon weich. Schließlich will er ja auch was von uns.«

»Ach ja, was ist bei Isabellas Nachforschungen herausgekommen?«

»Sieh selbst!« Hanna zog ein Blatt hervor und reichte es über den Schreibtisch. »Kommt dir das bekannt vor?«

Er starrte auf die Skizze, die ergänzt und mit Beschriftungen versehen worden war.

»LU-Bauwerk 9? Kellergruppe? Lauter Kellergruppen. Nummeriert.« Er hob die Schultern. »Sagt mir nichts. Müsste ich das kennen?«

»Nicht unbedingt. Aber der Straßenname unten – der sagt dir was. Oder?«

»Natürlich. Frankfurter Straße. – Ach! Ist da nicht der Weinbergbunker? Davon habe ich schon gehört.«

»Und hast du ihn noch nicht von innen gesehen? Man kann ihn besichtigen.«

Mit vorgeschobener Unterlippe schüttelte Stöber den Kopf. »Nein. Das wusste ich nicht.«

»Solltest du vielleicht mal machen. Ist sehr eindrucksvoll. Ich war vor Jahren mal drin. Es gibt da ein paar nette Feuerwehrmänner, die machen die Führungen. Wenn man in den alten Gewölben herumläuft, bekommt man von der Anordnung der Gänge und Kellerräume heute keine rechte Vorstellung. Aber dort hing damals dieser Plan an der Wand. Nur größer. Daran hat mich die Skizze sofort erinnert.« Hanna tippte auf das Blatt. »Hier hat übrigens jemand etwas eingezeichnet. Dieses Kreuz hier, den Pfeil und das Kreuz daneben. Die Kollegen von der Kriminaltechnik haben die verblassten Markierungen wieder sichtbar gemacht.«

»Markierungen? Das klingt nach einem Versteck. Vielleicht ein Schatz? Oder aber ein Treffpunkt. Das kann doch alles Mögliche bedeuten. Sollen wir das jetzt auch noch herausfinden?«

»Wohl kaum. Schatzsucher fallen nicht in unser Ressort.« Hanna Wolf legte das Blatt zurück. »Es reicht, wenn wir die Familie von diesem Nissen ausfindig machen. Dann ist Kriminaloberrat Wenzel zufrieden, und der PP ist es auch. Und du kriegst grünes Licht für deine Under-Cover-Aktion.«

»Um diese Familiennachforschungen wollte sich doch Isabella kümmern.«

»Worum wollte ich mich kümmern?« Isabella Rodriguez stand plötzlich in der Tür und sah fragend von einem zum anderen.

»Gut, dass du gerade kommst«, stellte Florian Stöber fest. »Wir brauchen unbedingt ein Bonbon für Oberwenzel. Ich meine diese Geschichte mit dem Brief aus Amerika. Hast du schon etwas herausgefunden?«

Die Sekretärin schloss die Tür hinter sich und setzte ein bedeutsames Gesicht auf. »Das kann man wohl sagen, mein lieber Florian. Dieser Fall ist so gut wie gelöst.«

»Das kann so nicht weitergehen. Sascha braucht einen Arzt.« Das Zimmer, in dem sich die jungen Männer über ihren Kumpanen beugten, befand sich in einem Hinterhaus in der Nähe des alten Hauptbahnhofs. Es war schmal, hatte nur ein Fenster, und das Mobiliar bestand aus einem Bett, einem kleinen Tisch, zwei Stühlen und einem Regal. Die Wände waren mit Deutschland-Fahnen und martialischen Postern behängt, auf denen behelmte Landser mit aufgepflanzten Bajonetten kämpften oder Panzer durch düstere Landschaften rollten. Das Regal war angefüllt mit Flugzeugmodellen und Figuren aus Horrorfilmen.

Der Besitzer der Devotionalien lag mit geschlossenen Augen auf seinem Bett und stöhnte leise. Eines seiner Kniegelenke war auf den Umfang seines Oberschenkels angeschwollen.

»Wahrscheinlich sind irgendwelche Bänder gerissen. Oder es ist etwas gebrochen. Wenn das nicht behandelt wird ...«

»Und was sollen wir erzählen, wie das passiert ist? Die Bullen haben uns sowieso auf dem Kieker. Die stehen doch sofort auf der Matte. Und wenn die ihn in diesem Zustand in die Mangel nehmen ... Ich weiß ja nicht, ob ...«

Ein Aufstöhnen des Kranken unterbrach die Auseinandersetzung. Die Jungen, die sich flüsternd über das Schicksal ihres Freundes Gedanken gemacht hatten, sahen sich unsicher an. »Vielleicht weiß Torben, was man in diesem Fall tun sollte. Es hat doch bestimmt schon mal so eine Situation gegeben, wo ein Kamerad verletzt wurde und ...«

Ein hoffnungsvoller Ausdruck erschien im Gesicht des anderen. Er zog ein Handy aus der Tasche und drückte eine Kurzwahltaste. »Ich rufe ihn jetzt an«, flüsterte er und lauschte auf das Rufzeichen.

Das Gespräch dauerte nur wenige Sekunden. »Und?« Die Augen seines Gegenübers waren Fragezeichen.

»Er ruft zurück.« Erwartungsvoll starrten beide Jungen auf das Mobiltelefon.

Als die ersten Takte von Sturmwehrs *Trümmerfrauen* erklangen, riss der Besitzer das Handy ans Ohr. Seine Miene entspannte sich, während er die Anweisungen des Anführers entgegennahm. »In Ordnung«, antwortete er schließlich. »Wir warten hier.«

»Was hat er gesagt?«, flüsterte sein Kamerad.

»Torben organisiert was. Wir sollen hier warten.«

Eine halbe Stunde später erschien ein schlanker, etwa dreißig Jahre alter Mann in einem offenen Trenchcoat, unter dem er einen blauen Anzug mit einer schwarz-weiß-rot gemusterten Krawatte trug. Im Gegensatz zu den fast kahl rasierten Jungen war er gepflegt frisiert. Er begrüßte die Wartenden mit einem kurzen Nicken und beugte sich über den Verletzten. »Was ist passiert?«

»Das war dieser Kanake. Der ist gegen sein Knie gesprungen. Es hat ziemlich gekracht. Und jetzt wird das Knie immer dicker. Ich glaube, wir müssen ihn ins Krankenhaus ...«

»Krankenhaus kommt nicht in Frage. Jedenfalls nicht in Kassel.« Der Mann im blauen Anzug schüttelte den Kopf und richtete sich auf. »Aber er braucht einen Arzt. Ich werde dafür sorgen, dass einer kommt. Der muss ihm was gegen die Schmerzen geben. Und dann bringen wir ihn zu den Kameraden nach Göttingen. Die können sich eine Geschichte ausdenken und ihn im Universitäts-Klinikum abliefern. Da fällt das nicht auf.« Er deutete auf das Handy, das einer der Jungen noch immer in der Hand hielt. »Ruf Philipp an. Der hat mir erzählt, dass seine Großmutter eine Wohnung an eine deutsche Ärztin vermietet hat. Sie wird uns helfen.«

»Und wenn nicht?« Erschrocken über seine eigene Frage schlug der Junge die Hand vor den Mund. Torben Heintzes Wort war Gesetz. Man widersprach ihm nicht und stellte seine Aussagen niemals in Frage. Wenn er sagte, dass diese Ärztin ihrem Kameraden helfen würde, hatte das niemand in Zweifel zu ziehen. »Ich meine ja nur, falls ...«, schob er hastig hinterher.

Heintze zog die Augenbrauen hoch. »Ich sagte, sie wird uns helfen. So oder so.« Er deutete auf seine Armbanduhr. »Sag den anderen Bescheid, dass sie sich bereithalten. Falls wir Unterstützung brauchen.« Dann wandte er sich zur Tür und verließ das Zimmer, ohne sich noch einmal umzudrehen.

»Wie sind Sie eigentlich auf die Idee gekommen, Ihre medizinischen Kenntnisse ausgerechnet bei Verstorbenen anzuwenden? So wie Sie aussehen, könnten Sie eine Bilderbuchkarriere als Chirurgin, Anästhesistin oder Gynäkologin hinlegen.« Stein streifte die Gummihandschuhe ab, schlüpfte aus dem blutigen Kittel und warf beides in die dafür bereitstehenden Behälter.

»Vielleicht gerade deswegen.« Julia Engelhardt entledigte sich ebenfalls der Schutzkleidung. »Ich weiß, wie es in den Krankenhäusern zugeht. Entweder lasse ich mich auf die Ochsentour einer Klinikkarriere ein oder ich gehe meinen eigenen Weg.«

»Und den gehen Sie nun hier in Kassel?«

Sie nickte. »Ich möchte selbst entscheiden, worauf ich mich einlasse und worauf nicht. Das passt nicht zu den Spielregeln der Halbgötter in Weiß. Hier in der Pathologie scheint das anders zu sein. Und ich kann bestimmt viel lernen, was ich auch bei Lebenden ... ich meine bei Kranken ... anwenden kann. Der Wechsel zur heilenden Medizin bleibt ja weiterhin möglich. Zur Not kann ich immer noch irgendwo auf dem Lande eine eigene Praxis eröffnen. Aber vorerst möchte ich in Kassel bleiben. Und da mir der Klinikbetrieb nicht so zusagt, würde ich gern hier weitermachen.« Sie schenkte Stein ein herzliches Lächeln. »Wenn es für Sie kein Problem ist.«

Der Pathologe schüttelte den Kopf. »Sie haben bei der Obduktion dieses bedauernswerten Jungen nicht nur hervorragende Kenntnisse, sondern auch handwerkliches Geschick bewiesen. Ich würde Sie gern behalten.«

»Danke für das Kompliment.« Julia strahlte erneut. Dann wurde sie ernst. »Zuerst war es mir schon etwas unheimlich. Aber mit der Zeit habe ich mich daran gewöhnt, an der Leiche zu arbeiten. Im Grunde war es bei den Praktika während des Studiums ja auch nicht anders.«

Er nickte zustimmend. »Allerdings müssen Sie damit rechnen, dass wir hier hin und wieder ziemlich übel zugerichtete Körper auf den Tisch bekommen. Bei Unfällen zum Beispiel. Oder wenn wir zu Tode misshandelte Kinder obduzieren müssen. Das ist eigentlich das Schlimmste.« Er durchsuchte seine Taschen und förderte eine Zigarettenpackung und ein Feuerzeug zu Tage. »Kommen Sie. Wir unterhalten uns draußen weiter.«

Julia Engelhardt folgte ihm vor die Tür. Hinter ihr begannen die Sektionshelfer, die Spuren ihres grausigen Handwerks zu beseitigen und die Leiche des Jungen wieder so herzurichten, dass sie für die Beisetzung freigegeben werden konnte.

»Rauchen Sie?« Stein hielt Julia seine Packung hin.

»Danke, nein.« Sie schüttelte den Kopf.

»Gut so.« Zufrieden schob sich der Arzt eine Zigarette zwischen die Lippen und zündete sie an. »Falls Sie mal in Versuchung kommen sollten, sehen Sie mich an.« Er kicherte. »Mit meiner zerknitterten Visage habe ich sogar eine ausgewachsene Kriminalhauptkommissarin so erschreckt, dass sie mit dem Rauchen aufgehört hat. Sie werden sie sicher bald kennen lernen. Hanna Wolf. Tüchtige Frau. Manchmal ein bisschen ungeduldig.« Er stieß blauen Rauch in die Luft. »Die nennen mich übrigens Frankenstein. Die Kriminalisten im Präsidium, meine ich.« Erneut lachte er. »Na ja, ist irgendwie auch nahe liegend bei meinem Namen. Und bei dieser Arbeit ...« Er zog gierig an seiner Zigarette und inhalierte tief. Dann musterte er seine junge Kollegin mit leicht amüsiertem Blick. »Für Sie würde mir auch ein passender Spitzname einfallen. Bin gespannt, ob jemand darauf kommt.«

Julia zeigte ein zaghaftes Lächeln. »Verraten Sie ihn mir?«

Stein grinste. »Vielleicht. Irgendwann. Wenn Sie nicht selbst darauf kommen.«

Obwohl Julia Engelhardt die Anstrengung des ersten Arbeitstags spürte, verzichtete sie auf den Bus und ging zu Fuß. Bilder und Gerüche aus dem Sektionssaal waren noch immer gegenwärtig, und in ihrem Kopf kreisten die Worte ihres neuen Chefs. Besonders das eine, das er nicht ausgesprochen hatte. Wenn sie – wie bei Frankenstein – ihre Tätigkeit mit ihrem Namen verband, gab es eigentlich nur eine passende Formulierung. Der Gedanke, dass man sie heimlich Todesengel nennen könnte, löste zwiespältige Gefühle in ihr aus. Einerseits empfand sie die Bezeichnung als nicht ganz unpassend, andererseits entsprach sie keineswegs dem Bild, das die Menschen, mit denen sie beruflich zu tun haben würde, sich von ihr machen sollten.

Frankenstein hatte die Hauptkommissarin erwähnt. Sie hatte damals mit ihr gesprochen. Nachdem die Sache auf dem Friedhof Wehlheiden passiert war. Ob sie sie wiedererkennen würde? Falls sie sich an sie erinnerte, dann in der Rolle des Opfers. Und das war auch gut so.

Entgegen ihrer ursprünglichen Absicht machte Julia Engelhardt keinen Abstecher durch die Königsstraße. Sie wollte duschen und sich umziehen. Und vielleicht für eine halbe Stunde die Füße hochlegen. Ihre Beine schmerzten vom langen Stehen am Seziertisch. Dieser Junge musste ein hübscher Kerl gewesen sein. Wahrscheinlich würden nicht nur die Eltern, sondern auch einige Mädchen aus seiner Schule Tränen um ihn vergießen.

Während Florian Stöber seinen frischen Haarschnitt und sein neues Outfit im Spiegel musterte, dachte er noch einmal an seinen heutigen Arbeitstag zurück. Nachdem Isabella berichtet hatte, wie sie mit Unterstützung des Einwohnermeldeamtes den Nachkommen jenes Friedrich Wilhelm Nissen auf die Spur gekommen war und schließlich sogar eine noch lebende Nichte des Mannes in Kassel ausfindig gemacht hatte, konnte der seltsame Auftrag von Oberwenzel abgehakt werden. Hanna hatte die Gelegenheit genutzt, ihm die Zustimmung zu den verdeckten Ermittlungen seines Kollegen abzuringen. Später hatte auch ihr Ansprechpartner bei der Staatsanwaltschaft zugestimmt. Stöber hatte frohlockt, doch dann hatte Hanna ihn sehr ernsthaft ins Gebet genommen. Keinesfalls wolle sie ihn in dem Zustand wiedersehen, in dem der junge Benjamin Bandele bei Frankenstein gelandet sei. Deshalb müsse er sehr vorsichtig vorgehen und zurückhaltend agieren. Und im Notfall die Aktion sofort abbrechen. Das hatte er ihr versprechen müssen. Stöber war von so viel mütterlicher Fürsorge genervt, wusste es aber zu schätzen, dass sie erkennen ließ, wie sehr ihr an seiner Unversehrtheit lag.

»Dass du schon da bist!« Silkes fröhliche Stimme riss ihn aus seinen Gedanken. »Da können wir ja heute Abend mal was zusammen ...« Erschrocken schlug sie die Hand vor den Mund. »Wie siehst du denn aus, Florian? Das ist doch wohl nicht dein Ernst!«

Er breitete die Arme aus und lächelte gequält. »Alles nur Tarnung. Muss mich ein bisschen in der rechten Szene umhören. Das geht nur so oder gar nicht.«

Kopfschüttelnd musterte sie ihn. »Was die mit euch machen ... Sind dafür nicht andere Kollegen zuständig?«

»Es war meine Idee«, gab er zu. »Ich möchte ein paar Schlägern auf die Schliche kommen, die einen sechzehnjährigen Jungen auf dem Gewissen haben. Sollte eben ganz schnell gehen, ich konnte dich nicht vorwarnen. Ich muss auch gleich los. Hoffe, in einer der Kneipen, in denen sich diese Typen rumtreiben ...«

Silke hob die Hände. »Bitte keine Einzelheiten, Florian. Sag mir, wann du nach Hause kommst. Wenn du nicht pünktlich bist, rufe ich deine Chefin an. Ich habe Angst, wenn du mit solchen Leuten ...«

»Mach dir keine Sorgen!« Florian schloss seine Freundin in die Arme. »Ich passe schon auf mich auf. Und wenn ich bis ein Uhr nicht zurück bin, darfst du gerne Hanna anrufen. Oder die Bereitschaft. Aber jetzt muss ich los.«

Er wandte sich ab und öffnete die Wohnungstür. Silke sah ihm nach, als er winkend im Treppenhaus verschwand. Sie hatte kein gutes Gefühl.

9

Unschlüssig hatten die Wachsoldaten das seltsame Verhalten des Mannes in der gold-braunen Uniform beobachtet. Zögernd näherten sie sich ihm, während er mit ausgestrecktem Arm auf das abhebende Flugzeug deutete und wütende Schreie ausstieß. Oberleutnant Reske konnte erkennen, dass der Parteifunktionär die Soldaten anbrüllte. Hilfe suchend sahen sie zu ihm hinüber. Mit einem Wink bedeutete ihnen der Offizier, sich ruhig zu verhalten.

Seine Augen verfolgten den kleiner werdenden *Storch*, der über den Baumwipfeln des nahen Waldes zunehmend an Flughöhe gewann. Insgeheim bewunderte er den Mut des Holländers. Dieses Husarenstück würde ihm vielleicht das Leben retten. Er gönnte es dem Mann. Natürlich wäre es ein Leichtes, ihm mit einem Kampfflugzeug zu folgen und ihn abzuschießen. Aber dazu würde in diesen Tagen niemand mehr den Befehl geben. Offiziell hatte ohnehin die Fertigung der neuen Vergeltungswaffe Vorrang. Aber in Wahrheit bereiteten sich die meisten Offiziere und Soldaten der Luftwaffeneinheit auf das Ende des Krieges vor. Und die leitenden Herren der Produktion sicher auch.

Seufzend machte er sich auf den Weg zur Startbahn. Von Parteibonzen hielt er nicht viel, mochten sie auch noch so viele glänzende Ehrenzeichen an ihren Uniformen tragen. Und dieser Goldfasan war ihm zutiefst unsympathisch. Darum berührte ihn dessen Missgeschick nicht sonderlich. Zwar würde es eine Menge Ärger geben, vielleicht sogar eine offizielle Untersuchung, aber Reske rechnete damit, dass sie im Sande verlaufen würde. Wenn er sich nicht sehr täuschte, stand Deutschland unmittelbar vor der Kapitulation. Die Tage der braunen Wichtigtuer waren also gezählt. Sehr bald schon würde sich in der Wehrmacht wohl niemand mehr für die Anschuldigungen eines NSDAP-Funktionärs interessieren. Auch nicht die Abwehr. Selbst wenn es sich um den Gauleiter persönlich gehandelt hätte.

Hauptbereichsleiter Nissen sprang auf, als sich der Oberleutnant näherte. In der Hand hielt er noch immer seine Pistole, mit der er ziellos herumfuchtelte. Reske blieb abwartend stehen. »Ich schlage vor, Sie stecken erst einmal Ihre Waffe ein.« Die Wachsoldaten hatten ihre Maschinenpistolen in Anschlag genommen und beobachteten die Szene aus einigen Schritten Entfernung.

Friedrich Wilhelm Nissen schien die Pistole in seiner Hand erst jetzt zu bemerken. Mit einer heftigen Bewegung ließ er sie im Halfter verschwinden.

»Das hat ein Nachspiel!«, brüllte er. »Sie haben diesen Saboteur gedeckt. Ich bringe Sie vors Kriegsgericht.«

Oberleutnant Reske nickte. »Das steht Ihnen selbstverständlich frei. Aber erst räumen wir mal diese Hindernisse von der Startbahn.« Er deutete auf die herumliegenden Kisten. »Das ist zu gefährlich.«

Er winkte den Wachsoldaten. »Schaffen Sie das zur Seite!« Dann wandte er sich wieder an Nissen. »Ich nehme an, dass Sie Ihr ... Gepäck ... wieder mitnehmen wollen. Hier kann es jedenfalls nicht bleiben.«

»Ich brauche ein neues Flugzeug. Das ... Parteieigentum muss unbedingt in Sicherheit gebracht werden. Habe persönlichen Auftrag von Gauleiter Gerland, das ... äh, ... die ... äh, Kisten unverzüglich in den Thüringer Wald zu bringen.«

Bedauernd schüttelte Reske den Kopf. »Dabei können wir Ihnen nicht behilflich sein. Es gibt hier derzeit keine einzige verfügbare Maschine, die für einen solchen Zweck geeignet wäre. Unser letzter *Storch* war die einzige Möglichkeit.«

»Das haben Sie nicht zu entscheiden. Ich will Ihren Vorgesetzten sprechen.« Wütend funkelte er den Offizier an.

»Auch das steht Ihnen frei. Kommen Sie. Ich führe Sie zu ihm.« Er wandte sich zum Gehen.

»Erst müssen die Kisten verladen werden. In meinen Wagen. Schicken Sie mir meinen Fahrer her. Ich bleibe so lange hier.«

»Wie Sie wollen.« Reske hob die Schultern und machte sich auf den Weg zur Luftaufsichtsbaracke. So hatte er Gelegenheit die übergeordneten Stellen vorab von dem Vorfall zu informieren. Die Wachsoldaten hatten inzwischen die Kisten neben der Startbahn gestapelt und schulterten ihre Waffen, um sich wieder auf ihren Rundweg zu begeben.

Als Reske das Gebäude erreicht hatte, ertönte hinter ihm ein wütender Aufschrei. Er sah sich um. Der Hauptbereichsleiter stand neben seinen gestapelten Kisten und hämmerte mit der Faust auf den obersten Behälter.

Sobald Pieter de Boer den Flugplatz Rothwesten weit genug hinter sich gelassen hatte, verringerte er die Flughöhe. In Bodennähe war er nur für diejenigen zu sehen, die sich direkt unter ihm befanden. Weiter oben würde er schon von Weitem entdeckt werden können. Und je weniger Benzin er durch Steigflug verbrauchte, desto größer war seine Reichweite. Außerdem fühlte er sich in geringer Höhe sicherer. Sollte der Motor ausfallen oder sein fliegerisches Können nicht ausreichen, unvorhergesehene Störungen anderer Art zu bewältigen, konnte er rasch zu einer Notlandung ansetzen.

Obwohl es in der Pilotenkanzel kühl war, lief Pieter der Schweiß den Nacken hinunter. Als der deutsche Nazibonze geschossen hatte, war eine Kugel in den Rahmen einer Kanzelscheibe eingedrungen und hatte das Glas springen lassen. Eine andere Kugel war in das Blech der Tragfläche geschlagen. Es hatte ihn große Anstrengung gekostet, das Flugzeug auf Kurs zu halten. Alles in ihm hatte nach Ausweichbewegungen gedrängt, fast hätten Hände und Füße automatisch Seiten- und Querruder bewegt. Doch bei der niedrigen Geschwindigkeit im Steigflug hätte das leicht zum Absturz führen können.

Jetzt ließ die Anspannung ein wenig nach, und Pieter erlaubte sich, kleine Flugmanöver auszuprobieren. Er flog eine leichte Linkskurve, dann wieder nach rechts, ließ die Maschine bis auf wenige Meter über Grund sinken und zog sie schließlich wieder hoch. Der Erfolg seiner Versuche und das gleichmäßige Brummen des Motors lösten Erleichterung und Zuversicht aus.

Doch eine Sorge blieb. Wenn einer der Tanks durch eine Kugel beschädigt worden war, würde er langsam und kontinuierlich eine schwer kalkulierbare Menge Treibstoff verlieren. Inständig hoffte Pieter, dass die Verkleidung der Tragflächen die Pistolenkugel aufgefangen hatte. Noch war kein auslaufendes Benzin zu erkennen, und die Tankanzeige stand weiter auf Maximum.

Anhand der Uhrzeit konnte er die zurückgelegte Strecke schätzen. Schwieriger war die Bestimmung des Flugweges. Zwar gab ihm der Kompass die Richtung vor, doch einen geraden Kurs einzuhalten, war offenbar schwieriger, als er gedacht hatte. Zwar hatte er gelernt, den Kreiselkompass nach dem Magnetkompass auszurichten und dann nach der Anzeige des Kreisels und nicht nach dem wild tanzenden Magneten zu steuern, aber auch der Zeiger des Instruments war ständig in Bewegung; und wenn er versuchte, ihm zu folgen, legte er Schlangenlinien zurück. Das war fatal, denn so erhöhte er die zurückgelegte Strecke und verringerte zugleich die Reichweite.

Obwohl er glaubte, eine Vorstellung von den geografischen Gegebenheiten zwischen Kassel und Eindhoven zu haben, sagte ihm der Blick in die Landschaft überhaupt nichts darüber, wo er sich gerade befand. Sollte er doch höher steigen, um einen besseren Überblick zu bekommen? Unbewusst schüttelte er den Kopf. Er würde möglichst genau nach Westen steuern. Irgendwann musste er den Rhein erreichen. Der würde nicht zu übersehen sein. Jenseits des großen Flusses war er vielleicht schon in Sicherheit. Selbst wenn er Holland nicht erreicht haben sollte.

Friedrich Wilhelm Nissen stand neben der Mercedes-Limousine und überwachte das Beladen. Während sich sein Fahrer mit den schweren Kisten abmühte, schimpfte der Hauptbereichsleiter über den Verfall der Sitten bei der Wehrmacht im Allgemeinen und die Inkompetenz und Sorglosigkeit bei der Luftwaffe im Besonderen. Er entwarf ein für den einsamen Zuhörer erschreckendes Szenario von Bestrafungen, die das Personal des Flugplatzes Rothwesten nach dem Endsieg ereilen würde. Der schwitzende Fahrer enthielt sich jeden Kommentars, denn er war sicher, dass er seinen Befehlshaber nur zu noch größerer Wut reizen würde. Offenbar war eine der Kisten im Flugzeug geblieben und mit ihm verschwunden. Dieser Verlust musste ihn nicht nur schwer getroffen, sondern auch in hohem Maße aufgebracht haben.

Oberleutnant Reske hatte die Szene aus der Ferne beobachtet und sich gefragt, wie es möglich war, dass ein solcher Mensch auf der Karriereleiter so weit nach oben gestiegen war. Er wandte sich ab und betrat die Baracke des Kommandanten, der inzwischen in seinem Büro eingetroffen war. Major Hartung hörte sich den Bericht über die Flucht des Holländers kommentarlos an. Reske konnte seinem Vorgesetzten nicht ansehen, wie er die Nachricht aufnahm.

Mit unbewegter Miene hörte er sich den Bericht an und nickte dann nachdenklich. »Gut, dass Sie gleich zu mir gekommen sind. In normalen Kriegszeiten wäre dieser Vorfall eine Katastrophe.« Mit ernstem Blick sah er Reske an. »Mit katastrophalen Folgen. Für Sie ebenso wie für mich. Aber jetzt ...« Er breitete die Arme aus und seufzte kaum hörbar. »Schicken Sie den Mann zu mir. Und warten Sie bitte draußen.«

Der Oberleutnant salutierte und verließ das Büro.

Die Unterredung verlief lautstark, jedenfalls aufseiten des Parteifunktionärs. Auf dem Flur konnte Reske nicht verstehen, was gesagt wurde. Aber Nissens Stimme war nicht zu überhören. Als der das Büro verließ und mit hochrotem Kopf an ihm vorbeistürmte, ließ er die Tür offen stehen. Der Oberleutnant trat zögernd näher.

»Er will das ganz große Besteck.« Major Hartung saß hinter seinem Schreibtisch und ordnete Akten.

Reske wartete.

Schließlich sah der Major auf. »Ich habe dem Herrn Hauptbereichsleiter meine volle Unterstützung zugesagt.«

Für einen Moment war er irritiert, doch dann erkannte er ein kaum wahrnehmbares Lächeln in den Augen seines Vorgesetzten.

Hartung senkte die Stimme. »In spätestens einer Woche, mein lieber Reske, werden wir wohl arrestiert sein. Wir alle. Im Gegensatz zur Überzeugung dieses Herrn aber nicht von der Abwehr.« Er machte eine kleine Pause, dann fügte er kaum hörbar hinzu: »Ich kann nicht sagen, was mir lieber wäre.«

Das Erste, was Günther spürte, als er die Augen aufschlug, war Hunger. Und Durst. Gegen die Kälte hatte er sich mit den gefundenen Kleidungsstücken schützen können. Er beschloss, so viel wie möglich davon in seine Hütte zu bringen. Außerdem das eine oder andere Paar Schuhe. Darum würde er während der Nacht noch einmal in diesen Keller zurückkehren. Tagsüber war es zu gefährlich. Plünderer wurden auf der Stelle erschossen. Und er würde kaum erklären können, warum er mit einem Berg Kleidungsstücke über dem Arm durch die Stadt wanderte. Lediglich eine etwas zu große, aber gut erhaltene karierte Jacke nahm er mit und ließ seine zerschlissene dafür zurück.

Hunger und Durst trieben ihn, sein Versteck zu verlassen. Rasch durchsuchte er die anderen Räume nach etwas Essbarem. Aber offenbar hatten die Bewohner ihre Vorräte vor dem großen Brand selbst verbraucht oder in Sicherheit gebracht. Leere Regale, ein paar Kisten mit Gerümpel, verbogene Lampen und zerbrochenes Geschirr war alles, was er fand. Schließlich entdeckte er noch eine leere Bierflasche mit Bügelverschluss. Die steckte er ein, denn damit würde er Wasser aus der Fulda schöpfen können.

Mit Steinen und Brettern von den benachbarten Trümmergrundstücken tarnte er den Zugang zu dem Kellerraum. Vorsichtig schlich er von dem Grundstück und mischte sich unter die Menschen auf dem Altmarkt. Zwischen zerlumpten Gestalten, die mit suchenden Blicken durch die Straßen hasteten oder lethargisch auf Trümmersteinen kauerten, bahnte sich ein schwarzer Mercedes seinen Weg.

NSDAP-Hauptbereichsleiter Friedrich Wilhelm Nissen war in seinem gesamten bisherigen Dasein noch nie so aufgebracht gewesen wie an diesem Tag Anfang April 1945. Ärger und Enttäuschung hatten sich zu einer brennenden Wut gesteigert. Sein Herz raste, der Kopf schien bersten zu wollen, und es bereitete ihm Mühe, einen klaren Gedanken zu fassen. Alle Träume von Ehre und Auszeichnung waren geplatzt. Dass er den Auftrag des Gauleiters nicht erfüllen können würde, war schlimm genug. Doch der Verlust eines Teils des Parteivermögens wog fast noch schwerer.

Zumal sich ein ausländischer Saboteur damit aus dem Staub gemacht hatte. Und diese Hohlköpfe der Wehrmacht waren nicht in der Lage, den Geflüchteten einzufangen. Wozu gab es eigentlich Jagdflugzeuge?

Nissen verzog das Gesicht. Kein Wunder, dass die Frontberichte immer unerfreulicher wurden. Mit unfähigen Soldaten wie diesen Luftwaffenoffizieren war kein Staat zu machen. Und mit diesem Idioten von Kraftfahrer auch nicht. Er streckte den Arm aus. »Fahren Sie schneller, Mann! Ist doch alles frei. So kommen wir ja nie an.«

Der NSDAP-Oberhelfer schüttelte den Kopf. »Das geht nicht. Ein Schlagloch kann uns die Achse brechen. Dann sitzen wir endgültig fest.«

Wütend schlug Nissen mit der Faust aufs Armaturenbrett. »Das ist ein Mercedes, Mann! Deutscher Qualitätskraftwagen. Geben Sie Gas!«

Während der Fahrer das schwere Fahrzeug vorsichtig beschleunigte, begann Nissen einen Plan zu entwickeln. Wenn die Ladung nicht ausgeflogen werden konnte, musste sie eben in Kassel bleiben. An einem sicheren Ort. Der Keller des Rathauses kam dafür nicht in Frage. Auch die meisten Luftschutzbunker waren kaum geeignet, ein geheimes Lager zu beherbergen.

Es gab in dieser Stadt nur eine Möglichkeit, die Kisten sicher unterzubringen. Und die würde er nutzen, koste es, was es wolle.

Günther hielt den Atem an. Plötzlich war alles wieder da. Die Arbeit im Rathauskeller, die Fahrt auf den Holzkisten, der Parteibonze, die Schüsse aus seiner Pistole, die Angst vor der tödlichen Kugel, der Wald, das Dorf. Als das Licht der Stalllaterne sein inneres Auge blendete, kehrten auch die Schmerzen zurück, die von den Verletzungen durch Knüppelhiebe ausgegangen waren. Er reckte den geschundenen Rücken, um das Kennzeichen der Limousine abzulesen. Doch es war nicht der Wagen des Goldfasans. Dieser Mercedes trug ein SS-Nummernschild.

Günther schlug den Weg zur Schlagd ein, um am Ufer des Flusses seine Flasche zu füllen. Auf der Fuldabrücke entstand plötzlich Bewegung. Ein Militärlastwagen hielt, Soldaten sprangen heraus und begannen, Material abzuladen und Kanaldeckel zu öffnen. Zwei Landser krochen unter die Brücke, andere warfen eine Kabelrolle vom Wagen, zogen Drähte heraus und ließen diese zu ihren Kameraden hinab. Günther verharrte und beobachtete das Treiben. Sollte die Brücke gesprengt werden? Aber warum? Wenn der Weg über die Fulda zerstört wurde, kam der militärische Nachschub zur Front ins Stocken. Das konnte niemand wollen. Und was war mit den Transporten aus den Kasseler Rüstungsbetrieben?

»Jetz isses sowitt«, murmelte ein kleiner dürrer Greis, der eilig vorbeihumpelte. »Die wunn domidde de Amis uffhaalen. Was for'n Quatsch!« Bevor Günther den Mann genauer ansehen konnte, war er auf dem Altmarkt verschwunden.

»Die sprengen die Brücke, damit die Amerikaner nicht über die Fulda kommen!«, murmelte Günther vor sich hin.

Also rechnete selbst die Wehrmacht mit dem Einmarsch der Amerikaner. Kassel war verloren. Und der Krieg vielleicht wirklich zu Ende. Wieder versuchte Günther sich vorzustellen, was das bedeutete. Fragte sich erneut, wie das Leben in der zerstörten Stadt weitergehen sollte. Aber seine Phantasie ließ ihn im Stich. Sicher war wohl nur eines: Bomben würde es nicht mehr geben.

Von der anderen Seite der Fulda näherte sich erneut ein Fahrzeug. Erregt registrierte Günther den Typ. Ein 320er Mercedes. Er fuhr sehr langsam und wirkte überladen. Mit zusammengekniffenen Augen und klopfendem Herzen versuchte er, das Kennzeichen abzulesen.

VH 43124.

Er war es! Rasch duckte sich Günther hinter einen Mauervorsprung. Sein Herz schlug bis zum Hals. Als die schwarze Limousine näher rollte, erkannte er auf dem Beifahrersitz eine gold-braune Uniform. Wegen der Soldaten, die auf der Brücke hantierten, musste der Mercedes kurz anhalten. Ja, es gab keinen Zweifel. Hinter der Scheibe saß der Mann, der den anderen Jungen erschossen hatte. Er grüßte die Soldaten mit einem knappen Wink und redete auf den Fahrer ein. Sekunden später rollte der Wagen weiter. Günther verfolgte ihn mit den Augen, bis er in die Brüderstraße einbog. Dann setzte er sich in Bewegung, um ihm zu folgen. Hunger und Durst waren vergessen. »Ich muss diesen Mann finden.« Dieser Satz kreiste in seinem Hirn und überdeckte alle anderen Gedanken.

Mit jeder halben Stunde, die Pieter de Boer zwischen sich und Rothwesten brachte, fühlte er sich sicherer. Inzwischen gelang es ihm einigermaßen, den Flieger auf Kurs zu halten. Aber in die Erleichterung mischte sich Angst, nicht lange genug durchzuhalten. Das Flugzeug zu führen, war anstrengender, als er erwartet hatte. Die Ruderbewegungen kosteten viel Kraft, der Lärm der Maschine wirkte betäubend, und zunehmend spürte er den fehlenden Schlaf der letzten Nächte. Sein Körper war anstrengende Arbeit gewohnt, dennoch empfand er eine ungewohnte Schwäche in allen Gliedern. Ein Stück hartes Brot aus seinen bescheidenen Vorräten dämpfte zwar das Hungergefühl, viel Kraft schien er daraus jedoch nicht zu gewinnen. Dabei war er erst wenig mehr als zwei Stunden unterwegs.

Immer wieder ließ er den Blick über die Landschaft schweifen. Aus der Luft sah Deutschland hier nicht wie ein vom Krieg zerstörtes Land aus. Die Wälder, die er überflog, standen im dunklen Grün der Nadelbäume, gelegentlich unterbrochen durch hellgrünen Schimmer frisch ausschlagender Laubgehölze. Felder und Wiesen wirkten ordentlich bewirtschaftet, Dörfer ruhig und friedlich. Allerdings vermied er es, größere Ansiedlungen zu überfliegen, und wenn am Horizont eine Stadt auftauchte, änderte er den Kurs, um ihr nicht zu nahe zu kommen.

Der Geruch verbrannten Öls kroch ihm so langsam in die Nase, dass er es erst bemerkte, als der Motor an Drehzahl verlor. Pieter nahm Gas weg und kontrollierte die Instrumente. Beim Anblick des Öldruckmessers erstarrte er innerlich, dann brach ihm der Schweiß aus. Der Zeiger näherte sich dem roten Bereich. Offenbar verlor der Argus Öl. Über kurz oder lang würde er so viel Leistung einbüßen, dass er den *Storch* nicht mehr in der Luft halten würde.

Mit angestrengtem Blick versuchte Pieter, den Dunst über dem Horizont zu durchdringen. Wenn doch nur der Rhein in Sicht käme! Zehn oder zwanzig Minuten, vielleicht auch dreißig, würde der Motor vielleicht noch durchhalten. Seit er die Drehzahl zurückgenommen hatte, hatte sich der Zeiger des Öldruckmessers kaum bewegt, verharrte am äußersten Rand des roten Feldes. Er musterte die Motorverkleidung mit leicht zusammengekniffenen Lidern. Fand keine Anzeichen für austretendes Öl. Doch als sein Blick zum dritten Mal zwischen Horizont und Flugzeugrumpf wechselte, entdeckte er einen schwarzen Faden, der sich aus der Verkleidung drängte und vom Luftstrom über das Blech zur Kanzel getrieben wurde; kurz darauf einen weiteren.

In diesem Augenblick tauchten am Horizont Silhouetten geborstener Fördertürme und schwarzer Fabrikgebäude auf, dazwischen der eine oder andere rauchende Schlot. Das Ruhrgebiet! Es war an der Zeit, den Kurs zu ändern, um der Ansammlung von Städten und Industrieanlagen auszuweichen.

Inzwischen hatte sich ein Netz von im Fahrtwind zitternden schwarz glänzenden Adern aus Öl über der Motorverkleidung ausgebreitet. Die Hoffnung, den Rhein doch noch erreichen zu können, schwand zusehends. Pieter nahm noch ein wenig Gas heraus und versuchte, den verringerten Auftrieb mit den Rudern auszugleichen. Gebannt starrte er auf den Höhenmesser. Noch hielt der *Storch* die Flughöhe, allerdings mit deutlich geringerer Geschwindigkeit. Vorsorglich richtete Pieter den Blick nach unten. Er musste darauf gefasst sein, jederzeit einen kontrollierten Sinkflug einzuleiten. Von einem Augenblick zum anderen konnte der Motor weiter Leistung verlieren oder gar stehenbleiben. Für diesen Fall sollte er jederzeit einen geeigneten Landeplatz im Auge haben. Doch unter ihm war nichts als ein Meer aus Baumkronen.

In dem Augenblick, als der Motor zu stottern begann und blaue und schwarze Rauchwolken aus der Verkleidung drangen, entdeckte er die silbern glänzende Fläche.

Hilde Berghaus schleppte schwer an dem Rucksack, in dem sie Butter und Käse, Wurst und Schinken, ein frisches Brot und ein gehäkeltes Schultertuch über die Hügel längs des kleinen Flusses im Bergischen Land transportierte. In aller Frühe war sie aufgebrochen, damit niemand sah, welchen Weg sie einschlug. Zwar wusste man im Dorf um das einsame Gehöft der Großeltern, doch die galten als verarmt und hinfällig, seit die letzten Pferde von der Kreisleitung für kriegswichtige Aufgaben eingezogen und abtransportiert worden waren. Dass Hildes listiger Großvater insgeheim mit Hühnern, Kühen und Schweinen, die er in den Wäldern versteckt hielt, weiter wirtschaftete, hätte niemand für möglich gehalten. Und weil der Hof weit abseits lag und schwer zugänglich war, hatte sich seit Jahren niemand mehr dorthin verirrt.

Die wertvollen Lebensmittel aus der geheimen Vorratshaltung waren für die Familie und für Verwandte im Dorf bestimmt, das Schultertuch allein für Hilde. In diesen schweren Zeiten geschah es selten, dass sie sich Gedanken um ihr Aussehen machte, doch das bevorstehende Osterfest würde ihr Gelegenheit geben, sich im Sonntagskleid in der Kirche zu zeigen. Und auf der Straße. Auch wenn es keine jungen Männer mehr im Dorf gab, weil sie an der Front kämpften oder als Gefallene in Särgen, bestenfalls als Kriegsversehrte zurückgekehrt waren, würde sie die Szene genießen. Das Geschenk der Pfarrerswitwe, bei der sie angehalten hatte, um sie mit eingemachter Wurst und Käse vom großelterlichen Hof zu versorgen, würde sich elegant und vornehm auf ihren Schultern ausnehmen, und die Frauen würden neidische Blicke werfen und die Köpfe zusammenstecken.

Um ein wenig zu Atem zu kommen, hockte Hilde sich an einen Felsvorsprung, stützte den Rucksack auf dem Gestein ab und schlüpfte aus den Tragriemen. Ihr Blick wanderte über den See, in den sich hier der Fluss ergoss. Hilde liebte diesen Platz, an dem sie sich im Einklang mit der Natur fühlte und vor allem weit weg von Krieg und Mangelwirtschaft. So nahm sie den kleinen Umweg über das Seeufer gern in Kauf.

Es war ein schöner Frühsommertag, die Sonnenstrahlen wärmten bereits. Hilde schloss die Augen und streckte ihr Gesicht der Sonne entgegen.

Als Kind hatte sie hier mit ihren Brüdern gespielt, war mit dem Großvater in einem altertümlichen Nachen über den See gefahren. Später, als Jugendliche, hatten sie trotz strengen Verbots mit einem kleinen selbst gebauten Paddelboot den See erobert, hatten geangelt und waren in dem klaren Wasser geschwommen, das sich selbst in den Sommermonaten nur wenig erwärmte.

In die Bilder vergangener Sommertage schob sich eine hässliche Erinnerung. Einmal hatte ein Junge aus dem Dorf versucht, sie ins Gebüsch zu zerren. Sie hatte sich zwar befreien können, doch die Drohung des Jungen, sich eines Tages zu holen, was sie ihm nicht geben wollte, verfolgte sie noch immer. Das einzig Gute am Ausbruch des Krieges war für Hilde, dass der junge Mann es als Ehre angesehen hatte, für den Führer in den Krieg ziehen zu dürfen. Seitdem hatte sie nichts mehr von ihm gehört.

Sie öffnete die Augen und ließ den Blick über die glitzernde Oberfläche des Wassers gleiten. Zuerst sah sie nur einen Punkt, der knapp über den Baumwipfeln auf den See zuschwebte. Dann erschrak sie. Denn der Punkt wurde rasch größer, bekam Flügel. Ein kleines Flugzeug näherte sich, eine dunkle Rauchfahne hinter sich herziehend und seltsame Geräusche ausstoßend. Der Motor knallte und stotterte. Plötzlich verstummte der Lärm, das Flugzeug sank hinab, berührte mit dem Heck die Wasseroberfläche, glitt mit aufschäumender Welle ein Stück über den See, dann sanken die Räder des Fahrgestells ein, der Flieger wurde jäh gebremst, tauchte kopfüber ins Wasser, überschlug sich und trieb – nun ganz geräuschlos und gemächlich – rücklings dahin.

Hilde Berghaus war zum Ufer gerannt. Ein unglaubliches Bild bot sich ihren Augen. Wie in Zeitlupe richtete sich der Schwanz des Vogels noch einmal auf, dann begann das Flugzeug im See zu versinken.

10

»Sie sind doch Ärztin, oder?« Philipp Siebert wirkte verlegen. Gleichzeitig glaubte Julia einen Anflug unterschwelliger Aggression herauszuhören. Statt einer Antwort sah sie den Enkel ihrer Vermieterin aufmerksam und abwartend an. Schließlich schlug er die Augen nieder.

»Entschuldigung. Guten Abend, Frau ... äh ... Doktor Engelhardt.«

Für einen Augenblick war sie versucht, den Jungen zu duzen, entschied sich dann aber gegen allzu viel Vertraulichkeit. »Guten Abend, Herr Siebert. Ja, ich bin Ärztin. Brauchen Sie Hilfe? Ihre Großmutter vielleicht?«

Siebert senkte den Blick und schüttelte den Kopf. »Ein ... Freund. Er ist verletzt. Sein Knie. Er hat Schmerzen, kann nicht laufen.«

»Warum rufen Sie keinen Krankenwagen?«

Erneut schüttelte der Junge den Kopf. »Geht nicht.« Er sah auf. »Sie ... als Ärztin, haben doch ... Schweigepflicht, oder?«

Julia nickte stumm.

»Es gab ... eine ... Er ist gefallen, und ...«

»... das sollen seine Eltern nicht erfahren?«

Philipp Siebert nickte erleichtert. »Genau. Wenn Sie nur mal nach ihm sehen könnten und ihm ein Schmerzmittel ...«

»Ein Schmerzmittel?« Julia zögerte. Ganz offensichtlich stimmte mit diesem Freund des Jungen etwas nicht. Sie sollte das Ansinnen abweisen. Andererseits konnte es sich als nützlich erweisen, sich Philipp und seine Freunde zu verpflichten. Vielleicht würde sie ihre Dienste irgendwann einmal brauchen können.

»Also gut. Nach ihm sehen kann ich ja mal. Ich hole nur meine Sachen. Wo müssen wir hin?«

Der Patient lag auf einem Bett, die angewinkelten Knie waren durch Kissen und eine zusammengerollte Decke gestützt. Als Philipp mit Julia Engelhardt im Schlepptau das Zimmer betrat, riss der junge Mann erschrocken die Augen auf. Julia war nicht weniger irritiert, als sie die Dekoration an den Wänden bemerkte. Worauf hatte sie sich eingelassen?

»Das ist Frau ... Doktor Engelhardt«, erklärte Philipp. »Sie soll ... möchte ... sich dein Knie angucken.« Er schloss die Tür. »Sie ist Ärztin«, fügte er sicherheitshalber hinzu.

Ungläubig starrte der junge Mann abwechselnd Philipp und die fremde Frau an. Die vermied es, sich im Zimmer umzusehen, und trat an das Bett. »Sie brauchen keine Angst zu haben. Ich tue Ihnen nicht weh. Aber sehen muss ich das Knie schon. Am besten ziehen wir mal die Hose aus.«

Der Verletzte schüttelte den Kopf und zog die Decke, die über seinen Beinen lag, bis ans Kinn.

Kurz entschlossen zog Julia die Decke zur Seite. »Wenn Sie die Hose nicht ausziehen wollen, muss ich sie aufschneiden.« Sie öffnete ihre Tasche und zog eine Schere hervor.

»Hör zu, Alter«, mischte Philipp sich ein. »Die Frau Doktor ist unsere Mieterin. Die ist in Ordnung. Und dein Knie ist nicht in Ordnung. Mach jetzt keine Zicken. Torben hat auch gesagt ...«

»Okay, okay.« Die Erwähnung dieses Namens schien einen Sinneswandel bei dem Verletzten ausgelöst zu haben. »Sie können sie aufschneiden.«

Das Knie war geschwollen und blutunterlaufen. Julia ließ sich die Schmerzen beschreiben, fragte, ob er das Bein strecken könne, und befühlte vorsichtig die Kniescheibe. Aber selbst wenn sie ihn dort nur ganz leicht berührte, stöhnte der Verletzte auf.

»Wahrscheinlich eine Patellafraktur.«

»Eine was?«, fragten Philipp und sein Freund gleichzeitig.

»Alles deutet darauf hin«, erklärte Julia, »dass die Kniescheibe gebrochen ist. Sind Sie gestürzt?«

Beide Jungen nickten heftig. »Ja«, bestätigte der Verletzte. »Auf der Treppe.«

»Das muss geröntgt werden. Um ganz sicher zu sein. Sie müssen in ein Krankenhaus.«

Die Jungen nickten ergeben. »Morgen bringen wir ihn nach ... ins Klinikum.«

»Das ist gut.« Julia entnahm ihrer Tasche eine Medikamentenpackung. »Hier ist ein Schmerzmittel, das gleichzeitig entzündungshemmend wirkt. Nehmen Sie davon alle vier Stunden eine.«

Den Rückweg zu ihrer Wohnung ging Julia Engelhardt allein. Philipp hatte sich mit dem Hinweis verabschiedet, er müsse noch ein paar Kameraden treffen. Während sie durch die erleuchtete Innenstadt wanderte, ging ihr die Begegnung mit dem Verletzten nicht aus dem Kopf. Es war offensichtlich, dass der Junge nicht gestürzt war, denn die Haut wies keinerlei Abschürfungen auf. Wahrscheinlich war er in eine Schlägerei verwickelt worden. Und jemand hatte ihm mit einem harten Gegenstand gegen die Kniescheibe geschlagen. Und so wie das Zimmer ausgesehen hatte, gehörte der junge Mann zu einer rechten Gruppierung.

Ein seltsames Gefühl beschlich Florian Stöber, als er sich an einem Ecktisch im hintersten Winkel der Kneipe niederließ. Der kahlköpfige Wirt hatte ihn aufmerksam gemustert, ohne seine Tätigkeit hinter der Theke zu unterbrechen. Während er Gläser spülte und Bier zapfte, waren seine Augen dem neuen Gast gefolgt. Stöber spürte die Blicke, aber sein Gesichtsausdruck signalisierte nicht, dass er eine Bestellung erwartete. Dann nickte er ihm aber doch zu und hob fragend die Augenbraue. Nun hob Stöber eine Hand. »Ein Pils, bitte!«

Es war die zweite Kneipe, die er an diesem Abend besuchte. Außer ihm gab es nur eine kleine Gruppe von Gästen, die halblaut miteinander diskutierten. Er konnte nur hin und wieder ein Wort verstehen, aber offensichtlich ging es weder um eine Schlägerei noch um andere für die Polizei relevante Taten. Sein Blick wanderte zur Theke, wo sein Glas gefüllt wurde. Es war bereits sein drittes und er fragte sich, ob er nach möglicherweise zwei oder drei weiteren Pils noch angemessen würde reagieren können, wenn er mit einem dieser Typen ins Gespräch kommen sollte. Aber Cola konnte er schließlich nicht bestellen, ohne seinen Auftritt der Lächerlichkeit preiszugeben.

Bisher war ihm keiner jener Jungmannen begegnet, von denen er sich Hinweise auf das Geschehen erhoffte, dem der junge Benjamin zum Opfer gefallen war. Allmählich kam ihm seine Idee abenteuerlich und ihre Durchführung dilettantisch vor. Vielleicht hätte er die Nachforschungen doch besser den Kollegen vom Staatsschutzkommissariat überlassen sollen.

»Bist du neu hier?« Der Wirt stellte ein schlecht gezapftes Bier vor ihm auf den Tisch und betrachtete seinen Gast wie einen Fremdkörper.

Stöber ergriff das Glas, nahm einen Schluck und nickte. »Auf Besuch. Aus Ehringshausen. Das ist im ...«

»... Lahn-Dill-Kreis, ich weiß. Da gibt's tüchtige Leute.«

»So ist es«, bestätigte Stöber. »Die wissen noch, worauf es ankommt. Für Deutschland.«

»Genau!« Der misstrauische Blick des Wirtes wich einem wohlwollenden Ausdruck. »Dann Prost, junger Mann.« Er wandte sich zum Gehen. »Könnten wir hier auch gebrauchen«, murmelte er und kehrte hinter die Theke zurück.

Trotz des Bieres empfand Florian Stöber plötzlich Trockenheit in Mund und Rachen. Rasch nahm er einen weiteren tiefen Zug aus den Glas. Als er es zurückstellte, öffnete sich eine Tür, die er bisher nicht beachtet hatte. Aus einem Nebenraum trat ein Mann seines Alters, der ihm auch in der Aufmachung ähnelte, nur dass er kräftiger wirkte. Er durchquerte den Gastraum, lehnte sich gegen die Theke und gab eine längere Bestellung an den Wirt weiter.

Aus der geöffneten Tür drangen Stimmen. Stöber versuchte sich auf den lautesten Sprecher zu konzentrieren. Offenbar wurde dort eine Rede gehalten.

»... hat die deutsche Wirtschaft einschließlich der in Deutschland tätigen ausländischen Unternehmen dem deutschen Volk, seiner materiellen Sicherung und seiner geistig-kulturellen Entwicklung zu dienen. Jeder Deutsche hat das Recht auf Arbeit. Arbeitsplätze sind zuerst an Deutsche zu vergeben. Kriminelle Ausländer sind unverzüglich abzuschieben, egal, welche Strafen sie in ihren Heimatländern erwarten. Wenn deutsche Frauen und Männer von ausländischen Asylbewerbern zusammengeschlagen werden, verfällt deren Anspruch auf Prüfung des Asylbegehrens. Ausländische Straftäter, die nicht abgeschoben werden können, sind sofort in Erziehungslager ...«

Die Tür wurde geschlossen. Florian Stöber atmete tief durch und stürzte den Rest seines Bieres hinunter. Sollte der gesamte »Erfolg« seiner Undercover-Aktion darin bestehen, dass er einschlägige politische Parolen anhören durfte? Er starrte auf die Tür und fragte sich, ob er dieses fragwürdige Unternehmen abbrechen sollte. Silke würde über seine Bierfahne sicher nicht erfreut sein, andererseits wäre sie erleichtert, wenn er noch vor Mitternacht nach Hause käme.

In Nebenraum brandete Beifall auf, die Tür wurde aufgestoßen, und nach und nach strömten junge Männer heraus, die sich im Gastraum verteilten. Offensichtlich hatte sie der Vortrag in Stimmung gebracht, rasch wurde es laut. Stöber flogen die Wortfetzen nur so um die Ohren.

Es ging um die hessische Landtagswahl, um die Frage, ob man den amtierenden Ministerpräsidenten als Vertreter einer der Systemparteien bekämpfen oder wegen seiner Kampagnen gegen Ausländer unterstützen sollte, und ob das Beispiel Boxcamp Philippinenhof ein Modell für den Umgang mit kriminellen Jugendlichen sein konnte. Auch um den Vortrag, den sie soeben gehört hatten und der offenbar auf allgemeine Zustimmung stieß. Aber nirgends war die Rede von einer Schlägerei mit einem jugendlichen Ausländer.

Florian Stöber beschloss, sein Bier zu bezahlen und zu gehen.

An der Theke herrschte Gedränge. Er winkte dem Wirt mit einem Geldschein. Dieser nickte. »Kleinen Augenblick.«

»Hermann hat gerade viel zu tun.« Der Mann neben ihm deutete mit dem Daumen auf den Wirt. »Meine Bestellung.«

Stöber wandte sich um. Im runden Gesicht des dicklichen Sprechers prangte ein großes Pflaster, das die Nase verdeckte. Wohl gegen die Wand gelaufen. Er musste sich auf die Zunge beißen, um den Gedanken nicht auszusprechen. Doch der Mann hatte offenbar Gespür für die Reaktionen anderer. Oder hatte Stöber ihn so auffällig angestarrt? Er grinste breit und deutete auf seine Nase. »Das war so'n kleiner Kanake. Ist ihm aber schlecht bekommen.«

Stöber war elektrisiert. »Würde ich mir auch nicht gefallen lassen. Hast du ihm wenigstens auch die Nase gebrochen?«

Statt einer Antwort schüttelte der Mann den Kopf. Während Stöber noch überlegte, wie er den Gesprächsfaden wieder aufnehmen konnte, schob der Wirt ein Tablett mit Bier- und Schnapsgläsern über die Theke und streckte die Hand nach Stöbers Geldschein aus.

»Hat sich von einem Kanaken die Fresse polieren lassen, ohne sich zu wehren«, murmelte Florian, eher an den Wirt als an seinen Gesprächspartner gewandt.

Der hielt inzwischen das Tablett in den Händen. Seine Miene hatte sich verdüstert. Unentschlossen sah er zwischen den Getränken und Stöber hin und her. »Das glaubst aber nur du«, zischte er schließlich. »Der schwarze Furz schlägt keinen Deutschen mehr. Garantiert.«

»Dann ist ja alles in Ordnung«, erwiderte Stöber und steckte sein Wechselgeld ein. »Schönen Abend noch!«

Er musste sich zwingen, das Lokal gemächlich schlendernd statt im Laufschritt zu verlassen. In der Tür stieß er mit einem Jungen zusammen, der vielleicht siebzehn Jahre alt war und es sehr eilig hatte, in die Kneipe zu kommen. Er trug eine zusammengerollte Zeitung in der Hand. Stöber sah ihm nach und beobachtete, wie er zu der Gruppe stieß, zu der auch der Typ mit der bepflasterten Nase gehörte. Es schien ihm, als hätte der Junge eine wichtige Nachricht zu überbringen.

Eine Mischung aus Wut und Ohnmachtsgefühl bereitete sich in Stöber aus. Die Vorstellung, dass unbedarfte junge Leute Rattenfänger-Parolen, wie er sie gerade gehört hatte, auf den Leim gingen, war beängstigend. Und er konnte nichts dagegen tun. Allenfalls den in der Kneipe versammelten Jungnazis die Stimmung verderben. Und gelegentlich Straftaten mit rassistischem Hintergrund aufklären helfen.

Auf der Straße zog er sein Mobiltelefon aus der Tasche und drückte die Kurzwahltaste für die Nummer seines Fachkommissariats. Der diensthabende Kollege des K 11 musste ein Einsatzkommando schicken. Wenn man die Burschen schon nicht einkassieren konnte, sollten wenigstens ihre Personalien festgestellt werden. Und bei der Gelegenheit würde er versuchen, von dem Typen mit dem Nasenpflaster Material mit seiner DNA zu bekommen. Für den Richter war Stöbers Verdacht wahrscheinlich nicht ausreichend, um einem DNA-Test zuzustimmen. Den Beschluss würden sie erst bekommen, wenn es konkrete Hinweise für eine Tatbeteiligung des Mannes gab. Die würden sich mit hinreichender Gewissheit aber erst aus einem DNA-Vergleich ergeben können. Ein typisches Ermittlungsdilemma.

Ungeduldig wartete der Kriminalkommissar auf das Ende des Rufzeichens. In dem Augenblick als sich der Kollege meldete, explodierte etwas an seinem Hinterkopf. Sämtliche Lichter der nächtlichen Stadt verloschen, und Stöber sackte bewusstlos zusammen.

Ist etwas passiert? Warum erzählst du nichts? Seit Nina angekommen war, verkniff Hanna Wolf sich Fragen, die ihr auf der Zunge lagen und nach Antworten schrien.

Ihre Tochter hatte den Koffer ausgepackt, ausgiebig geduscht und eine Waschmaschine gefüllt. Hanna hatte sich die Mühe gemacht, für Nina Empanadas und einen Ensalada de Palmitos zuzubereiten. Gefüllte Teigtaschen mit einem Salat aus Palmherzen gehörte zu den Lieblingsgerichten ihrer Tochter, für das sie normalerweise ihrer Mutter um den Hals gefallen wäre. Aber obwohl sie das Essen sehr gelobt hatte, war auf ihrem Teller die Hälfte liegen geblieben.

Das Gefühl, dass etwas nicht stimmte, hatte sich von Stunde zu Stunde verfestigt. Nina hatte abgenommen, wirkte noch schmaler als sonst und ließ nicht nur den gewohnten Appetit, sondern auch die ihr eigene Lebendigkeit vermissen.

»Trinkst du ein Glas Rotwein mit mir?«, hatte Hanna gefragt, aber nur ein stummes Kopfschütteln geerntet. So waren sie beide beim Wasser geblieben.

Nina hatte von ihrer Arbeit in der Staatsanwaltschaft erzählt, ihrer letzten Station vor dem zweiten Examen, nur wenig von Jan und gar nichts von ihrem Aufenthalt in Nicaragua.

Hanna musterte ihre Tochter und fragte sich, ob die seltsame Veränderung mit den drei Monaten in Mittelamerika zu tun haben konnte. Sie beschloss, nicht mehr länger zu rätseln. Als Mutter hatte sie schließlich das Recht zu erfahren, was in ihrem Kind vorging.

»Möchtest du einen Espresso? Oder trinkst du einen Calvados mit mir?« Die zweite Frage war eine Provokation, denn Nina hatte Hannas Lieblingsgetränk stets mit dem Ausdruck des Ekels abgelehnt.

Zu ihrer Überraschung nickte sie heute. »Ich nehme gerne einen Schnaps.«

Hanna hangelte zwei Gläser aus dem Schrank und schenkte ein. »Na, dann Prost! Auf deine Gesundheit, Ninalein.« Eine weitere Provokation, denn die Verniedlichung ihres Namens hatte Nina sich schon vor Jahren energisch verbeten.

Doch die lächelte nur und hob ihr Glas. »Auf dich – die beste Mutter der Welt!«

Fast hätte Hanna sich verschluckt. Sie stürzte den Calvados hinunter und sah ihre Tochter fragend an. »Hast du Stress mit dem Examen?«

Nina zögerte einen Augenblick, kippte den Calvados hinunter und atmete heftig aus. »Stress ja, Examen nein.«

»Wie meinst du das? Spann deine Mutter nicht auf die Folter. Ich möchte wissen, wie es dir geht, wie es in dir aussieht.«

Plötzlich hatte Nina Tränen in den Augenwinkeln. »Ich habe mich verliebt.«

Hanna fiel die Erkenntnis wie Schuppen von den Augen. Die euphorischen E-Mails aus Nicaragua, Ninas schwärmerische Begeisterung für das Salsa-Tanzen, ihre kühle Bemerkung zu Jans Karriereaussichten beim Hessischen Rundfunk.

»In Nicaragua?«, fragte sie und wusste doch schon die Antwort.

Nina nickte.

»Und Jan?«

Nina hob die Schultern.

»Ist es aus?«

Nina schüttelte den Kopf.

»Jetzt brauche ich noch einen Calvados.« Sie hob die Flasche. »Du auch?«

Wortlos schob das Mädchen ihr Glas zu Hanna hinüber.

»Willst du mir nicht ein bisschen mehr verraten?«, fragte sie, nachdem sie ihre Gläser geleert hatten.

»Ich weiß doch selbst nicht, was ... ich meine, wie es ... warum ich ... keine Ahnung!«

»Wie heißt er denn?«

»Alejandro.«

Wie in einem Schnelldurchlauf raste der Film ihrer eigenen Beziehungen an Hannas innerem Auge vorüber. Sie hatte kein Recht, ihrer Tochter Vorhaltungen zu machen. Dann erschien Jans Gesicht. Dieser sympathische und tüchtige junge Mann, den sie innerlich bereits als Schwiegersohn akzeptiert hatte, sollte in die Wüste geschickt werden? Wegen eines lateinamerikanischen Salsa-Tänzers? Kopf und Bauch gaben widersprüchliche Antworten. Hanna entschied sich für die Vernunft. Aber Nina würde die Bedenken ihrer Mutter selbst dann nicht akzeptieren, wenn sie sie mit dem Verstand nachvollziehen könnte. Also erst einmal herantasten.

»Ein klangvoller Name. Ich stelle mir einen feurigen Latino vor. Bestimmt sieht er blendend aus.«

Erneut antwortete Nina mit einem Kopfschütteln.

Hanna lächelte ungläubig. »Nicht?«

»Eigentlich sieht er genauso aus wie Jan. Der gleiche Typ. Sogar etwas kleiner, glaube ich. Aber ...« Nina brach ab.

»Aber?«

»Ich weiß nicht, wie ich es sagen soll. Ich habe immer geglaubt, Jan ist der Mann meines Lebens. Mit dem ich eines Tages Kinder haben werde. Aber jetzt ...«

»Jetzt hast du Zweifel? Weil du dich verliebt hast? Nina, das kommt vor. Manchmal geht es vorüber, und die Verliebtheit verschwindet so schnell, wie sie gekommen ist. Manchmal brauchen wir aber auch Zeit, um uns über unsere Gefühle klar zu werden.«

Nina nickte stumm.

»Hast du es Jan schon gesagt?«

»Nein. Aber er merkt natürlich, dass etwas nicht stimmt.«

»Das spricht jedenfalls für ihn. Nicht alle Männer sind so sensibel. Manche ...«

»Es musste ihm auffallen. Weil ich ... Ich glaube, ich habe mich irgendwie ... anders verhalten.«

Hanna betrachtete ihr leeres Glas. »Und dieser ... Alejandro? Liebt er dich?«

Nina nickte erneut. Über ihre Wangen liefen Tränen, gleichzeitig schienen ihre Augen zu leuchten.

Hanna Wolf dachte an ihre eigenen Erfahrungen mit Männern und empfand plötzlich eine lange nicht erlebte Nähe zu ihrer Tochter. »Vielleicht war es einfach an der Zeit, dass auch du einmal so etwas erlebst, Nina. Die Frage ist nur, welche Konsequenzen du daraus ziehen willst. Meinst du, dass Alejandro der Mann deines Lebens ist?«

Nina seufzte. »Ich weiß es nicht. Und ich weiß nicht, was ich machen soll. Soll ich Alejandro vergessen und mit Jan zusammenbleiben? Ob das überhaupt möglich ist? Und wenn er erfährt, dass ich ... Er muss doch wahnsinnig enttäuscht sein.«

»Könntest du denn Alejandro einfach vergessen?«

»Nein. Ja. Vielleicht.« Mit einer Geste der Verzweiflung fuhr sich Nina durch die Haare. »Wir telefonieren fast jeden Tag. Er möchte natürlich auch wissen, wie es weitergeht. Aber er ist so weit weg. Irgendwie sitze ich total in der Klemme.«

»So ist es wohl.« Hanna Wolf sah ihre Tochter mitfühlend an. »Aber niemand kann dir da heraushelfen. Auch ich nicht. Ich kann dir helfen, die richtigen Fragen zu stellen. Beantworten musst du sie dir selbst. Und vielleicht kann ich dir einen Rat geben.«

Hoffnungsvoll sah Nina auf. »Ja? Bitte!«

»Das Wichtigste ist«, begann Hanna, »dass du dir gegenüber ehrlich bist. Und du solltest auf deinen Bauch hören. In der Liebe kann man keine Argumente gegeneinander abwägen und sich dann für das schwerwiegendere entscheiden. Frage dich, ob du dein Leben mit Jan verbringen willst. Und frage dich, ob Alejandro der Mann deines Lebens sein kann. Unabhängig von deinen

Antworten solltest du unbedingt mit Jan sprechen. Erzähl ihm, was passiert ist. Versuche ihn davon zu überzeugen, dass ihr vielleicht noch eine Chance habt. Aber dass er dir Zeit geben muss, damit du dir über deine Gefühle klar werden kannst. Du kannst ihn nicht zwingen, nur bitten, sich auf diese Auszeit einzulassen.«

»Und dann?«

Hanna hob die Schultern. »Was passieren wird, lässt sich nicht vorhersagen. Aber es wird etwas passieren. Vielleicht zieht Jan von sich aus die Konsequenz und trennt sich von dir. Vielleicht findet ihr nach einiger Zeit wieder zusammen, weil sich der Zauber von Nicaragua verflüchtigt hat. Vielleicht triffst du einen anderen Mann, bei dem ...«

Das Klingeln des Telefons unterbrach sie.

Unwillig starrten beide Frauen auf den Apparat. »Könnte dienstlich sein«, murmelte Hanna Wolf. »Ich geh gleich dran. Nur noch schnell den einen Satz: Du wirst vielleicht einen Mann treffen, der dich Jan und Alejandro vergessen lässt, weil bei ihm Liebe und Leidenschaft zusammentreffen.«

Sie griff zum immer noch klingelnden Telefon und meldete sich. Eine Weile lauschte sie stumm in den Hörer. »Danke, dass Sie angerufen haben, Silke. Doch, es war richtig. Ich informiere die Kollegen. Sobald wir etwas wissen, melden wir uns bei Ihnen.«

Hanna ließ das Telefon sinken. »Florian Stöber ist nicht zur verabredeten Zeit nach Hause gekommen. Möglicherweise hat er eine Dummheit begangen, an der ich nicht ganz unschuldig bin. Es tut mir leid, Nina. Ich muss mich darum kümmern.«

»Kein Problem, Mama. Du hast mir sehr geholfen. Ich danke dir.« Sie erhob sich, umrundete den Tisch und umarmte ihre Mutter. »Was ist mit deinem Kollegen?«

»Ich fürchte, er ist mal wieder übers Ziel hinausgeschossen. Hoffentlich ist er nicht ausgerechnet den Typen in die Hände gefallen, die er eigentlich nur ausfindig machen wollte.«

11

Günther hatte Mühe, den Mercedes im Auge zu behalten. Zum Glück kam der Wagen in dem zerstörten Stadtzentrum nur langsam voran. Er überquerte den Marställer Platz, nahm den Weg über Steinweg und Friedrichsplatz in Richtung Frankfurter Straße. Hier verlor Günther den Anschluss, denn nun beschleunigte der Wagen. »Bestimmt will er zum Rathaus. Und dort finde ich ihn wieder.«

Obwohl sich Hunger und Durst wieder gemeldet hatten, obwohl ihm Schwindelgefühle zu schaffen machten und er zunehmend Schwäche in den Beinen spürte, brachte Günther es nicht fertig, die Verfolgung aufzugeben. Keuchend rannte er weiter, wich hastenden Menschen, ziellos wirkenden, zerlumpten Gestalten, Frauen mit Handkarren oder überladenen Kinderwagen aus.

Auf Höhe der zerstörten Horst-Wessel-Schule sah er den Mercedes wieder. Er stand am Straßenrand, eine Tür war geöffnet. Wollte der Mann doch nicht zum Rathaus zurück? Wie gebannt heftete Günther den Blick auf die schwarze Limousine, während er sich näher heranschlich. Offenbar hatte der Parteibonze den Wagen verlassen, der Fahrer saß noch hinter dem Steuer. Plötzlich tauchte der Mann in der gold-braunen Uniform schnellen Schrittes aus den Trümmern des gegenüberliegenden Gebäudes auf, überquerte die Straße und stieg wieder in den Mercedes. Der Motor startete, und der 320er rollte weiter, blieb auf der Frankfurter Straße. Nach einigen hundert Metern verlor Günther ihn erneut aus den Augen.

Erschöpft ließ er sich auf einem Stapel aus Trümmersteinen nieder. Nur mit Mühe konnte er das Gleichgewicht halten. Als das Bild der zerstörten Häuser um ihn herum zu verschwimmen begann, rieb er sich die brennenden Augen. Plötzlich blieb ein Paar schwarzer Stiefel vor ihm stehen. Erschrocken fuhr Günther hoch und riss die Augen auf.

Das Scheitern seiner Mission hatte Hauptbereichsleiter Friedrich Nissen einen schweren Schlag versetzt. Und nun war es ihm nicht einmal gelungen, eine Nachricht an Gauleiter Gerland abzusetzen. Einerseits war er erleichtert, sein Versagen nicht eingestehen zu müssen, andererseits fürchtete er die Ungewissheit möglicher Sanktionen. Wenn es um Vermögenswerte der Partei ging, verstanden die hohen Herren keinen Spaß. Und ob sein neuer Plan von Erfolg gekrönt sein würde, war keineswegs gewiss.

Ein leise bohrender Zweifel hatte ihn befallen. Und je näher er seinem Ziel kam, desto unruhiger wurde er. Der Weinbergbunker unterstand zwar der Stadtverwaltung, wurde aber durch das Militär bewacht.

Die Munitionskisten unter den Augen der Soldaten in den Bunker zu bringen, war sicher kein problematisches Unterfangen. Und wenn sie erst versteckt waren, waren sie auch vor ihrem Zugriff sicher. Dennoch beschlich Nissen die Angst, sein Vorhaben könnte am Widerstand eines übereifrigen Offiziers scheitern. Oder jemand würde, was möglicherweise noch schlimmer wäre, verlangen, den Inhalt zu kontrollieren. Andererseits dürften von Erxlebens Leute derart von militärischen Problemen in Anspruch genommen sein, dass sie sich um andere Vorgänge im Bunker wohl kaum würden kümmern können.

Ein weiteres Problem waren die Helfer. Allein oder nur mit Hilfe des Fahrers würde er die Kisten zwar in den Bunker schaffen, aber nicht durch den Schacht in die geheimen Räume der unteren Etage bringen können. Mindestens zwei kräftige Personen würde er zusätzlich benötigen. Halbwüchsige von der Straße konnte er dort nicht einschleusen, sie hatten keinen Zutritt. Der Gedanke an die Jungen versetzte ihm einen weiteren Stich. Einer dieser verdreckten Kerle war ihm entkommen. Solange der am Leben war, gab es einen Unsicherheitsfaktor. Der Bursche konnte sich zusammengereimt haben, was Nissen aus dem Rathauskeller abtransportiert hatte. In diesen schwierigen Zeiten war unkalkulierbar, was er mit diesem Wissen anfangen würde. Er musste den Kerl auftreiben und beseitigen. Darum würde er schon morgen ein Kommando zusammenstellen, das die Stadt durchkämmen und alle männlichen Jugendlichen, die sich unbeaufsichtigt herumtrieben, zu einer Sammelstelle bringen würde. Dann würde er sich den flüchtigen Streuner schnappen. Und ihn irgendwo in der Einsamkeit der Kasseler Trümmerwüste zum Teufel schicken.

»Hier, frisches Wasser!«

Günther blinzelte aus seinen brennenden Augen gegen die Silhouette einer schmalen Gestalt. Eine Feldflasche tanzte vor seinem Gesicht. Misstrauisch musterte er die Frau, deren blauer Samtmantel in seltsamem Kontrast zu den verkohlten Stiefeln stand, in denen ihre Füße steckten. Ihre Wangen leuchteten frisch – anders als die grauen Gesichter, die man sonst in der Stadt sah. Unter einer offenbar zu großen Mütze blickten freundliche blaue Augen. Sie hatte schön geschwungene Augenbrauen, und ihre Lippen waren voll und rot.

»Man muss immer genug trinken.«

Günther kniff die Augenlider zusammen und öffnete sie wieder. Vor ihm stand keine Frau, sondern ein Mädchen, das kaum älter war als er. Von einem Erwachsenen hätte er vielleicht nichts angenommen, auch nicht von einem gleichaltrigen Jungen, den er nicht kannte. Seit dem großen Feuer waren Burschen in der Stadt unterwegs, die vor nichts zurückschreckten, um an Kleidung, etwas Essbares oder an Wertgegenstände zu kommen, die sie gegen Lebensmittel eintauschen konnten. Doch der Blick des Mädchens flößte ihm Vertrauen ein, und er griff nach der Flasche.

So gutes Wasser hatte er schon lange nicht mehr getrunken, und während das erfrischende Nass durch seine Kehle rann, fragte er sich, woher es stammen mochte.

»Das habe ich aus einer geheimen Quelle«, raunte sie, als hätte sie seinen Gedanken erraten.

Er wischte mit dem Handrücken über den Mund und reichte die Flasche zurück. »Danke!«

Sie nickte, verschraubte die Flasche und ließ sie unter ihrem Mantel verschwinden. »Ich heiße Ursula.« Sie sah ihn auffordernd an.

Günther zögerte. Ihm war nicht danach, seine Zeit mit Konversation zu verschwenden. Er musste den Parteibonzen finden.

Dem Mercedes folgen, der in der Frankfurter Straße verschwunden war. Mühsam erhob er sich. »Vielen Dank für das Wasser«, murmelte er. »Aber ich muss weiter. Jemanden ... suchen.«

Ursula schaute ihn verständnisvoll an. »Suchst du nach deiner Familie?«

Er schüttelte den Kopf. »Ich muss jetzt gehen.« Er rutschte von dem Steinhaufen und stand so schnell auf, dass er das Gleichgewicht zu verlieren drohte. Hätte das Mädchen nicht blitzschnell zugefasst und ihn an den Armen gehalten, wäre er lang hingeschlagen.

»Ich glaube«, sagte sie ernst, »du musst erst noch etwas essen. Setz dich wieder hin.« Verblüfft gehorchte Günther. Ursula kramte in den Taschen ihres Mantels und förderte ein Stück Brot und einen Kanten Käse zu Tage. Sie brach beides durch und hielt ihm von jedem ein Stück hin.

Gierig biss er in das Brot, kaute hastig und schob etwas Käse hinterher. »Ich heiße Günther«, stieß er mit vollem Mund hervor.

Das Mädchen lächelte verhalten. Sie schaute ihm eine Weile zu, dann ließ sie sich neben ihm nieder.

Als sich das Flugzeug überschlagen hatte, war Pieters Kopf gegen die Kanzelverglasung geschleudert worden. Der Aufprall hatte sein Bewusstsein getrübt, für Sekunden hatte er nicht mehr gewusst, wo er sich befand. Doch als ihn das eiskalte Wasser umfasst hatte und die Kälte ihm beinahe den Atem nahm, war sein Lebenswille erwacht.

Hastig löste er die Gurte und öffnete die Verriegelung des Ausstiegs, doch gegen den Wasserdruck ließ sich die Tür nicht öffnen. Er geriet in Panik. Während das Wasser gurgelnd und zischend aus allen Richtungen in die Flugzeugkanzel eindrang und rasch höher stieg, versuchte er, die Luke mit den Füßen aufzudrücken. Inzwischen hatte sich der Innenraum fast vollständig gefüllt. Doch solange er den Kopf in der kleiner werdenden Luftblase hielt, brachte er nicht genügend Kraft auf. Pieter holte tief Luft, tauchte unter und stemmte sich erneut gegen die Tür. Diesmal gab sie nach. Unter Einsatz seiner verbliebenen Kräfte gelang es ihm, sich in der engen Kanzel zu drehen und sich durch die Öffnung nach draußen zu winden. Für einen Augenblick spürte er die Kälte nicht, ruderte mit den Armen, strampelte mit den Füßen, kämpfte ums nackte Überleben. Schließlich erreichte er die Wasseroberfläche und riss den Mund auf. Ein tiefer Atemzug füllte die gepeinigten Lungen mit frischer Luft. Pieter sah sich um. Das Ufer war weiter entfernt, als er erwartet hatte. Es schwimmend zu erreichen, erschien nahezu unmöglich. Die vom Wasser schwer gewordene Kleidung behinderte seine Bewegungen und zog ihn mit Kraft nach unten. Längst hatte die eisige Kälte des Wassers sein Inneres erreicht und lähmte zusätzlich die geschwächten Muskeln.

War er der Vernichtung durch die Nazis entkommen, um in einem Waldsee zu ertrinken? Noch war sein Lebenswille ungebrochen. Pieter de Boer mobilisierte seine letzten Kräfte und befreite sich wassertretend von der schweren Oberbekleidung. Schließlich gelang es ihm sogar, die Stiefel loszuwerden.

So gut es seine nachlassende Muskelkraft erlaubte, begann er in Richtung Ufer zu schwimmen. Doch schon nach wenigen Zügen erlahmten Arme und Beine, und er fragte sich, ob er das rettende Land erreichen würde.

Stumm hatte Ursula neben Günther verharrt, ihn gelegentlich aufmerksam von der Seite gemustert und gewartet, bis er aufgegessen hatte. Nun streckte sie ihm erneut die Flasche hin. »Nimm noch einen Schluck!«

Zögernd nahm Günther die Flasche entgegen, trank ein wenig und reichte sie rasch zurück. »Danke! Du bist wirklich sehr freundlich. Ich habe leider überhaupt nichts, was ich dir ...« Das Versteck mit den Kleidungsstücken fiel ihm ein. »Doch!« Er deutete auf ihre verkohlten Stiefel. »Ich weiß, wo wir neue Schuhe für dich finden. Aber erst muss ich ... in die Frankfurter Straße. Was erledigen.«

»Ich kann doch mitkommen. Vielleicht kann ich dir helfen.« Ursula sah ihn an. Sie schien auf eine Antwort zu warten. Günther war unschlüssig. Dass ein Mädchen ihm bei der Suche nach dem Parteibonzen von irgendeinem Nutzen sein könnte, erschien ihm unwahrscheinlich. Andererseits besaß sie offenbar eine Quelle für Nahrungsmittel und sauberes Wasser. Und von irgendwo aus seinem Inneren empfing er ein seltsames Signal. Wie eine Stimme, die ihm etwas zuflüsterte. Er verstand die Worte nicht, spürte aber, dass er diesem Mädchen vertrauen sollte.

»Musst du nicht nach Hause?«, fragte er, obwohl er die Antwort ahnte.

Sie schüttelte den Kopf. »Meine Familie ist bei dem Feuersturm ums Leben gekommen.« Sie deutete in Richtung Altstadt. »Wir haben in der Mittelgasse gewohnt. Jetzt schlafe ich meistens im Keller eines verlassenen Hauses. Oder im Weinbergbunker.« Sie lächelte. »Ein paar neue Schuhe könnte ich wirklich gut gebrauchen.«

Günther nickte. Sie waren Schicksalsgefährten. Wenn sie ihm bei seinem Vorhaben auch nicht helfen konnte, war es vielleicht trotzdem kein Fehler, sich zusammenzutun. Vier Augen sahen mehr als zwei. Außerdem musste er sein Versprechen einlösen und dafür sorgen, dass sie neue Schuhe bekam. Alles Weitere würde sich finden.

Als Glück im Unglück empfand Friedrich Nissen die Begegnung mit einem Trupp des Volkssturms, der von einem SA-Führer befehligt wurde. Wie ihm der Truppführer nach einem ehrfürchtigen Blick auf Nissens Kragenspiegel meldete, waren sie auf dem Weg nach Niederzwehren, wo sie bei der Errichtung von Panzersperren helfen sollten.

»Panzersperren? In Niederzwehren?« Irritiert kniff der Hauptbereichsleiter die Augenlider zusammen. Wenn die militärische Führung mit feindlichen Panzern rechnete, war die Situation noch schlimmer, als er gedacht hatte.

Der Truppführer musste den Eindruck gewonnen haben, dass Nissen an seinen Worten zweifelte. Er zog ein Stück Papier aus der Tasche, glättete es mit den Fingern und reichte es dem NSDAP-Hauptbereichsleiter. Widerwillig überflog dieser den maschinengeschriebenen Text.

»Nachstehenden Befehl des Gauleiters und Reichsverteidigungskommissars gebe ich Ihnen zur Kenntnis und ersuche um strikteste Beachtung: Es sind mit rücksichtsloser Entschlossenheit Panzersperren zu bauen. Die Verweigerung der Teilnahme am Sperrenbau sowie die Beschädigung von Sperren wird mit dem Tode bestraft. Die Todesstrafe ist an Ort und Stelle sofort zu vollstrecken. Heil Hitler!«

Unterschrift des Kreisleiters.

»In Ordnung.« Nissen gab das Papier zurück. »Tun Sie Ihre Pflicht! Aber ich brauche zwei der Leute für einen geheimen Auftrag.«

Aus dem zusammengewürfelten Haufen aus Jugendlichen und alten Männern suchte er sich zwei kräftige junge Burschen heraus. Sie würden in der Lage sein, die Munitionskisten in den Bunker zu tragen und dort durch einen Schacht in die untere Ebene zu transportieren.

Der Bunkerwart, der am Eingang die Platznummern verteilte, wich wortlos zur Seite, als der Hauptbereichsleiter mit seinem Gefolge erschien. Nissen winkte ihn heran. »Sie sorgen dafür, dass meine Männer bei der Arbeit nicht gestört und nicht behindert werden. Mache Sie persönlich verantwortlich. Habe wichtigen Auftrag des Gauleiters auszuführen. Höchste Geheimhaltung. Also halten Sie die Leute fern.« Eilfertig nickte der Mann und winkte seinerseits einen Helfer herbei, dem er mit großtuerischer Miene den Befehl weitergab.

Erleichtert registierte Nissen, dass sich seine Befürchtungen nicht bestätigten. Weder die Wachsoldaten noch sonst jemand schien sich für ihn und seine Fracht zu interessieren.

Im Weinbergbunker herrschte Gedränge. Räume und Gänge waren voller Frauen und Kinder, die auf Holzbänken oder auf dem Boden hockten. Andere wanderten durch die Stollen. Normalerweise herrschte ein feucht-kühles Klima in diesem Bunker; durch die Überfüllung mit Menschen hatte sich die Luft deutlich erwärmt. Und verschlechtert. Der Mangel an Toilettenanlagen und die Ausdünstungen der zahllosen ungewaschenen Menschen hatten zu einer stickigen Atmosphäre geführt. Es roch nach Schweiß und Exkrementen. Zwar gab es ein von schweren Elektromotoren angetriebenes Belüftungssystem, doch war offensichtlich der Strom ausgefallen. Das kam in letzter Zeit häufig vor. Dann mussten Kinder die Schaufelräder für die Luftzufuhr mit großen Holzkurbeln drehen. Alles in allem ein unbefriedigender Zustand. Es war wirklich an der Zeit, dass die Vergeltungswaffe des Führers zu einer Wende im Kriegsgeschehen führte. Wenn erst der Feind aus dem Land geworfen und seine Luftstreitkräfte außer Gefecht gesetzt waren, hatte das Gedränge in den Bunkern ein Ende.

Friedrich Nissen atmete möglichst flach, als er voranging, um seinen Helfern den Weg zu zeigen. Der Abstieg in die untere Ebene befand sich nicht weit entfernt vom Operationssaal, wo unter der Leitung des Bunkerarztes Dr. Sommerfeld Schwerkranke und Verletzte behandelt wurden. Betäubungsmittel gab es nur noch für die besonders dramatischen Fälle, so dass die Schreie der dort unter dem Messer liegenden Patienten bis an seine Ohren drangen.

Bald standen die Munitionskisten aus der Mercedes-Limousine neben dem Schacht, der zu den Gewölben unterhalb der Luftschutzräume führte. Für einen jungen Mann war es kein Problem, an den in die Wand eingelassenen eisernen Sprossen abwärts zu klettern. Der Transport der Kisten erwies sich jedoch als schwierig. Für einen Mann waren sie zu schwer, zwei Männer gleichzeitig konnte der Schacht jedoch nicht aufnehmen, schon gar nicht mit einer Munitionskiste zwischen sich.

Nervös biss Friedrich Nissen auf seine Unterlippe. Immer neue Schwierigkeiten türmten sich auf. Und er hatte sich doch endlich kurz vor seinem Ziel geglaubt.

Mit klopfendem Herzen starrte Hilde Berghaus auf die Stelle, an der das Flugzeug versunken war. Kreisförmige Wellen breiteten sich von dem Punkt aus und liefen auf das Ufer zu. Sie war versucht, sich ins Wasser zu werfen, um zu der Absturzstelle zu schwimmen. In dem Flugzeug mussten Menschen gesessen haben. Wenigstens ein Pilot. Bei der Wassertemperatur, die um diese Jahreszeit nur wenige Grade über Null erreichte, konnte niemand lange überleben.

Hilde war eine gute Schwimmerin, aber sie wusste, dass die Kälte sie nach kurzer Zeit zur Umkehr zwingen würde. Das Boot fiel ihr ein. Sie hatten sich immer viel Mühe gegeben, es gut zu verstecken. Als wäre sie gestern zum letzten Mal hier gewesen, rannte sie zu der Stelle, an der sie es im Ufergestrüpp vor den Augen der Erwachsenen verborgen hatten. Ohne auf Zweige und Äste zu achten, die ihr Haut und Kleidung aufrissen, zwängte sie sich durch das Buschwerk zum Versteck. Das Paddelboot lag an seinem Platz, so wie sie es in Erinnerung hatte. Es wirkte nur ein wenig kleiner. Eilig zerrte sie es zum Wasser, warf die Paddel hinein und sprang hinterher. Vorsichtig dirigierte sie es unter den tief hängenden Zweigen hinaus auf den See. Ihre Augen suchten nach der Stelle, an der das Flugzeug versunken war. Bewegte sich dort etwas? Kräftig und gleichmäßig zog sie die Paddel durch das Wasser. Rasch nahm das kleine Boot Fahrt auf.

Je weiter sie sich vom Ufer entfernte, desto schwieriger wurde es, die Stelle im Auge zu behalten, an der das Flugzeug untergegangen war. Ein leichter Wind kam auf, Wellen überlagerten nun das kreisförmige Muster, das von jenem Punkt ausgegangen war und eben noch den Weg zu seinem Zentrum gewiesen hatte. Der Bereich, den Hildes Augen absuchten, wurde immer größer, die Wasseroberfläche immer unruhiger.

Doch dann entdeckte sie einen Gegenstand, der aus dem Wasser auftauchte, wieder verschwand, wieder auftauchte und sich erneut ihrem Blick entzog. Das konnte ein Kopf sein. Ein Mensch, der versuchte sich über Wasser zu halten. Mit aller Kraft stieß Hilde das Paddel in den See, um ihr Boot zu beschleunigen.

Wieder tauchte der Kopf auf, wieder verschwand er unter der Wasseroberfläche. Hilde schwitzte und keuchte vor Anstrengung. Sie hatte jetzt keinen Zweifel mehr, dass nicht weit von ihr ein Mensch ums Überleben kämpfte. »Ich komme!«, rief sie. »Halte durch!« Doch die Anstrengung nahm ihr den Atem. Nur wenige Meter trennten sie noch von dem Mann, aber ihr Ruf erreichte ihn nicht, er war schon wieder untergetaucht.

Es konnten nur noch Sekunden sein, bis sie ihn erreichen würde. *Komm wieder hoch! Bitte komm wieder hoch!* Angstvoll starrte sie auf den Punkt, an dem sie ihn zuletzt gesehen hatte.

Schon glaubte sie, die richtige Stelle verpasst oder bereits überquert zu haben, als sie unter sich im klaren Wasser einen hellen Fleck entdeckte. Sie beugte sich hinunter und erkannte ein paar Schultern, einen Nacken, einen Kopf. Ihre Hand stieß wie von allein ins Wasser, packte zu und zerrte den treibenden Menschen an die Oberfläche.

Röchelnd, hustend und Wasser spuckend tauchte ein bleiches Gesicht vor ihr auf. Das Boot geriet gefährlich ins Schaukeln. Mühsam hielt Hilde das Gleichgewicht und versuchte, den Mann über die Reling zu ziehen. Ein aussichtsloses Vorhaben. Solange er nicht selbst mithalf, konnte sie nicht mehr tun, als sein Gesicht über Wasser zu halten.

»Hilf mir!«, schrie sie ihn an. »Du musst ins Boot kommen! Ich kann dich nicht mehr halten!«

Der Mann öffnete die Augen, starrte sie an. Eine Sekunde, zwei Sekunden, drei Sekunden. Dann schien er zu sich zu kommen, bewegte die Arme, packte die Reling. Hilde schrie auf, denn das Boot drohte zu kentern. »Warte! Ich geh' auf die andere Seite.« Sie ließ den Mann los und lehnte sich zur gegenüberliegenden Seite, ihren Blick ängstlich auf die bläulich-weißen Finger heftend, die sich an die Bordwand klammerten. Würde er sich halten können? Würde er die Kraft aufbringen, sich ins Boot zu ziehen? Wieder verstrichen endlose Sekunden. Dann erschien der Kopf über der Reling, danach die Schultern. Hilde streckte ihre Hand aus.

Sie zog und zerrte. Stück für Stück schob sich der Körper des Mannes über die Bordwand, schließlich fiel er wie ein Toter vor ihre Füße. Ohne sich weiter um ihn zu kümmern, griff Hilde zum Paddel, stach mit aller Kraft ins Wasser und brachte das Boot in Fahrt.

12

Das Erste, was Florian Stöber spürte, war ein stechender Schmerz am Hinterkopf. Bevor er die Augen aufschlug, hörte er Stimmen. Undeutlich und schwankend, wie von einem Fernsehapparat, der in einem Nebenraum lief. Für einen Augenblick wusste er nicht, wo er sich befand. Dann kam die Erinnerung. Die Kneipe, der Typ mit dem Nasenpflaster, der Schlag aus der Dunkelheit. Gerade als er telefonieren wollte. Stöber öffnete die Augen. Er lag auf dem Boden eines Kellerraumes, offenbar einer Art Abstellkammer. Von außen drang durch einen Schacht ein wenig Licht herein, das wohl von einer Straßenlaterne stammte. Genug, um die zusammengerollten Fahnen, Transparente und Plakate in einer Ecke des Kellerraumes zu erkennen. Ein Bild unter dem Lichtschacht zeigte ein Mädchen mit blonden Zöpfen. Darunter stand in großen schrägen Lettern: *Heimreise statt Einwanderung. Deutsche Kinder braucht das Land!*

Offenbar befand er sich im Unterschlupf einer rechten Gruppierung. Einer der Typen musste Verdacht geschöpft haben, ihm gefolgt sein und ihn niedergeschlagen haben, als er sich aufs Telefonieren konzentriert hatte.

Nun spürte er auch die Kabelbinder, mit denen seine Hände und Füße zusammengebunden waren. Stöber fluchte halblaut. Seine großartige Idee, auf eigene Faust bei den Neonazis zu ermitteln, hatte sich als Reinfall entpuppt. Statt einen möglichen Täter zu überführen, war er zur Beute der Schläger geworden. Sie würden zwar das Leben eines Polizeibeamten nicht ernsthaft gefährden, aber mit unangenehmen Begleiterscheinungen seiner Gefangenschaft würde er rechnen müssen. Und im Kommissariat mit Vorhaltungen. An den Spott seiner Kollegen durfte er gar nicht erst denken.

Er rollte auf die Seite, stützte sich mit den gefesselten Händen ab, drehte sich weiter auf den Bauch, zog die Beine an und richtete sich mühsam auf. Leicht schwankend sah er sich um. Irgendwo musste es doch einen Gegenstand geben, mit dem er die Kabelbinder durchscheuern konnte. Besser noch wäre schneiden. Er tastete nach seinen Hosentaschen und jubilierte innerlich. Sie hatten sie nicht ausgeräumt. Das Taschenmesser war noch da. Fragte sich nur, wie er es in die Finger bekommen und öffnen sollte.

Stöber hüpfte zu einer Art Truhe und ließ sich darauf nieder. Dann schob und drückte er auf der Hosentasche so lange herum, bis das Messer herausrutschte und zwischen seine gefesselten Hände glitt.

In diesem Augenblick öffnete sich die Tür, das Stimmengewirr schwoll an. In der hellen Öffnung erschien die dunkle Silhouette eines dicklichen jungen Mannes.

»Schau an, unser Gast hat ausgeschlafen.« Stöber erkannte die Stimme des Typen mit dem Pflaster auf der Nase. Er sprach jetzt ziemlich undeutlich. Offenbar hatten die Kameraden ihren Fang gefeiert und ordentlich gebechert.

»Mach mich los!« Stöber bemühte sich, seiner Stimme Autorität zu verleihen. »Ich bin Polizeibeamter.« Unauffällig ließ er das Messer zwischen seine Beine gleiten und presste die Schenkel gegeneinander, damit es nicht auf den Boden fiel.

Der Dicke reagierte mit leichter Verzögerung. »Und ich bin Adolf Hitler«, kicherte er. »Ihr linken Zecken lügt doch, wenn ihr's Maul aufmacht. Also halt die Klappe und warte ab. Wir kümmern uns schon noch um dich.« Er verschwand und ließ die Tür hinter sich ins Schloss fallen. Anschließend drehte sich knirschend ein Schlüssel.

Florian Stöber wartete einen Augenblick, bis sich die Schritte entfernt hatten, dann zog er das Taschenmesser zwischen seinen Beinen hervor und versuchte, es zu öffnen. Da er nur seine Finger bewegen konnte, brauchte er eine Weile, bis eine der Klingen ausgeklappt war. Aber es war unmöglich, sie so anzusetzen, dass er damit seine Fessel hätte durchschneiden können. Er musste eine andere Lösung finden. Missmutig wanderte sein Blick erneut durch den Raum. Inzwischen hatten sich seine Augen an das Halbdunkel gewöhnt. Wenn er den Schaft des Messers irgendwo einklemmen könnte, hätte er vielleicht eine Chance. Systematisch suchte er die Wände ab, entdeckte jedoch nirgends eine solche

Möglichkeit. Schließlich hob er den Deckel der Truhe an, auf der er zuvor gesessen hatte. Weil das Dämmerlicht nicht ausreichte, ihren Inhalt zu erkennen, tastete er mit den gefesselten Händen in dem Behältnis herum. Auch hier schien Propagandamaterial gelagert zu sein. Flugblätter, Bücher, Broschüren. Schließlich erfühlten seine Finger einen Bilderrahmen. Er zog ihn heraus und hielt ihn in den schwachen Schein des Kellerschachtes. Unter einer Glasplatte grinste ihm ein Porträt von Adolf Hitler entgegen. Stöber grinste zurück: *Du bist meine Rettung*. Er lauschte in Richtung Tür, ob sich wieder Schritte näherten. Dann zerschlug er den Rahmen, indem er den Truhendeckel darauf fallen ließ. Die Scheibe zerbrach, doch die verbliebenen Stücke waren groß genug für seine Zwecke. Vorsichtig klemmte er eine Scherbe unter den Deckel, setzte sich darauf und begann, mit dem Kabelbinder, der seine Hände zusammenhielt, über die scharfkantige Bruchstelle zu schaben.

Nachdem Hanna zunächst in der Kriminaltechnik und dann zwei Mitarbeiter aus ihrem Kommissariat angerufen hatte, war sie mit dem Taxi zum Präsidium gefahren. Unterwegs hatte sie noch einmal mit Silke telefoniert um herauszufinden, was genau sie von Florian Stöbers Plänen wusste. Jeder Hinweis, jede Andeutung konnte dazu beitragen, seinen Aufenthaltsort einzugrenzen. Wenn die Techniker mit Hilfe des zuständigen Mobilfunkbetreibers Florians Handy ausfindig machen könnten, hätten sie Glück. Aber das war nicht unbedingt wahrscheinlich. Möglicherweise könnten aber die Kollegen vom Staatsschutzkommissariat Hinweise geben. Sie rief auch dort an und bat den diensthabenden Beamten, mindestens einen der Kollegen aus dem Bett zu klingeln, von denen sich Stöber hatte beraten lassen.

Wenig später hatte Hanna einen kleinen Krisenstab in ihrem Büro versammelt. Die Oberkommissare Klaus Starzinsky und Andreas Huth gehörten schon seit Jahren zu Hannas Team. Isabella hatte sie Starsky und Hutch getauft, nach den Helden einer amerikanischen Fernsehserie. Seitdem hießen sie im ganzen Präsidium so, und nicht wenige glaubten, es seien ihre richtigen Namen.

Die Beamten trugen es mit Humor. Sie waren ruhige und verlässliche Mitarbeiter; Hanna schätzte sie und war froh, sie in diesem heiklen Fall an ihrer Seite zu wissen. Sie würden Florian Stöber sicher wegen dieser Geschichte aufziehen, aber sie würden sie nicht nach außen tragen.

»Also«, leitete Hanna die Besprechung ein, »wir alle wissen, worum es geht. Mir liegt daran, dass wir unseren Kollegen so schnell wie möglich finden und möglichst geräuschlos aus der Gefahrenzone bringen. Wir wissen zwar nicht, was ihm zugestoßen ist. Aber wir können aus den uns bekannten Informationen schließen, dass Kommissar Stöber Leuten in die Hände gefallen ist, unter denen er einen Tatverdächtigen im Fall Benjamin Bandele vermutet.«

Sie zählte kurz die Fakten auf. »Gegen zweiundzwanzig Uhr hat Stöber die Wohnung verlassen. Bekleidet war er im Stil eines rechten Krawallmachers, mit denen wir es im Zusammenhang mit der Landtagswahl öfter zu tun haben. Die Kollegen vom Staatsschutz haben ihm zwei Lokale genannt, in denen es schon mal Schlägereien mit rechtsradikalem Hintergrund gegeben hat. In einer dieser Kneipen finden in unregelmäßigen Abständen Versammlungen und Veranstaltungen rechter Gruppierungen statt. Es gibt also Grund zu der Annahme, dass er sich dort aufhält oder aufgehalten hat.«

»Offenbar haben sie in ihm den Bullen erkannt«, warf Oberkommissar Starzinsky ein. »Und dann haben sie ihn hops genommen. Bestimmt schmort er irgendwo in einem Kellerloch. Und morgen lassen sie ihn laufen. Eigentlich keine schlechte Lehre für ...«

Hanna Wolf unterbrach ihn. »Wahrscheinlich hast du Recht, Starsky. Aber ich möchte ihn trotzdem nicht seinem Schicksal überlassen. Wir werden folgendermaßen vorgehen ...«

Es dauerte länger, als er gehofft hatte. Aber schließlich war der Kabelbinder durchgescheuert. Erleichtert rieb sich Stöber die befreiten Hände. Dann schnitt er rasch mit dem Taschenmesser die Fessel an seinen Füßen durch und wandte sich der Tür zu. Er ging auf die Knie, um das Schloss zu untersuchen. Wenn ihn seine Sinne nicht trogen, steckte von der anderen Seite ein einfacher Schlüssel. Und der Spalt unter der Tür war fast einen Finger breit. Rasch riss er von einem der Plakate einen breiten Streifen ab und schob ihn durch die Ritze. Mit vorsichtigen Bewegungen ließ er die Spitze der Taschenmesserklinge im Schlüsselloch kreisen.

Nichts geschah. Er drückte kräftiger. Plötzlich gab der Schlüssel nach und fiel heraus. Stöber hielt inne. Er hatte keinen Aufschlag gehört. Sollte er Glück gehabt haben? Langsam zog er das Papier unter der Tür hervor. Da er nichts erkennen konnte, legte er die flache Hand auf das Blatt und spürte voller Freude das kalte Metall des Schlüssels.

Stöber verließ sein Gefängnis, stieg eine Treppe hinauf, überquerte einen dunklen Flur, stand schließlich vor einer weiteren Tür. Dahinter befand sich die Quelle des Stimmengewirrs, das ihn die ganze Zeit begleitet hatte. Offenbar wurde dort gefeiert. Satzfetzen drangen an sein Ohr, wurden übertönt von Gelächter. Gläser klirrten, Stühle scharrten auf Holzfußboden. Er lauschte und versuchte sich vorzustellen, wie viele Personen dort versammelt waren. Er kam auf sechs bis sieben. Es konnten auch acht sein. In jedem Fall zu viele, um auf den Überraschungseffekt setzen zu können, wenn er einfach durch den Raum stürmte. Es musste einen anderen Weg geben.

Der Lärm in dem Raum ebbte ab, eine einzelne Stimme erhob sich. Stöber presste sein Ohr an die Tür. Er erkannte den Dicken, der mit schwerer Zunge Aufmerksamkeit verlangte.

»Wir müssen noch entscheiden, was wir mit der Zecke machen. Schlage vor, dass wir den Kerl ein bisschen schmoren lassen. Behauptet übrigens, Bulle zu sein.« Gelächter brandete auf.

»Dann sollten wir ihn auch in der Bullerei abliefern«, rief eine andere Stimme. »In einer Kiste vor die Tür stellen. Und ein paar Zeitungen anrufen. Wenn morgen früh wirklich einer von denen da rausklettert, lacht sich ganz Kassel kaputt.«

Stöber verzog das Gesicht. Die Vorstellung, derart durch den Kakao gezogen zu werden, löste eine Mischung aus Wut und Übelkeit in ihm aus. Schon um nicht auf alle Ewigkeit im Präsidium als Trottel zu gelten, musste er sich aus dieser selbstverschuldeten Gefangenschaft befreien.

Jenseits der Tür trampelten Schuhe auf den Boden, es wurde geklatscht und gejubelt. Offenbar fand die Versammlung sehr großen Gefallen an dem Vorschlag. »Dann hole ich ihn mal rein!«, rief der Dicke.

Rasch tat Stöber einen Schritt zurück. Er klappte sein Taschenmesser auf und presste sich in die Ecke hinter der Tür. Keine Sekunde zu früh, denn im nächsten Augenblick schwang sie auf, und der Mann mit dem Nasenpflaster kam breitbeinig in den Kellergang gestiefelt. Stöber ließ ihn einige Schritte vorgehen, dann trat er rasch hinter ihn, griff nach seinem Handgelenk und drehte seinen Arm mit einem Ruck auf den Rücken. Mit einem Schmerzenslaut quittierte der Dicke den Angriff. Zu ernsthafter Gegenwehr schien er jedoch nicht in der Lage zu sein. Stöber setzte die Spitze seines Taschenmesser an seinen Hals und dirigierte ihn zurück zu seinen Kameraden. Deren erwartungsfrohe Blicke wichen dem Ausdruck ungläubigen Staunens.

Florian Stöber schob ihren Kameraden in den Raum. »Wir beide gehen jetzt zusammen nach draußen«, sagte er in scharfem Ton. »Alle bleiben sitzen. Keiner folgt uns. Sonst steche ich ihn ab.«

So zügig wie möglich dirigierte er seinen Gefangenen zur gegenüberliegenden Tür, die nur angelehnt war. Mit dem Fuß stieß er sie auf und schob ihn hinaus. Sie befanden sich auf einem weiteren Flur. »Wo geht's nach draußen?« Stöber erhöhte den Druck der Messerspitze.

Der Dicke grunzte und wandte den Kopf. Ohne weitere Aufforderung setzte er sich in Bewegung. Wenig später standen sie auf der menschenleeren nächtlichen Straße. Stöber ließ sein Messer in der Hosentasche verschwinden und verdrehte seinem Gegner so den Arm, dass dieser auf die Knie gehen musste. Dann musterte er die Tür, aus der sie ins Freie gekommen waren. Dort schien sich nichts zu rühren. Blitzschnell beugte er sich vor, riss dem Mann das Pflaster von der Nase und stieß ihn vollends zu Boden. In diesem Augenblick erklang eine Art Indianergeheul.

Einige der Kameraden des Dicken hatten sich mit Knüppeln bewaffnet und stürmten auf ihn zu.

Der Kommissar wandte sich um und begann zu rennen.

Der Versuch, Stöbers Handy zu orten, war misslungen. Es war entweder nicht eingeschaltet oder defekt. Um möglichst wenig Zeit zu verlieren, hatte Hanna Wolf drei Streifenwagen losgeschickt. Sie würden die beiden einschlägigen Kneipen wegen angeblicher nächtlicher Ruhestörung kontrollieren und Alarm schlagen, falls sie etwas Verdächtiges bemerkten.

Sie selbst folgte in Begleitung von Starsky und Hutch mit dem zivilen Dienstwagen einem der Polizeifahrzeuge. So rechnete sie sich die größte Chance aus, in der Nähe zu sein, falls die Kollegen auf einen Hinweis stießen.

Noch bevor sie ihr Ziel erreichten, meldete sich eine der Streifenwagenbesatzungen über Funk. »Hier rennt eine Horde in grünen Bomberjacken durch die Straße. Sechs oder sieben Personen. Sollen wir eingreifen?«

Oberkommissar Huth schüttelte verständnislos den Kopf. »Was hat das jetzt zu bedeuten? Zufall?«

»Die sollten wir uns auf jeden Fall schnappen«, schlug sein Kollege Starzinsky vor.

Hanna war einen Moment unschlüssig. Das konnten durchaus die Typen sein, die mit Stöbers Verschwinden zu tun hatten. Andererseits würden sie wertvolle Zeit verlieren, wenn sie einer falschen Spur nachgingen. Sollten sie aber doch zu der Gruppe gehören, die Florian in ihrer Gewalt hatte, könnten sie bei einem Eingreifen der Polizei vielleicht seine Bewacher warnen, die dann versuchen würden, ihn wegzuschaffen.

Sie ließ schließlich ihr Gefühl entscheiden. »Halten Sie die Männer auf! Die anderen Fahrzeuge bitte auch dorthin. Wir kommen ebenfalls.«

Stöbers Verfolger waren offenbar gut trainiert und hatten weniger Alkohol im Blut, als er vermutet hätte. Obwohl er sein höchstes Tempo vorlegte, gelang es ihm nicht, sie abzuschütteln. Und lange würde er diesen Spurt nicht durchhalten. Er hörte die Stiefel über das Pflaster traben und sah sich hektisch um. Der Abstand hatte sich verringert. Wenn nicht gleich ein Wunder geschähe, erwischten sie ihn. Und dann gute Nacht.

Plötzlich bog ein Streifenwagen in die Straße ein. Die Beamten sprangen heraus und rannten ihm entgegen. Erleichtert hob Stöber eine Hand. »Gut, dass ihr da seid«, keuchte er und deutete mit dem Daumen über den Rücken. »Die sind hinter mir her.«

Doch die uniformierten Polizisten schienen sich nicht für seine Verfolger zu interessieren. Sie stürzten sich auf ihn, drehten ihm die Arme auf den Rücken und ließen ein paar Handschellen zuschnappen.

»Die anderen erwischen wir nicht mehr«, knurrte einer der Beamten, während er Stöber abtastete. »Aber uns reicht schon einer. Komm!« Er zerrte Stöber zum Wagen. Der riss sich los. »Ihr habt den Falschen erwischt, Kollegen. Ich bin Kriminalkommissar ...«

»Ja, so siehst du aus! Mach keine Zicken, Junge. Das kannst du alles Hauptkommissarin Wolf erzählen. Die wartet schon darauf, einen von euch in die Mangel nehmen zu können.«

Stöber stieß einen wüsten Fluch aus. »Die wird euch was husten. Wenn sie erfährt, was ihr euch geleistet habt, kriegt sie die Krise. Und dann wird sie euch ...«

»Nun reicht es aber.« Zwei kräftige Arme packten ihn und stießen ihn in den Streifenwagen.

In diesem Augenblick bog Hannas Dienstwagen um die Ecke und stoppte neben den uniformierten Polizisten. Er stieß einen Seufzer der Erleichterung aus. Neben seiner Chefin stiegen Starsky und Hutch aus dem Wagen. In Stöbers Erleichterung mischte sich Scham und Verlegenheit. Zumindest die beiden Kollegen würden ihn wegen seiner Eskapade gehörig auf den Arm nehmen. Er suchte nach Zeichen der Schadenfreude in ihren Gesichtern. Doch alle drei blickten ernst und distanziert. Allenfalls Verachtung lag noch in ihren Mienen.

Hanna warf einen Blick in den Streifenwagen. »Das haben Sie sehr gut gemacht, meine Herren. Vielen Dank!« Sie deutete auf Stöber. »Den da nehmen wir gleich mit.« Auf ihren Wink setzten sich Starsky und Hutch in Bewegung, öffneten die Tür und zerrten ihn aus dem Wagen.

Stöber öffnete den Mund, um zu protestieren. »Du hältst die Klappe!«, fuhr Starzinsky ihn an, bevor er einen Laut herausgebracht hatte. »Nachher im Präsidium kannst du uns was erzählen.«

»Aber ich ... ihr ...«

»Maul halten!« Unsanft stießen seine Kollegen ihn in den Dienstwagen. Die Streifenpolizisten grinsten schadenfroh.

Stöber senkte den Kopf, denn ihm begann zu dämmern, welches Spiel Hanna und die Kollegen spielten.

Diese nächtliche halbe Stunde im Präsidium würde Florian Stöber so schnell nicht vergessen. Starsky und Hutch hatten sich eilig verabschiedet, um noch ein paar Stunden Schlaf zu bekommen. Noch nie war ihm der Weg durch die bogenförmigen Gänge des Präsidiums so lang erschienen. Hanna hatte ihn stumm in ihr Büro geführt, auf einen Stuhl gedrückt und ihn angesehen. Ihr Schweigen hatte ihn mehr beschämt als heftige Vorwürfe.

»Du kannst von Glück sagen, dass die Aktion so günstig ausgegangen ist«, sagte sie schließlich. »Außerdem bin ich nicht ganz unschuldig. Ich hätte dir diesen Alleingang verbieten sollen. Ich weiß zwar nicht, ob du dich dran gehalten hättest, aber wie sich gezeigt hat, waren meine Bedenken berechtigt. Und wir alle können von Glück sagen, dass die uniformierten Kollegen nicht mitbekommen haben, wer du bist. So gesehen hat diese Maskerade ihr Gutes gehabt. Sonst wären wir womöglich zum Gespött der gesamten Kollegenschaft geworden.«

Stöber nickte betreten und kramte in seiner Hosentasche. »Es tut mir leid, Hanna. Danke, dass ihr mich nicht verraten habt. Aber vielleicht war die Aktion doch nicht ganz umsonst.« Er zog das zusammengeknüllte, mit Blut befleckte Pflaster hervor. » Das hier habe ich einem Typen abgenommen, der mir zuvor etwas von einer Begegnung mit einem kleinen Kanaken erzählt hatte. Der schwarze Furz schlägt keinen Deutschen mehr, waren seine Worte. Wenn das Blut von diesem Pflaster mit dem von Benjamin Bandeles Pullover übereinstimmt ...«

»... wäre das zu schön, um wahr zu sein«, ergänzte Hanna. »Ein Beweis wie er im Buche steht. Allerdings müssen wir den Typen erst noch kriegen. Und seine Kumpanen, die an der Tat beteiligt waren, ebenfalls. Außerdem müsstest du vor Gericht darlegen, wie du an dieses Pflaster gekommen bist.«

»Also lassen wir einen DNA-Vergleich machen?«

»Die Chance lassen wir uns nicht entgehen.« Hanna lächelte vieldeutig. »Ich hoffe nur, dass sich der zuständige Richter überzeugen lässt. Wir haben ja bisher nur Anhaltspunkte ohne konkreten Beweischarakter. Wenn allerdings festgestellt werden sollte, dass die Vergleichsproben übereinstimmen, hast du deine Minuspunkte wieder ausgeglichen. Und jetzt sieh zu, dass du nach Hause kommst. Silke wartet auf dich. Von ihr wirst du dir sicher auch noch einiges anhören müssen.«

Kleinlaut verabschiedete sich Florian Stöber von seiner Chefin und beeilte sich, das Präsidium zu verlassen.

Als Hanna Wolf in ihre Wohnung zurückkehrte, zeigte die Uhr halb drei. Vorsichtig öffnete sie die Tür zu Ninas Zimmer. Ihre Tochter schlief offenbar tief und fest. Sekundenlang lauschte sie den gleichmäßigen Atemzügen. In Hannas Vorstellung war sie wieder das kleine Mädchen, das niemals gezögert hatte, seine Sorgen und Nöte der Mutter anzuvertrauen. Heute war es fast wieder wie früher gewesen. Sie fragte sich, ob sie darüber glücklich sein durfte. Schließlich befand sich Nina in einer Krise, die ihr sehr zu schaffen machte. Eine ungewohnte Situation. In den letzten Jahren war ihre Tochter selbstständig geworden, hatte selbstbewusst Wert darauf gelegt, ihr eigenes Leben zu führen, eigene Entscheidungen zu treffen und ohne die Ratschläge und Kommentare ihrer Mutter auszukommen.

Hanna schloss leise die Tür, hängte ihre Jacke in die Garderobe und zog die Schuhe aus. Doch statt ins Bad zu gehen, schaltete sie in der Küche das Licht ein und setzte sich an den Tisch. Obwohl sie spürte, wie die Müdigkeit zurückkehrte, zog es sie nicht ins Bett. Denn schlafen würde sie ohnehin nicht können. Zu viele Gedanken kreisten in ihrem Kopf.

13

Aus sicherer Entfernung beobachteten Günther und Ursula die Straße unterhalb der in den Fels gebauten, steinernen Bögen. Sie hatten den 320er Mercedes vor dem Weinbergbunker entdeckt und sich auf einem Trümmergrundstück der gegenüberliegenden Seite versteckt. Von dort hatten sie einen guten Überblick über die Frankfurter Straße, ohne dass sie auf ihrem Beobachtungsposten gesehen werden konnten.

Neben dem Wagen hatte nur der Chauffeur gestanden, der Parteibonze war nirgends zu erkennen gewesen. Einige Zeit später war er aus dem Bunker gekommen, hatte dem Fahrer offenbar Instruktionen erteilt und war wieder verschwunden.

»Den Mann dort in der braunen Uniform muss ich im Auge behalten. Ich will herausbekommen, wo er wohnt.« Günther erschrak über seine eigene Mitteilsamkeit und wartete darauf, dass Ursula ihn nach den Gründen für sein Interesse fragte. Doch das Mädchen nickte nur. »Ein Goldfasan«, stellte sie fest.

»Goldfasan?« Er drehte sich zu ihr um.

»So heißen die mit dem vielen Gold an der Jacke. Hat mein Vater immer gesagt.«

Günther schwankte zwischen Unbehagen und Anerkennung. Warum kannte er den Ausdruck nicht?

Stumm harrten sie weiter nebeneinander aus. Wenig später begannen zwei Jungen, die kaum älter als Günther waren, die Munitionskisten in den Bunker zu tragen. Irgendwann war der Mercedes entladen. Der Fahrer schloss die Türen, wendete und fuhr in Richtung Stadtzentrum davon.

Günther und Ursula warteten weiter. Einmal verschwand sie wortlos hinter einem Mauerrest, kehrte aber kurz darauf an seine Seite zurück.

Zwischendurch führten sie immer mal wieder kurze Gespräche. Offenbar hatten beide ein ähnliches Schicksal. Das große Feuer hatte ihnen die Familien genommen, beide waren seit Oktober 1943 ohne Angehörige, lebten seitdem auf der Straße und in provisorischen Unterkünften. Ihr Tagwerk bestand darin, in zerbombten und ausgebrannten Häusern nach Essbarem zu suchen.

»Was willst du machen«, fragte Ursula, »wenn der Krieg vorbei ist?«

Günther zuckte mit den Schultern, ohne den Blick zu wenden. »Ich weiß nicht. Vielleicht kann man wieder zur Schule gehen.«

»Steht deine Schule noch?«

»Nur die Grundmauern. Ich glaube nicht, dass dort wieder ... Aber vielleicht werden ja neue Schulen gebaut.« Er sah sie an. »Und du? Was hast du vor?«

»Ich würde gerne zur Schule gehen. Aber ich glaube, ich habe dafür keine Zeit.«

»Keine Zeit?«

»Ich brauche den ganzen Tag, um etwas zum Essen zu finden. Manchmal bin ich von morgens bis abends unterwegs, ohne auch nur einen Bissen zu bekommen. Wenn ich vormittags in der Schule wäre ...«

»Das stimmt«, stellte Günther überrascht fest. »Daran habe ich nicht gedacht. Es müsste für alle Schulkinder etwas zu essen geben. Ich meine, in der Schule.«

Sie lachte leise. »Du hast vielleicht Ideen. Essen in der Schule!«

»In Amerika essen die Kinder in der Schule.«

»Was weißt du schon von Amerika?« Ein Hauch von Spott schwang in Ursulas Stimme mit.

Günther dachte nach. Er hätte fast alle Staaten aufzählen, die Meere, die Hauptstadt, die großen Städte nennen können. Und alle Präsidenten. Schon als kleiner Junge hatte er sich für die Neue Welt interessiert und alles aufgesogen, was er über die Vereinigten Staaten in Erfahrung bringen konnte. Sein Interesse für das Land der unbegrenzten Möglichkeiten hatte er vor den Lehrern verstecken müssen. Heimlich hatte er alles gelesen, was er im Konversationslexikon und in anderen Büchern seines Großvaters gefunden hatte. Aber über das alltägliche Leben wusste er nichts. Das mit der Schulspeisung hatte ein Nachbar erwähnt, der vor einigen Jahren seine Eltern besucht hatte, um sich zu verabschieden. Er hatte eine lange Reise vor sich. Mit dem Schiff über den großen Teich.

»Vielleicht fahre ich hin«, sagte Günther trotzig.

»Nach Amerika?« Der spöttische Anflug in Ursulas Stimme war verschwunden. Fast lag so etwas wie Hochachtung in ihrer Frage.

Er nickte nur und richtete seinen Blick wieder auf den Weinbergbunker. Er hatte etwas ausgesprochen, das er bisher nicht einmal zu denken gewagt hatte. Aber plötzlich erschien ihm dieses Ziel nicht nur erstrebenswert, sondern auch erreichbar. Viele Menschen waren schon nach Amerika gefahren. Auch aus Kassel.

»Er kommt.« Günther deutete in Richtung Weinberg.

Der Mann in der gold-braunen Uniform verharrte einen Augenblick vor dem Bunkereingang, zog seine Jacke glatt und wandte sich zum Weinberg. Mit energischen Schritten wanderte er die Frankfurter Straße hinauf. Günther und Ursula folgten ihm vorsichtig. Sie hielten sich in Sichtweite, schlüpften hin und wieder hinter Mauerreste, um den Abstand zu vergrößern oder sich vor SA-Trupps zu verstecken, rannten, wenn er ihren Blicken zu entschwinden drohte. Entgegen Günthers Erwartung schlug er nicht den Weg zum Rathaus ein, sondern überquerte den Adolf-Hitler-Platz, wo er in den Überresten des Oberpräsidiums verschwand. Während Günther noch überlegte, ob er ihm nachgehen solle, tauchte er wieder auf und setzte seinen Weg in Richtung Bahnhof fort. An der ehemaligen Großgarage wandte er sich nach rechts und bog zum Ständeplatz ein.

Ursula zeigte auf ein zertrümmertes Gebäude. »Hier bin ich zur Schule gegangen. Oberlyzeum.«

»Ich war auf der Oberrealschule«, berichtete Günther. »Ist aber auch kaputt.«

Sie folgten dem Uniformierten durch die Große und die Kleine Rosenstraße zu einer grünen Insel, die sich rings um die Lutherkirche erhalten hatte. Seltsamerweise waren hier die Bäume nicht dem großen Feuer zum Opfer gefallen. Der Kirche waren nur noch die Außenmauern und der Turm geblieben. In den Gebäuden an den Straßen ringsherum waren die unteren Etagen bewohnt. In einem dieser Häuser verschwand der Mann.

Günther und Ursula mussten nicht lange warten, bis er wieder herauskam. Fast hätten sie ihn übersehen, denn er hatte seine Uniform abgelegt und trug nun einen unauffälligen dunkelgrauen Anzug und einen ebensolchen Hut. In der Hand hielt er eine Aktentasche.

Er sah sich gründlich um, überquerte die Straße und ging auf die Kirche zu.

Hilde vermied es, den leblosen Mann anzusehen, während sie mit aller Kraft vorwärtspaddelte. Außer Atem, mit brennenden Handflächen und schmerzenden Schultern erreichte sie das Ufer, sprang aus dem Boot und zog es, so weit sie konnte, auf den kiesigen Strand. Sie beugte sich hinein und rüttelte an der Schulter des Mannes. »Komm«, rief sie, »du musst hier raus.« Sie zog und zerrte, doch er bewegte sich nicht. Voller Verzweiflung schlug sie ihm ins Gesicht, brüllte in sein Ohr.

Plötzlich begann der Körper des Mannes zu zittern, dann bewegte er die Finger, zuckte mit Armen und Beinen, schlug schließlich die Augen auf.

»Aufstehen!«, flehte Hilde. »Du musst aus den nassen Sachen raus. Dich bewegen. Warm werden.«

Der Fremde richtete sich auf, stützte sich auf die Ellenbogen, öffnete den Mund. Doch mehr als ein heiseres Krächzen brachte er nicht hervor. Kurz entschlossen umfasste sie seinen Oberkörper und zog ihn über die Bordwand.

Endlich kam Leben in den Mann. Sie spürte, wie sich der Körper anspannte, sah, dass sich die Füße gegen die Planken des Bootes stemmten, fühlte seine Arme auf ihren Schultern. Als er festen Boden unter die Füße bekam, wich die Last von Hilde. Der Mann wankte, hielt sich aber aufrecht. »Jetzt noch ein paar Schritte«, forderte sie. »Dann haben wir es geschafft.«

Mit sanftem Druck dirigierte sie ihn zu einem sonnigen Platz, an dem der Boden schon abgetrocknet war, und deutete auf eine Stelle mit weichem Gras. »Da kannst du dich hinsetzen. Und dann musst du alles ausziehen. Ich bringe dir etwas zum Umhängen. Und zu essen.«

»Danke!«, stieß der Fremde hervor und ließ sich nieder. Hilde nickte stumm und wandte sich ab. Sie rannte zu der Stelle, an der sie ihren Rucksack versteckt hatte, zog ihn aus dem Gebüsch und sah sich vorsichtig um. Der Platz, an dem sie den Fremden zurückgelassen hatte, befand sich hinter einer kleinen Erhebung, die mit Sträuchern bedeckt war. Als sie sich aufrichtete und den Rucksack über die Schulter warf, erschien sein Oberkörper zwischen den Zweigen. Sie sah, wie er das nasse Hemd über den Kopf zog. Aus seinen Bewegungen schloss sie, dass er auch die übrigen Kleidungsstücke ablegte.

Hilde zögerte. Wie sollte sie sich ihm nähern, wenn er bereits vollständig entkleidet war? Sie konnte doch nicht einem splitterfasernackten Mann gegenübertreten, noch dazu einem Fremden. Dennoch bewegten sich ihre Füße wie von allein voran. Führten sie um die Büsche herum.Wie gebannt starrte sie auf die helle Haut des Männerrückens und versuchte ihren Blick auf den Hinterkopf zu konzentrieren. Der Anblick des nackten Mannes war schockierend und erregend zugleich. Nie zuvor hatte Hilde mehr von einem Mann gesehen, als das, was jeder jeden Tag anschauen konnte. Sie hätte es sich auch nicht gewünscht, denn in ihrer Vorstellung musste der männliche Körper ein eher unappetitlicher Anblick sein. Doch dieses Bild, das sich ihr hier bot, dieser gut gewachsene, schmale Adam inmitten einer unberührten Natur, löste alles andere als Abscheu aus. Hilde fragte sich, ob sie gerade dabei war, der Sünde anheim zu fallen. Der Gedanke, dass der Pfarrer oder gar ihre Mutter sie jetzt sehen könnten, verursachte ihr Schwindelgefühle. Aber sie hielten sie nicht davon ab weiterzugehen. Ihr Herz schlug heftig, während sie sich dem Fremden bis auf wenige Schritte näherte.

Plötzlich drehte er sich um.

Hilde erstarrte für eine Sekunde, dann bückte sie sich blitzschnell, warf ihren Rucksack ab und schnürte ihn mit fliegenden Händen auf. Ohne recht zu bedenken, was sie tat, zerrte sie das Schultertuch heraus und warf es in Richtung des Fremden. Er fing es auf und wickelte es sich um den Körper. Als sie aufzuschauen wagte, trug er das Tuch wie einen Rock. Der Anblick erinnerte sie an eine griechische Statue, die sie einmal in einem der verbotenen Bücher ihres Großvaters gesehen hatte.

»Danke!« Die Stimme des Mannes klang jetzt fester, obwohl seine Lippen noch immer eine bläuliche Färbung zeigten und er am ganzen Körper zitterte.

Verlegen fuhr Hilde fort, in ihrem Rucksack zu kramen. Sie zog das Brot hervor und streckte es ihm entgegen.

Der Fremde griff nicht zu, lächelte nur zaghaft. Ein Lächeln, das eine unerwartete Reaktion in Hilde auslöste. Ein Gefühl von Wärme und Zuneigung durchflutete sie, und erneut schoss ihr das Wort Sünde durch den Kopf.

»Sie haben mir das Leben gerettet.« Der Fremde sprach mit einem deutlichen, aber wohlklingenden Akzent.

Hilde schüttelte den Kopf. »Ich konnte doch nicht zusehen, wie ...« In ihrem Kopf überstürzten sich die Gedanken. Wenn der Mann Ausländer war, würde es Probleme geben. »Jedenfalls müssen wir Ihnen Kleidung besorgen. Aber zuerst müssen Sie noch ein wenig zu Kräften kommen. Möchten Sie etwas essen?«

Die Augen des Mannes wanderten zwischen dem Brotlaib und Hilde hin und her. »Ich weiß nicht.«

»Aber ich.« Hilde war nun entschlossen, die Verantwortung für den geheimnisvollen Fremden zu übernehmen. Sie wusste auch schon, wie sie ihn vor Parteifunktionären, Gestapo und SS verbergen konnte. Zwar warnte eine innere Stimme, sie würde sich zur Kollaborateurin machen, wenn sie einen Ausländer versteckte, statt ihn zu melden. Aber sie schob den Gedanken beiseite. Der Krieg konnte nicht mehr lange dauern, und dann würden andere Gesetze herrschen.

Sie trat zwei Schritte auf ihn zu und deutete auf den von der Sonne beschienenen, grasbewachsenen Waldboden. Sie kramte in ihrem Rucksack, zog ein abgewetztes Küchenmesser hervor und ließ sich im Schneidersitz nieder. Während sie ein Stück vom Brot abschnitt, beobachtete sie aus den Augenwinkeln, wie der Mann sich ebenfalls setzte. Er bewegte sich sehr vorsichtig und nahm seinen Platz in gehöriger Entfernung ein, so dass Hilde ihm den Brotkanten zuwerfen musste.

Er betrachtete ihn andächtig, brach kleine Stücke ab und schob sie in den Mund. Der Anblick des zitternden Mannes, der sichtlich bemüht war, trotz seines Hungers nicht zu hastig zu essen, versetzte ihr einen Stich. Nur ein glücklicher Zufall hatte ihn davor bewahrt, im kalten Wasser des Sees zu ertrinken. Kaum vorstellbar, dass ein Ausländer in diesen Zeiten mit einem Flugzeug in Deutschland unterwegs sein konnte. War er ein Kriegsgefangener, der auf diese Weise in seine Heimat zurückkehren wollte? Wahrscheinlich warteten dort seine Eltern auf ihn. Vielleicht sogar eine große Familie. Oder eine Braut.

»Wollten Sie nach Holland?«, fragte sie unvermittelt. Als Kind war sie mit ihren Eltern einmal am Ijsselmeer gewesen. Ihre erste und einzige Auslandsreise. Die Menschen waren freundlich gewesen, ihre Sprache hatte in Hildes Ohren wie Musik geklungen. Durch die wenigen Worte, die der Fremde gesprochen hatte, war die Erinnerung an den Ausflug zurückgekehrt.

»Ja«, antwortete er. »Nach Eindhoven.«

»Und woher ...?« Hilde brach ab, weil ihre neugierigen Fragen ihr plötzlich unschicklich erschienen.

»Aus Kassel. Ich bin ... war ... dort als – wie sagt man? – Zwangsarbeiter. Auf einem Flugplatz. Ich wollte fliehen. Nach Hause. Aber jetzt ...«

»Aber jetzt?«

»Jetzt werde ich wohl hierbleiben müssen. Bis sie mich finden und ...« Seine flache Hand fuhr rasch am Hals entlang.

Hilde schüttelte energisch den Kopf. »Niemand wird Sie finden. Und niemand wird ...« Sie erhob sich. »Der Krieg ist bald vorbei. Dann fahren Sie nach Hause. Ganz lebendig. Ich weiß, wo Sie bis dahin bleiben können. Kommen Sie!« Sie streckte die Hand aus. »Wir müssen ein gutes Stück durch den Wald gehen. «

Während Günther und Ursula vor der Kirche auf den Goldfasan warteten, verzehrten sie die restlichen Vorräte aus Ursulas Taschen und leerten ihre Feldflasche. »Wir brauchen neues Wasser«, stellte sie fest, als der letzte Tropfen aus dem Behälter rann. »Und etwas zu essen für morgen. Hast du irgendwo noch was?«

Günther schüttelte den Kopf. Er wusste, dass es an der Zeit war, sich auf die Suche zu machen. Einen halben Tag hatten sie mit der

Beobachtung des Mannes verbracht, und die verbleibenden Stunden würden kaum ausreichen, den Bedarf an Essbarem zu decken. Hunger verspürte er Tag für Tag, aber heute schmerzten seine Eingeweide, und er fühlte sich schwächer als sonst.

»Wir wissen, wo der Mann wohnt. Können wir jetzt nicht gehen? Ich weiß, wo wir etwas zu trinken finden. Und ein Stück Brot oder Käse lässt sich vielleicht auch noch auftreiben. Außerdem wolltest du mir ein Paar neue Schuhe besorgen.«

Weil er wusste, dass sie Recht hatte, widersprach er nicht, machte aber auch keine Anstalten, seinen Beobachtungsposten aufzugeben. Längst drehten sich seine Gedanken um die Frage, was er eigentlich tun wollte, wenn der Mann wieder auftauchte. Im Augenblick war das Ziel der Verfolgung erreicht. Ihn künftig im Auge zu behalten, sollte kein allzu großes Problem sein. Also konnten sie jetzt gehen.

Gerade als er sich entschloss, Ursulas Vorschlag zu folgen, hob sie die Hand und wandte den Kopf zur Kirche. In einer der Maueröffnungen stand der Mann im Anzug und musterte die Umgebung. Dann eilte er mit großen Schritten über den Kirchplatz, verschwand kurz im Schatten der Bäume und überquerte die Lutherstraße. Nach gut hundert Metern verlangsamte er seine Schritte und schlenderte schließlich zu dem Haus zurück, in dem er sich umgezogen hatte und in dem er offensichtlich wohnte.

»Gehen wir?« Ursula wies in Richtung Bahnhofsplatz. »Beim Bahnhof trifft man immer Leute. Da können wir vielleicht was kriegen.«

»Betteln?« Günther schüttelte sich. »Ohne mich.« Er hatte in den letzten Monaten oft Hunger gelitten, aber niemals war er auf den Gedanken gekommen, um ein Stück Brot zu betteln.

»Lass mich nur machen!« Sie lächelte und nahm seine Hand.

Von der Berührung ging ein seltsam erregendes Gefühl aus, gleichzeitig schämte er sich, an der Hand eines Mädchens zu gehen. Vorsichtig zog er seine aus der ihren und bedauerte es im nächsten Augenblick. Mit gemischten Gefühlen folgte er Ursula.

NSDAP-Hauptbereichsleiter Friedrich Nissen starrte auf die Uniform, die vor ihm auf dem Kleiderbügel hing und sanft im Luftzug schaukelte, der durch das offene Fenster hereinwehte. Wenn es von einem Sonnenstrahl getroffen wurde, blitzte das goldene Parteiabzeichen auf.

Viele Jahre hatte diese Uniform ihm Macht und Selbstbewusstsein gegeben und für Ansehen und Einfluss gesorgt. Jahr für Jahr hatten neue Kragenspiegel und Ehrenzeichen seinen Erfolg auf der Leiter der Parteikarriere dokumentiert. Jahr für Jahr war das Gewicht seines Wortes in der Kasseler Parteiführung gewachsen. Der Gauleiter hatte ihn ins Vertrauen gezogen, hatte ihm zunehmend bedeutende Aufgaben übertragen, schließlich sogar das geheime Parteivermögen anvertraut.

Und nun war Gerland verschwunden. Hatte die Stadt mit unbekanntem Ziel verlassen. Und mit ihm eine ganze Reihe weiterer hoher Funktionäre. Der Schock dieser Nachricht hatte Nissen beinahe die Fassung verlieren lassen. Und es war ihm nicht entgangen, dass bei den Angestellten im Gauamtsbüro Ratlosigkeit herrschte.

Die Art und Weise, in der man auf seine Forderung nach einer Fernsprechverbindung reagiert hatte, war empörend respektlos gewesen, und Friedrich Nissen war der Gedanke durch den Kopf geschossen, dass Volksgenossen mit einem derart despektierlichen Unterton eine Teilhabe an der Nationalsozialistischen Volksgemeinschaft nicht verdienten. Wer nicht an die Zukunft des Reiches glaubte, durfte sich nicht wundern, wenn er der teuflischen Mordlust von Deutschlands Feinden zum Opfer fiel.

»Sobald die Vergeltungswaffe des Führers das Kriegsgeschehen wieder zu unseren Gunsten wendet«, hatte er gebrüllt, »und wir die Invasoren aus dem Land werfen, wird es eine drastische Säuberung geben! Unzuverlässige Volksgenossen werden ebenso ausgemerzt wie nicht-arische Schmarotzer.«

Sein Ausbruch hatte nicht die erwartete Wirkung gezeigt. Niemand hatte ihm beigepflichtet, und nicht einer der Anwesenden war vor Schreck erstarrt. Mit einem wütenden »Heil Hitler!« war er aus der Dienststelle gestürmt.

Seltsame Gedanken drängten sich seitdem in Nissens Bewusstsein. Gedanken, die er nicht haben durfte. Gedanken, die unweigerlich in den Untergang führten. Er hatte versucht, sie beiseitezuschieben. Hatte sich daran erinnert, dass mit Generalmajor von Erxleben ein eisenharter Kommandant für die Verteidigung der Festung Kassel verantwortlich war. Ein Generalmajor der deutschen Wehrmacht, der einen Eid auf den Führer abgelegt hatte und danach handeln würde.

Doch dann war dieses schreckliche Geräusch an sein Ohr gedrungen, hatte sich in seinen Gehörgängen ausgebreitet und im Gehirn festgesetzt. Ein fünf Minuten lang anhaltender Sirenenton, der nie zuvor in Kassel zu hören gewesen war: Panzeralarm.

Das konnte nichts anderes bedeuten, als dass sich amerikanische Verbände der Stadt näherten. Wenn es nun nicht gelang, deren Vormarsch aufzuhalten? Würden feindliche Soldaten durch die Straßen seiner Heimatstadt ziehen? Würde ausländisches Militär das Rathaus und die verbliebenen Ämter und Dienststellen besetzen?

Ein unvorstellbares Szenario. Mit unvorstellbaren Konsequenzen. Die ausländischen Teufel würden Kinder aus den Armen ihrer Mütter reißen, würden deutsche Frauen vergewaltigen. Sie würden auf jeden schießen, der sich ihnen entgegenstellte, und Jagd auf deutsche Uniformträger machen. Sie würden die besten Männer Kassels töten, Verrätern und Denunzianten Tür und Tor öffnen und Kommunisten und Sozialdemokraten aus ihren Löchern kriechen lassen. Vielleicht sogar Juden.

Nissens Kiefer schmerzten, so sehr hatte er die Zähne aufeinandergepresst. Noch war keineswegs sicher, dass es so kommen würde. Aber auch auf die schlimmste aller Möglichkeiten musste er sich einstellen. Wenn die Amerikaner die Stadt übernehmen sollten, durften sie ihn nicht als Hauptbereichsleiter identifizieren können. Darum mussten ein paar Akten vernichtet werden, die der Brandnacht von 1943 nicht zum Opfer gefallen waren. Darum würde er seine geliebte Uniform verbrennen und sich eine neue Identität zulegen. Darum hatte er persönliche Papiere und seinen NSDAP-Mitgliedsausweis beiseitegeschafft.

Und er würde sich um diesen Bengel kümmern, der sich mit einem Mädchen an der Lutherkirche herumgetrieben hatte. Wenn er sich nicht täuschte, handelte es sich um jenen Jungen, der ihm bei Simmershausen entkommen war. Er würde ihn finden. Und irgendwo auf einem Trümmergrundstück verschwinden lassen.

14

»Ey, ist ja cool! Wo hast du das her?« Philipp streckte die Hand aus.

Karin Siebert zögerte. »Das hat meinem Onkel Friedrich gehört. Jemand von der Polizei war hier und hat es mir gebracht.«

»Polizei?« Philipp schreckte zurück. »Die Polizei war hier?«

Seine Großmutter schüttelte unwillig den Kopf. »Nur ein Bote. Hat das hier abgegeben. Jemand aus Amerika hat es ans Kasseler Polizeipräsidium geschickt. Und die haben herausgefunden, dass ich die einzige Verwandte bin.«

»Aus Amerika? Jetzt verstehe ich überhaupt nichts mehr.« Philipp streckte erneut die Hand aus. »Das ist doch ... Gib mal her, Oma!«

Seufzend drückte Karin Siebert ihrem Enkel das rote Büchlein in die Hand. Der blätterte es auf und pfiff durch die Zähne. »Dein Onkel? Mann! Der war ja ein ganz hohes Tier!«

Karin Siebert nickte gedankenvoll. »Na ja. Mir war der Onkel Friedrich immer etwas unheimlich. Aber ich habe ihn auch nur als Kind erlebt. Meine Mutter hatte jedenfalls oft Streit mit ihm. Ich glaube, weil er so ein strammer Nazi war.«

»Was ist mit ihm passiert?« Philipp war elektrisiert. »Was hat er nach dem Krieg gemacht?«

»Als der Krieg zu Ende war, hat er sich nicht mehr bei uns blicken lassen. Ich habe immer geglaubt, dass er abgehauen ist. Nach Südamerika. Aber hier in diesem Brief steht, dass ihn ein amerikanischer Soldat erschossen hat.« Karin Siebert nahm einen Briefbogen auf. »Aber ob das stimmt? In den ersten Wochen und Monaten nach Kriegsende war so ein Durcheinander. Und ich kann mir nicht vorstellen, dass er in dieser Zeit noch mit seinem Parteibuch herumgelaufen ist. Wer weiß, wer sich das in die Tasche gesteckt hat.«

Philipp griff nach dem Blatt und überflog hastig die Zeilen. »Das gibt's ja gar nicht! Obwohl der Krieg schon vorbei ist, erschießt so ein amerikanisches Arschloch einen deutschen Zivilisten. Was für eine Schweinerei! Dein Onkel hat doch bestimmt viel für Deutschland getan.«

»Was redest du da, Junge!« Karin Siebert hatte einen ärgerlichen Ton in der Stimme. »Mein Onkel Friedrich gehörte zu den Leuten, die Deutschland in den Untergang geführt haben. Dieser Hitler ...«

»Hör auf damit, Oma!« Nur mühsam konnte er seine Wut unterdrücken. »Kann ich das mal mitnehmen? Ich möchte es den anderen .... einem Freund zeigen. Der interessiert sich für Geschichte und sammelt Dokumente über ... aus früheren Zeiten.«

»In Gottes Namen.« Karin Siebert winkte ab. »Mach damit, was du willst. Ich möchte es sowieso nicht im Haus haben.«

»Danke, Oma!« Philipp steckte alle Papiere zurück in den Umschlag. »Ich muss noch mal weg.«

»Bist du zum Abendbrot wieder zurück?«

»Ich weiß noch nicht. Kommt drauf an.«

»Worauf denn, Junge?«

»Was so anliegt. Kann sein, dass ich mich noch mit ein paar Kumpels treffe. Mach dir keinen Kopp, Oma. Ich werde schon nicht verhungern.«

»Ich mache mir ganz andere Sorgen, Philipp. Diese Leute, mit denen du dich dauernd triffst ... Ich weiß nicht, ob ...«

Karin Siebert brach ab, ihr Enkel hatte bereits das Zimmer verlassen.

Mit dem Original-Parteibuch seines Großonkels würde er bestimmt Eindruck machen und im Ansehen steigen. Besonders bei Torben. Er freute sich darauf. Aber gleichzeitig ging eine Meldung nicht aus seinem Kopf, die er in der HNA gelesen hatte.

Hinweise an das Polizeipräsidium oder jede Polizeidienststelle. Der Satz kreiste in seinem Kopf. Marc hatte damit geprahlt, einen kleinen schwarzen Schisser kampfunfähig gemacht zu haben. Als er sich der Gruppe genähert hatte, waren sie verstummt. Aber er hatte es gehört. Das mit dem Schwarzen und dass sie zu viert gewesen waren. So stand es auch in der Zeitung. Von mehreren Personen zusammengeschlagen. Der Zeitpunkt, der Ort, die Gruppe.

Alles passte. Ob Torben davon wusste? Philipp fand es richtig, dass man kriminelle Ausländer aus dem Land jagte. Viele Menschen waren dafür. Sogar der Ministerpräsident. Und diejenigen, die den Deutschen die Arbeitsplätze wegnahmen oder sich auf Kosten der Allgemeinheit ein faules Leben machten, sollten ebenfalls verschwinden. Wenn Ausländer frech wurden, mussten sie eins aufs Maul kriegen, keine Frage. Aber offenbar hatten seine Freunde diesen Jungen getötet. Vielleicht hatten sie es nicht mit Absicht getan. Vielleicht war er vor Schreck gestorben. Oder er war krank. Das hätten sie nicht wissen können.

Philipp versuchte sich einzureden, dass es sich keinesfalls um einen Mord handeln konnte, den seine Kameraden begangen hatten. Ganz sicher war es ein Unfall. Dennoch ließ ihn die Vorstellung nicht los, für die Tat mit verantwortlich zu sein. Zumindest dafür, dass die Täter unerkannt blieben. Aber was sollte er tun? Schließlich konnte er seine Kameraden nicht anschwärzen. Schon gar nicht bei den Bullen. Als er ihnen die Zeitungsmeldung gezeigt hatte, waren sie für einen Augenblick verstummt und hatten sich vielsagende Blicke zugeworfen. Und Philipp hatte sich plötzlich wie ein Außenseiter gefühlt. Und das wollte er unter gar keinen Umständen sein.

Als Julia Engelhardt gerade die Hand hob, um bei ihrer Vermieterin zu klingeln, sprang die Wohnungstür auf. Philipp Siebert stürmte mit einem gemurmelten Gruß an ihr vorbei und sprang die Treppe hinunter.

Julia betrat die Wohnung. »Frau Siebert? Sind Sie da?«

»Kommen Sie herein, Frau Engelhardt«, rief die Hauseigentümerin. »Ich bin im Wohnzimmer.«

»Sie sehen nicht gerade fröhlich aus«, stellte Julia fest, nachdem sie die Vermieterin begrüßt hatte. »Geht es Ihnen nicht gut?«

»Es ist der Junge«, seufzte Karin Siebert. »Ich mache mir Sorgen.«

»Das kann ich gut verstehen. Ein schwieriges Alter. Ich weiß noch, wie mein älterer Bruder meine Eltern damals zur Verzweiflung gebracht hat. Aber dann ist doch noch etwas aus ihm geworden. Und Philipp wird diese Phase auch überwinden.«

»Ihr Wort in Gottes Ohr, Frau Engelhardt. Aber Sie sind bestimmt nicht gekommen, um sich mit mir über meinen Enkel zu unterhalten.«

»Ehrlich gesagt, Frau Siebert ...« Julia zögerte. Sie fragte sich, ob es der richtige Augenblick war, die Frau auf Philipps Umgang anzusprechen. Sie entschied sich dagegen. »Eigentlich wollte ich nur mal schauen, wie es Ihnen geht. Ihr Enkel hat mich kürzlich auf meinen Beruf angesprochen. Und da habe ich gedacht, dass er vielleicht Ihretwegen gefragt hat.«

»Das ist aber nett.« Karin Siebert ließ nicht erkennen, ob sie ihren Enkel oder Julia meinte. »Vielen Dank! Mir fehlt nichts.«

»Dann bin ich ja beruhigt.« Julia wandte sich zur Tür. »Wenn Sie wollen, kann ich mich mal mit Philipp unterhalten. Vielleicht erzählt er mir etwas von sich. Und von seinen Freunden.«

»Bleiben Sie doch«, rief Karin Siebert. » Setzen Sie sich ein wenig zu mir. Ich mache uns einen Tee. Oder möchten Sie Kaffee?«

Höflich nahm Julia die Einladung an.

»Sieh mal an! Unser Kleiner hat 'ne echt hochkarätige Verwandtschaft.« Trotz des spöttischen Tonfalls genoss Philipp die Anerkennung seiner Freunde. Das rote Büchlein ging von Hand zu Hand und wurde respektvoll bewundert. Zwar wusste keiner so recht, was der Rang eines Hauptbereichsleiters bedeutete, aber aus den zahlreichen Beförderungen wurde auf eine hohe Position auf der Karriereleiter geschlossen. Und das Erlebnis, ein echtes Parteibuch mit geprägtem Hakenkreuz und zahlreichen Stempeln und Eintragungen in deutscher Schrift in der Hand zu halten, löste erhebende Gefühle aus. Dagegen war der Brief aus Amerika rasch abgehandelt. »Damit kannst du dir den Arsch abwischen«, war Marc Brenners Kommentar gewesen, der beifälliges Gemurmel hervorgerufen hatte.

»Und dann war das noch dabei.« Als das Interesse an dem Parteiausweis nachzulassen begann, zog Philipp ein dünnes vergilbtes Blatt aus dem Umschlag. »Keine Ahnung, was das sein könnte.«

Achselzuckend reichten die jungen Männer das Papier weiter. Erst bei Marc löste der Anblick der Skizze eine Reaktion aus. »Der

Bunker«, stieß er hervor und hielt das Blatt gegen das Licht. »Leute, kennt ihr den Weinbergbunker nicht?«

Die anderen schüttelten stumm die Köpfe. »Was soll'n das sein?«

Marc öffnete den Mund, als wollte er zu einer Erklärung ansetzen. Doch dann überlegte er es sich anders und winkte ab. »Die Zeichnung erinnert mich an ein Bild, das ich mal gesehen habe. Ist aber nichts Besonderes. Könnt ihr vergessen.« Er wandte sich an Philipp und deutete auf den Briefumschlag. »Darf ich das alles mal mitnehmen? Würde es gerne Torben zeigen. Der freut sich bestimmt, wenn ich ihm sage, dass du uns diese Dokumente mitgebracht hast.«

Philipp nickte stolz. Wenn Torben erfuhr, wem er die Unterlagen zu verdanken hatte, würde er ihn bestimmt nicht mehr so leicht übersehen. Schon lange wünschte er sich nichts sehnlicher, als von ihm anerkannt und gelobt zu werden.

»Was war jetzt mit dem Bunker?«, fragte einer aus der Runde. »Klingt doch ziemlich interessant.«

Marc winkte ab. »Wie gesagt: nichts Besonderes. Demnächst erzähle ich euch was darüber. Aber jetzt muss ich erst mal weg.«

Nachdem Brenner die Runde verlassen hatte, herrschte für einen Augenblick Stille. Schließlich brach einer das Schweigen. »Was war das denn? Ein bisschen sehr seltsam heute, finde ich. Oder rafft ihr, was das jetzt sollte?«

»Skelette? Auf dem Uni-Gelände?« Hanna Wolf und Florian Stöber sahen sich an und starrten dann ungläubig auf Kriminaloberrat Wenzel.

»Ja, in der Baugrube. Wo die neuen Universitätsgebäude ... an der Kurt-Wolters-Straße, nicht weit vom Holländischen Platz. Menschliche Knochen in nur zwei Meter Tiefe. Ein Kollege vom Kampfmittelräumdienst hat einen Schädel entdeckt. Daraufhin wurden die Bauarbeiten ... die Baggerarbeiten ... Der Bauleiter hat uns angerufen. Es sind schon Kollegen vom Erkennungsdienst ... Habe gerade ... also, die haben angerufen. Es sind vier Tote, deren Knochen ... Schädel, Rippen, Wirbelsäulen ... Nur Knochen, keine Kleidung oder sonst irgendwelche ... Wir, äh, das heißt, Sie müssen also... Ein Tötungsdelikt kann nicht ausgeschlossen werden. Oberstaatsanwalt von Bredow hat bereits ein Todesermittlungsverfahren ... Ihr Fall, werte Frau Kollegin. Ich meine natürlich Ihr Kommissariat. Und bitte halten Sie mich auf dem Laufenden. Der Polizeipräsident möchte ... Na, Sie wissen schon.«

Nach Oberwenzels Abgang holte Hanna tief Luft. »Das ist ja mal was ganz anderes! Knochenfunde. Mitten in der Stadt. Hört sich ziemlich gruselig an. Aber wenn nur noch Gebeine da sind, haben wir keine guten Karten für eine Aufklärung.«

Stöber nickte. »Klingt nach Hinterlassenschaften aus dem Zweiten Weltkrieg. Und ich wollte gerade vorschlagen, dass wir uns um meinen Freund aus der rechten Szene kümmern.« Er wedelte mit der Akte, die das Ergebnis der DNA-Analysen enthielt. »Das Blut auf Benjamin Bandeles Pullover stammt von ihm. Also war er an der Schlägerei zumindest beteiligt.«

»Und? Haben wir die DNA in der Kartei?«

»Leider nicht. Wir müssen ihn suchen. Aber wenn wir ihn haben, sind wir der Aufklärung des Falles ein gutes Stück nähergekommen. Scheint mir dringlicher als ein paar alte Gerippe.«

Hanna Wolf griff nach ihrer Jacke. »Wir können es uns nicht aussuchen, Florian. Was du alte Gerippe nennst, waren auch mal Menschen. Wenn sie auf nicht natürliche Weise ums Leben gekommen sind, müssen wir tätig werden. Aber du kannst am Fall Bandele dranbleiben. Setz dich mit den Kollegen vom ZK 10 in Verbindung. Die kennen ihre Pappenheimer. Vielleicht können die mit deiner Beschreibung etwas anfangen. Ich kümmere mich inzwischen um die Toten auf der Baustelle.«

Schon oft war Hanna an der von mannshohen Stahlgittern umgebenen Baugrube vorbeigefahren. Die Fundstelle befand sich in dem Dreieck zwischen Kurt-Wolters-Straße, An der Ahne und Universität. Wohl wegen der Weitläufigkeit des ausgeschachteten Geländes erschien Hanna die Grube nicht besonders tief, und sie wunderte sich, dass so dicht unter der Oberfläche viele Jahre oder Jahrzehnte Leichen gelegen hatten, von denen niemand etwas wusste. Früher hatte sich auf dem Gelände ein Autohaus befunden. Dort hatte sie seinerzeit ihr Cabrio gekauft.

Auf dem lehmigen Boden waren Kolleginnen und Kollegen vom Erkennungsdienst in weißen Overalls damit beschäftigt, die Knochen freizulegen. Dazwischen hockte Frankenstein auf dem Boden und hantierte mit Spatel und Pinsel. Hanna winkte ihm zu und sah sich um.

Ein schauriges Bild bot sich ihr. Offenbar hatten sie inzwischen die Gebeine von mehr als nur vier Personen gefunden. Ordentlich nebeneinander lagen fünfzehn oder zwanzig Skelette, aufgereiht wie in einem Massengrab. Der Leiter der Einsatzgruppe trat auf Hanna zu. »Es werden immer mehr. Wir brauchen Verstärkung, wenn wir die alle ausgraben sollen.«

Hanna nickte. »Ich kümmere mich darum. Gibt es schon Hinweise auf Liegezeit oder Todesursache?«

Der Mann hob die Schultern. »Es gibt keine Spuren von Bekleidung. Nur Knochen. Also liegen die hier mindestens dreißig Jahre im Boden. Ich schätze aber eher fünfzig oder sechzig. Möglicherweise noch länger. Genauer müssen das die Rechtsmediziner festlegen. Seltsamerweise finden sich auch keine Ringe, Knöpfe oder metallene Gürtelschnallen. Bisher haben wir auch keine Verletzungen an Schädeln oder Wirbelknochen gefunden. Und bei den meisten sind die Hände übereinander gelegt. Als ob sie hier bestattet worden sind. Nach Gewaltverbrechen sieht es jedenfalls nicht aus.«

Hanna kamen Zeitungsberichte über den Zweiten Weltkrieg in den Sinn. In Kassel waren unzählige Zwangsarbeiter beschäftigt worden. Menschen, die möglicherweise durch Hunger und Erschöpfung, vielleicht auch durch Krankheiten ums Leben gekommen waren. Auch ein Verbrechen. Aber keines, das ihr Kommissariat würde aufklären können.

»Sie können sich ja mal mit dem Stadtarchivar unterhalten«, unterbrach der Kollege vom Erkennungsdienst ihre Gedanken und deutete auf einen schlanken Herrn mit angegrauten Schläfen, der etwas abseits mit einer Gruppe von Journalisten sprach.

»Danke für den Hinweis.«

Froh, flache Schuhe zu tragen, stapfte Hanna über den lehmigen Boden zum Rand des Bauplatzes, den sie fast umrunden musste, um zum Stadtarchivar zu gelangen und von ihm zu erfahren, welche Informationen er zu den Leichenfunden beisteuern konnte. Auf dem Weg telefonierte sie rasch mit der Dienststelle und trug Isabella auf, Kriminaloberrat Wenzel um einen Trupp Bereitschaftspolizisten zu bitten. »Sag ihm, die Zahl der Skelette erhöht sich von Stunde zu Stunde, und noch ist kein Ende absehbar. Die Knochen müssen ausgegraben und abtransportiert werden, möglichst bevor es den nächsten Regen gibt.«

Isabella war fassungslos. »Stehst du da zwischen all diesen Knochen? Das ist ja grauenhaft.«

»Angenehm ist es nicht«, bestätigte Hanna. »Aber ich habe schon Schlimmeres erlebt. Diese Menschen sind schon vor etlichen Jahrzehnten gestorben. Und ich bezweifle, dass wir herausfinden, woran. Vielleicht schaffen es die Rechtsmediziner.«

Der Stadtarchivar hatte seine Erläuterungen für die Journalisten beendet und sah Hanna fragend an. Sie streckte ihm die Hand entgegen. »Guten Tag. Ich bin Hanna Wolf, Kriminalhauptkommissarin vom Fachkommissariat für Tötungsdelikte. Können Sie mir etwas über die Geschichte dieses Geländes sagen? Ich meine, was hier früher war. Bevor das Autohaus gebaut wurde.«

»Bis zur Zerstörung der Stadt während des Zweiten Weltkriegs hat die ganze Gegend anders ausgesehen. Überwiegend standen hier kleinere Häuser, es gab einige Firmen und natürlich Henschel. Die Kurt-Wolters-Straße ist erst Anfang der sechziger Jahre gebaut worden.«

»Henschel?«, hakte Hanna ein. »Halten Sie es für möglich, dass es sich um Leichen von Zwangsarbeitern handelt?«

Ihr Gegenüber hob die Schultern. »Ausschließen kann ich das nicht. Es erscheint mir aber unwahrscheinlich. Es gibt Berichte, wonach bei den Ausschachtungsarbeiten für die Panzerhalle der Firma Henschel Mitte der dreißiger Jahre bereits menschliche Knochen gefunden wurden.«

»Ist das amtlich? So etwas wurde doch bestimmt dokumentiert.«

Ein verhaltenes Lächeln begleitete die Antwort des Stadtarchivars. »Mit Sicherheit. Aber bei dem großen Brand von 1943 sind so gut wie alle Unterlagen dieser Art vernichtet worden. Was wir aus der Zeit wissen, stammt überwiegend von Zeitzeugen. Uns liegen aber keine Berichte über eine Massenbeisetzung auf diesem Gelände vor. Wenn es eine solche gegeben hätte, dann wäre davon erzählt worden und wir hätten entsprechende Zeugenaussagen archiviert. Es spricht also alles für eine länger zurückliegende Geschichte.«

Hanna nickte. »Gibt es noch andere Indizien, die für Ihre These sprechen?«

»Im Jahr 1814 hat es in Kassel eine Typhus-Epidemie gegeben. Damals befand sich hier ein Militärlazarett. Darum erscheint es nicht unwahrscheinlich, dass man die Toten hier in aller Eile bestattet hat, um die Ausbreitung der Seuche zu begrenzen.«

Nachdenklich ließ Hanna ihren Blick über das Gelände schweifen. Am Bauzaun hatten sich zahlreiche Schaulustige eingefunden, die auf die in der Grube arbeitenden Polizisten deuteten oder die Szenerie fotografierten. In Gedanken errichtete sie ein Zelt über der Fundstelle. Gegen Zaungäste und gegen möglichen Regen.

Sie dankte dem Stadtarchivar für seine Auskünfte und verabschiedete sich, um erneut zu telefonieren. Sie würde Oberstaatsanwalt von Bredow eine Besprechung vorschlagen. Mit ihm, Rechtsmediziner Dr. Stein und Kriminaloberrat Wenzel. Und sie sollten den Stadtarchivar und den einen oder anderen Historiker hinzuziehen. Wenn die Experten davon ausgehen konnten, dass die Menschen, deren Skelette man nun entdeckt hatte, schon vor sehr langer Zeit hier beigesetzt worden waren, vielleicht sogar lange vor dem Zweiten Weltkrieg, dann war es fraglich, ob sich daraus überhaupt ein Fall ergeben würde.

Wie sollten sie jetzt noch klären können, ob ein Tötungsdelikt vorlag oder nicht? Es gab ja keine Hinweise. Normalerweise prüfte man bei einem unbekannten Leichenfund die Vermisstenlisten auf Übereinstimmungen. Aber für eine weit zurückreichende Zeit gab es keine. Und wen sollten sie befragen? Außer den Skeletten selbst gab es ja keine Spuren mehr, die man hätte auswerten können. Und wenn irgendjemand die Schuld an dem Tod dieser Menschen getragen haben mochte, – sie konnten ihn nicht einmal mehr zur Verantwortung ziehen, weil er nicht mehr lebte! Deshalb musste so schnell wie möglich ein Rechtsmediziner die Knochen untersuchen. Wenn Frankenstein sich auf dem Gebiet nicht hinreichend sicher fühlte, würde er Kollegen benennen können. Zur Not mussten einige der Funde nach Gießen geschickt werden.

In der Baugrube konnte sie im Augenblick nichts ausrichten. Also würde sie ins Präsidium zurückkehren, um die Besprechung vorzubereiten.

»Deine Beschreibung passt zu keinem der uns bekannten Neonazis.« Hauptkommissar Schubert breitete bedauernd die Arme aus. »Das muss aber nichts bedeuten. Persönlich bekannt ist uns ohnehin nur der harte Kern. Außerdem gibt es immer mal wieder Neuzugänge von außen, und viele verlassen den Kreis früher oder später. Es kann auch sein, dass dein spezieller Freund sich erst seit kurzer Zeit in Kassel aufhält. Manchmal erhalten wir einen Hinweis von den Kollegen, wenn sie mitbekommen, dass einer ihrer Klienten die Heimat verlässt, um nach Kassel zu gehen. Aber im Augenblick liegt uns keine derartige Information vor.«

»Und was machen wir jetzt?« Florian Stöber empfand die Auskunft als unbefriedigend. Er hätte am liebsten sofort mit einem Einsatzkommando zugeschlagen, Wohnungen durchsucht und den einen oder anderen Gesinnungsgenossen des Dicken festgesetzt und in die Mangel genommen.

Sein Kollege schien seine Gedanken zu erraten. »Wenn wir jetzt mit dem großen Besteck hantieren, tauchen die Burschen sofort unter. Möglicherweise siehst du deinen Freund dann nie wieder. Wir kümmern uns darum. Auf unsere Weise. Es wäre hilfreich, wenn du dich raushalten würdest. Sobald wir etwas in Erfahrung gebracht haben, melden wir uns bei euch. Wenn Oberwenzel eine Mordkommission einsetzt, erledigen wir den Rest gemeinsam. Aber vorerst ...«

Stöber hob die Hände. »Ist ja gut. Ich will euch nicht ins Handwerk pfuschen. Aber ich hoffe, ihr treibt den Typen bald auf.«

»Machen wir, Kollege. Kannst dich auf uns verlassen.« Hauptkommissar Schubert grinste. »Im Übrigen habt ihr im K 11 doch sicher jetzt alle Hände voll zu tun. Oder?«

Florian Stöber verzog das Gesicht. »Du sagst es. Wir dürfen Knochen zählen.«

»Ich möchte, dass ihr euch im Weinbergbunker umseht.« Torben Heintze hatte zwei seiner zuverlässigsten Leute zu sich bestellt. »Kann sein, dass wir dort auf eine grandiose Überraschung stoßen.« Er legte eine Skizze auf den Tisch und deutete auf eine Markierung. »Unter dem eigentlichen Bunker befindet sich eine Ebene, die seit dem Ende des Krieges offenbar niemand betreten hat. Die Leute von der Kasseler Feuerwehr wollen diesen Bereich zugänglich machen oder zumindest herausfinden, wie es dort aussieht. Wir müssen ihnen zuvorkommen. Darum ist die Sache eilig.«

Die Tür öffnete sich und Marc Brenner betrat den Raum. Er starrte auf die Zeichnung: »Du glaubst also wirklich, dass wir dort irgendwas Interessantes finden?«

Heintze sah ihn an. »Etwas sehr Interessantes, Marc. Möglicherweise. Wenn ich es schon wüsste, säßen wir nicht hier. Es könnte sein, dass wir dort ... sagen wir: wertvolle ... Unterlagen entdecken, die ein hoher Funktionsträger der Partei bei Kriegsende dort versteckt hat. Als ausländische Truppen in Kassel eingerückt sind, mussten Akten und andere Dokumente in Sicherheit gebracht werden. Auch das Parteivermögen musste irgendwo bleiben. Damals hat mancher tapfere Mann diese Dinge unter Lebensgefahr vor dem Zugriff durch den Feind gerettet. Und ich habe Grund zu der Annahme, dass ein gewisser Hauptbereichsleiter Friedrich Nissen zu ihnen gehört hat. Und dass dieser Mann in diesem Bunker ein Versteck angelegt hat.«

»Und wer soll jetzt ...?« Marc Brenners Blick wanderte von einem zum anderen.

»Du jedenfalls nicht«, antwortete Heintze. »Nach der Geschichte mit dem Bullen musst du für eine Weile verschwinden. Wir besprechen das später. Also werden André und Daniel das machen.« Er deutete auf die beiden anderen jungen Männer. »Und zwar schon morgen. Ich kümmere mich um die Ausrüstung. Und nun hört gut zu. Ich erkläre euch, wie ihr da reinkommt und was ihr dort zu tun habt.«

»Ich habe fürs Erste die Einstellung der Bauarbeiten verfügt.« Oberstaatsanwalt Carl von Bredow klang nicht besonders begeistert. »Aber natürlich wollen die so zügig wie möglich weitermachen. Danke übrigens, dass ihr so schnell so viel Personal zum Graben zur Verfügung gestellt habt.«

»Das war kein Problem, Carl. Wenn ich es auch nicht besonders gut finde, dass wir Polizeischüler dort einsetzen müssen. Andererseits ...«

»... gehört der Umgang mit Leichen zu eurer Arbeit.«

»Du sagst es.«

»Also sehen wir uns morgen, Hanna. Ich bin schon gespannt, was uns Historiker und Rechtsmediziner sagen können.«

»Ich auch, Carl. Also dann bis morgen.«

Hanna Wolf legte auf und trat ans Fenster. Wenn sie sich bis zur Scheibe vorbeugte, konnte sie die Universitätsgebäude erkennen, zu deren Füßen die jungen Kollegen die Toten der Vergangenheit ausgruben. Inzwischen hatten sie an die fünfzig Skelette freigelegt. Sie versuchte, sich ein Szenario vergangener Zeiten vorzustellen, bei dem so viele Menschen ums Leben gekommen sein konnten. Und doch reichte ihre Fantasie nicht aus. Sie seufzte und kehrte an ihren Schreibtisch zurück, um Frankenstein anzurufen.

Unter seiner Nummer meldete sich eine junge weibliche Stimme mit einem Namen, der bei Hanna eine vage Erinnerung auslöste. Allerdings war sie nicht sicher, ob sie ihn richtig verstanden hatte, und bevor sie noch länger darüber nachdenken konnte, meldete sich schon Steins dunkler Bass. Hanna trug ihr Anliegen vor und erläuterte ihren Vorschlag.

»Selbstverständlich komme ich. Aber ehrlich gesagt, Frau Wolf, so alte Knochen sind nicht gerade mein Spezialgebiet. Ich habe nichts Erhellendes an ihnen entdecken können. Ich schlage vor, dass ich Cordalis hinzuziehe.«

»Cordalis?«

»Professor Dr. Nicos Cordalis. Aus Göttingen. Sie müssten ihn eigentlich kennen.«

Augenblicklich sah Hanna Wolf den freundlichen, älteren Herrn wieder vor sich. »Ich erinnere mich. Wäre nett, wenn Sie den Kontakt herstellen könnten.«

»Worauf Sie sich verlassen können, Frau Wolf. Und wenn Sie nichts dagegen haben, bringe ich meine neue Kollegin mit. Da kann sie gleich was lernen, und ich kann Sie miteinander bekannt machen.«

15

In der zerstörten Stadt gingen seltsame Veränderungen vor sich. Von Tag zu Tag hatte sich der Geschützdonner von Süden her näher herangeschoben. Noch fanden die Kampfhandlungen außerhalb Kassels statt. Doch plötzlich erschreckten unvermutet Explosionen innerhalb der Stadtgrenzen die Menschen, wenn Soldaten wieder eine Brücke über die Fulda sprengten.

Bald verbreitete sich der Geruch brennenden Papiers in den Straßen. Vor zahlreichen Dienststellen loderten Feuer, die nicht durch Brandbomben entstanden waren: Männer in Parteiuniformen oder Zivilkleidung verbrannten Akten und Schriftstücke.

In den letzten Tagen hatte es geschienen, als verschwände das Leben immer mehr aus Kassel, aber nun füllte sich die Stadt plötzlich wieder – mit merkwürdigen, geisterhaften Gestalten. Während die skelettierten Fassaden, die Überreste der zerbombten Häuser und die Schuttberge auf den Trümmergrundstücken die gewohnte Silhouette bildeten, ergossen sich nun aus allen Himmelsrichtungen, über Straßen und Trampelpfade Ströme von Menschen in die Stadt.

Günther vernahm Laute und Sprachfetzen, die er nie zuvor gehört hatte. Verhungert aussehende Männer in abenteuerlicher Bekleidung zogen in kleinen Gruppen durch die Straßen, um urplötzlich ein Geschäft, eine Bäckerei oder eine Gastwirtschaft zu stürmen. Minuten später stürzten sie wieder heraus, trugen Stoffe, Brote, Konserven, Flaschen. Andere Männer schoben bepackte Fahrräder, offenbar ziellos, aber mit scharfem Blick, als seien sie auf der Suche nach etwas, von dem sie selbst noch nicht wussten, was es war. Das mussten die Kriegsgefangenen und Fremdarbeiter sein, von denen Günther gehört hatte.

Überall vor den Eingängen zu Bunkern, Kellern und den verbliebenen intakten Häusern standen Trauben von Menschen in erregter Unterhaltung und mit ständig abnehmender Angst vor der Willkür der Nazi-Schergen, falls man etwas Unliebsames sagen sollte. Gerüchte schwirrten von Gruppe zu Gruppe, Mensch zu

Mensch, Straße zu Straße. *Die Amerikaner haben Kassel eingenommen. Erxleben will den Weinbergbunker verteidigen. Der Kommandant fordert freien Abzug der deutschen Soldaten. Hitler plant einen Gegenschlag mit Geheimwaffen. Unsere Wehrmacht kommt zurück und befreit Kassel. Nein, der Krieg ist zu Ende. Amerikanische Soldaten sind schon in Wilhelmshöhe. Erxleben hat kapituliert.*

Irgendwann ebbte das Grollen der Geschütze vollständig ab, nur vereinzelt waren noch Einschläge von Granaten zu vernehmen. Eine ungewohnte Ruhe legte sich über die Stadt. In Fenstern und Einschusslöchern erschienen weiße Fahnen, hastig aus Bettwäsche oder Handtüchern gefertigt.

Als Günther einem Trupp plündernder Zwangsarbeiter in ein Geschäft gefolgt war, hatte er eine lederne Einkaufstasche entdeckt. Darin hatte er seine Beute gesammelt, die an diesem Tage so reich war wie schon lange nicht mehr. Aus der Backstube einer Bäckerei hatte er ein paar Brötchen und ein ganzes Brot mitgehen lassen, in einer Wirtsstube waren ihm etliche Flaschen Malzbier in die Hände gefallen, und in einem Kolonialwarenladen war er auf Konservengläser mit sauren Gurken gestoßen. Zwar hatte Ursula es geschafft, rund um den Bahnhof Essbares zu erbetteln, doch dabei war nicht viel zusammengekommen, und Günther hatte sich sehr geschämt. Nun war er stolz auf seine Beute.

Zuletzt hatte er einen Laden betreten, aus dem Plünderer Kleidungsstücke geschleppt hatten. In den Regalen hatten nur noch einige Stoffballen gelegen, mit denen sie offenbar nichts hatten anfangen können. Auf dem Boden hinter dem Ladentisch hatte Günther ein buntes Halstuch entdeckt, das er ohne nachzudenken zu den anderen Schätzen in die Tasche gesteckt hatte.

Er wusste, dass er sich mit seinem Gepäckstück verdächtig machte, und trug es – wie Mütter ein Kleinkind – fest an die Brust gepresst. Doch niemand schien sich für ihn und seine Besitztümer zu interessieren. Dabei hätte ihn jede SS-Patrouille oder SA-Streife für einen Plünderer halten und erschießen können. Aber es gab keine Streifen mehr. Schwarze und braune Uniformen wurden von Stunde zu Stunde seltener.

Seine Beute hätte er gerne mit Ursula geteilt, und er fragte sich, ob er sie wiedersehen würde. Sie hatten sich für die Mittagszeit am Bahnhofsplatz verabredet, doch bisher war sie nicht aufgetaucht. Da er nicht wusste, aus welcher Richtung sie kommen würde, wanderte er zwischen Bahnhofstraße, Kurfürstenstraße und Victoriastraße hin und her, jeweils einige Augenblicke verharrend und nach ihr Ausschau haltend.

Ein unbekanntes Geräusch zog schließlich seine Aufmerksamkeit auf sich. Es kam aus der Victoriastraße und klang wie das Rasseln von Panzerketten. Angestrengt starrte er die Straße hinunter. Das Geräusch schwoll an, und dann rollte ein grau-grüner Panzer aus der Karthäuserstraße heran. Ein zweiter folgte, dahinter ein dritter. In Schrittgeschwindigkeit näherten sich die Ungetüme dem Bahnhof.

Wie gebannt beobachtete Günther die bedrohlich hin und her schwenkenden Kanonenrohre, spürte die Vibration des Bodens und vernahm das ohrenbetäubende Dröhnen der Motoren. Sein Blick wanderte über die weißen Sterne an den Türmen zu den Köpfen der Männer, die aus den offenen Luken ragten. Einige Gesichter waren schwarz.

Den Panzern folgten hochrädrige gepanzerte Fahrzeuge, dazwischen rollten offene Jeeps mit Soldaten, deren Gewehrläufe zum Himmel zeigten. Vor dem Bahnhof stoppte die Kolonne. Kurz darauf gellten einige Kommandos, dann setzten sich die Kampffahrzeuge erneut in Bewegung, verteilten sich auf dem Bahnhofsplatz und richteten ihre Kanonen auf die Ruinen der Umgebung.

Überall waren Menschen vor die Häuser getreten, Mütter mit Kindern, Jugendliche, alte Männer. Einer schwenkte ein weißes Tuch, das er an einen Besenstiel gebunden hatte.

»Jetzt ist der Krieg zu Ende«, sagte eine Stimme neben Günther. Er fuhr herum. Ursula hielt eine Tafel Schokolade hoch. »Sieh mal, was ich habe. Die Amerikaner sind gar nicht so übel. Das hat mir einer geschenkt.« Sie kramte in ihrer Manteltasche. »Und das hier auch.« Ein kleines Päckchen erschien in ihrer Hand. »Ich glaube, das ist Kaugummi. Möchtest du probieren?«

»Chewing Gum«, las Günther. »Ja. Das ist Kaugummi.« Er griff in seine Tasche und zog das Halstuch hervor. »Ich habe auch etwas für dich.«

Ursula ließ den Stoff durch die Finger gleiten. »Wie schön! Sie öffnete den Mantelkragen und legte das Tuch um ihren Hals. »Danke, Günther. Das ist sehr nett von dir.« Plötzlich beugte sie sich vor und küsste ihn auf die Wange. Er fuhr erschrocken zurück, dann sah er sich hastig um. Doch niemand schien von ihnen Notiz zu nehmen. Alle beobachteten die amerikanischen Soldaten, die aus ihren Fahrzeugen geklettert waren und mit ihren Gewehren vor dem Bahnhof Aufstellung genommen hatten.

Wieder ertönten Kommandos. Günther versuchte, sich an Vokabeln aus dem Englischunterricht zu erinnern, doch der lag schon so lange zurück und keines der Wörter, die ihm in den Sinn kamen, hatte Ähnlichkeit mit den Lauten, die er vernahm. Vor dem Bahnhof bildeten die Soldaten kleine Gruppen. Zwei Trupps marschierten ins Innere des Bahnhofsgebäudes. Nach einem weiteren Kommando liefen ihre Kameraden, die Gewehre im Anschlag, auf die Häuser zu, vor denen die Menschen standen und sie beobachteten.

Mütter riefen nach ihren Kindern und verschwanden in den Eingängen, als die Amerikaner näherkamen, nur ein alter Mann auf Krücken blieben stehen und sah mit sorgenvollem Gesicht, wie die Soldaten den Frauen und Kindern in die Häuser folgten.

Ursula griff nach Günthers Hand. »Komm! Wir verschwinden besser.« Diesmal entzog er sie nicht und ließ sich bereitwillig die Kurfürstenstraße abwärts ziehen. Am Friedrich-Wilhelm-Platz standen sie plötzlich einer amerikanischen Patrouille gegenüber. Die Soldaten richteten ihre Waffen auf Günther, einer deutete auf die Tasche. »Open that bag! Aufmachen!«

Hilde hatte den Weg durch den Wald nie als besonders beschwerlich empfunden. Seit ihrer Kindheit kannte sie hier jeden Baum und jeden Strauch, und sie war mit jeder Steigung und jedem Hindernis vertraut. Als kleines Mädchen war sie ihren Eltern vorausgehüpft, hatte hinter Biegungen oder Bäumen auf sie gewartet, und nicht bemerkt, wie steil es an manchen Stellen bergauf ging. Auch später hatte sie den Weg zu den Großeltern zurückgelegt, ohne außer Atem zu geraten.

Heute erschien ihr die Strecke endlos, der Anstieg mühsam. Es mochte daran liegen, dass sie ihn heute schon einmal gegangen war, und dass sie eine schwere Last zu tragen hatte. Nun bereute sie es, den Rucksack nicht am See zurückgelassen zu haben, denn er wurde von Schritt zu Schritt schwerer.

Ihr Begleiter schien der Anstrengung noch weniger gewachsen. Immer wieder musste sie ihn stützen, ihn ermuntern weiterzugehen und auf ihn warten, wenn er keuchend auf einem Baumstumpf verharrte. Während sie ihm gut zuredete, sorgte sie sich zunehmend um seine Gesundheit. Ihm floss der Schweiß über das Gesicht, gleichzeitig zitterte er am ganzen Körper. Gesprochen hatte er schon seit fast einer Stunde nicht mehr. Sie fragte sich, ob sie richtig handelte und was sie tun würde, wenn er hier im Wald zusammenbrach. Aber eine andere Lösung hatte sie nicht gesehen und allein zurücklassen hätte sie ihn nicht können, denn damit hätte sie ihn dem sicheren Tod ausgeliefert.

Inzwischen stand die Sonne hoch am Himmel, und bald würde die Mutter sich Sorgen machen, weil sie nicht zur gewohnten Zeit zurückkehrte. In Gedanken formulierte sie Entschuldigungen und Ausreden, mit denen sie ihre Verspätung erklären würde.

Hilde erschrak, als der Mann neben ihr plötzlich wankte, in den Knien einknickte und zu Boden sank. Ein Anflug von Panik erfasste sie. Doch dann wusste sie, was zu tun war. Rasch ließ sie die Riemen des Rucksacks von den Schultern gleiten, um ihn dem Fremden unter den Kopf zu schieben. Sie hockte sich neben ihn und redete beruhigend auf den zitternden Mann ein, dessen Augenlider unstet flatterten. »Du wartest hier auf mich. Ich hole Hilfe. Es ist nicht mehr weit. Bleib einfach so liegen.«

Ohne sich noch einmal umzudrehen, hastete Hilde davon.

Heinrich Berghaus hatte fast sein ganzes Leben auf dem Hof zugebracht und ihn bewirtschaftet, wie vorher sein Vater und sein Großvater. Nur einmal hatte er ihn für längere Zeit verlassen müssen, um während des Ersten Weltkriegs für das Vaterland zu kämpfen. Nachdem das Deutsche Reich seine jungen Männer im Stellungskrieg verheizt hatte, war Berghaus noch 1918 eingezogen und nach Frankreich geschickt worden, um zu retten, was zu retten war. Doch das erwies sich als Illusion Berliner Feldherren. Ungern hatte der Landwirt seinen Hof zurückgelassen, war ohne große Begeisterung, aber im Bewusstsein einer notwendigen Pflichterfüllung in den Krieg gezogen. Das elende Sterben seiner Kameraden in den Schützengräben der Westfront, die Todeskämpfe der durch Senfgas und Grünkreuz vergifteten Soldaten und sein eigener wochenlanger Kampf ums Überleben mit einem Lungensteckschuss in einem Lazarett fern der Heimat hatten ihn sämtliche vaterländischen Ideale ablegen lassen.

Und als die braunen Machthaber zwanzig Jahre später die deutsche Jugend erneut gegen die übrige Welt zu Felde ziehen ließen, wusste Heinrich Berghaus, dass es nicht gut gehen konnte. Er verweigerte sich dem neuen Bauernzusammenschluss, den sie »Reichsnährstand« nannten, und spottete über den Reichsbauernführer mit dem ausländischen Namen. Seiner Kriegsverletzung, seinem Alter und der abgeschiedenen Lage seines Hofes verdankte er, dass die örtlichen Vertreter der Staatsmacht ihn in Ruhe ließen. Allerdings bekam er im Gegensatz zu seinen benachbarten Kollegen auch keine Fremdarbeiter zugewiesen.

Auf dem Hof gab es kein Radio, und nur gelegentlich erreichte eine Zeitung die bäuerliche Stube. Und im Gegensatz zu seiner Frau legte der Landwirt auch keinen Wert auf Besuche im Dorf oder Gäste in seinem Haus. Martha Berghaus hingegen fuhr gelegentlich mit dem Einspänner hinunter, machte das eine oder andere Tauschgeschäft und besuchte Schwiegertochter und Enkelin.

Was Heinrich Berghaus durch sie vom Geschehen im Dorf, in Deutschland und in der Welt erfuhr, genügte ihm, um sich ein Bild von den Ereignissen zu machen. Dass der neuerliche Krieg verloren zu gehen drohte, obwohl die Zeitungsschreiber den gegenteiligen Eindruck zu erwecken suchten, überraschte ihn nicht. Seine Sorge galt dem Überleben seines Sohnes und seiner

Enkel. Er hoffte, dass einer von ihnen den Hof übernehmen würde, wenn er aus dem Krieg zurückkehrte.

Zu den Lichtblicken auf dem einsamen Gehöft gehörten – auch für Heinrich Berghaus – die regelmäßigen Besuche der Enkelin. Wenn das Wetter es erlaubte, stieg sie zum Hof ihrer Großeltern auf, um Kurzwaren oder Toilettenartikel zu bringen und Wurst oder Fleisch, Käse oder Eier für ihre Mutter und die Verwandtschaft zu holen.

Als sein betagter Brauner, mit dessen Hilfe er gerade die tägliche Ration Futter für die Schweine zu einer Waldlichtung gebracht hatte, die Nüstern blähte und die Ohren aufstellte, kniff Berghaus die Augenlider zusammen und musterte den Weg, der vom Tal her zum Hof führte. Um den Verlust seiner Sehkraft auszugleichen, hätte es schon länger Augengläser bedurft, aber wann immer seine Frau ihm vorschlug, sich eine Brille verschreiben zu lassen, hatte er abgewinkt. »Das hat noch Zeit, Martha.«

In der Biegung, wo sich der Weg in eine für Fuhrwerke befahrbare Strecke und einen schmalen Pfad teilte, nahm er eine Bewegung wahr. Ein Mensch kam unter den Bäumen zum Vorschein und lief in Richtung Hof. Wenn Heinrich Berghaus nicht gewusst hätte, dass seine Enkelin vor geschätzten zwei Stunden den Hof in Richtung Dorf verlassen hatte, wäre er freudig überrascht gewesen. Denn er liebte das Mädchen und erfreute sich an ihrer Gegenwart mehr, als er zugegeben hätte. Einen kurzen Augenblick fragte er sich, ob er recht gesehen hatte. Doch dann band er das Pferd an und eilte Hilde voller Unruhe entgegen. Etwas Schwerwiegendes musste geschehen sein, wenn das Kind so unverhofft zurückkehrte.

Beide waren außer Atem, als der Großvater seine Enkelin in die Arme schloss. »Was ist passiert? Warum kommst du zurück?«

»Ein Mann«, stieß Hilde hervor. »Ein Mann aus Holland ist ... mit einem Flugzeug ... in den See ... Ich glaube, er ist krank. Wir müssen ... ihn ... holen.«

»Ich verstehe kein Wort, Mädchen. Komm erst mal rein. Martha macht dir etwas zu essen und zu trinken. Und dann erzählst du uns alles in Ruhe.«

Hilde schüttelte heftig den Kopf. »Dafür ist ... keine Zeit. Du musst den ... Braunen anspannen, Großvater. Mit einer Trage ... oder irgendwas, womit wir ihn transportieren können.«

Verwundert schaute Heinrich Berghaus seiner Enkelin ins Gesicht. »Ist mit dir alles in Ordnung, Kind?«

Nachdem der Soldat die Tasche durchsucht hatte, bedeutete er ihnen, weiterzugehen. Überall waren jetzt amerikanische Soldaten unterwegs, durchkämmten Keller und Gebäudereste. Am Opernplatz fanden Ursula und Günther eine ruhige Ecke, in der sie sich auf ein paar Mauersteinen niederließen. Ohne viele Worte waren sie sich darin einig, dass es besser war, soviel wie möglich von den Vorräten zu essen. Vielleicht war der nächste Soldatentrupp weniger entgegenkommend und nahm ihnen alles weg.

Während sie Brot, saure Gurken und Malzbier teilten, beobachteten sie, wie auf der gegenüberliegenden Seite des Platzes zwei Soldaten einen Mann vor sich hertrieben, der die Hände über dem Kopf hielt. Er trug ein weißes Hemd über einer schwarzen Uniformhose, die in schwarzen Stiefeln steckte.

»Sieh mal!« Ursula deutete mit einer Gurke auf die Szene. »Da hat es einer nicht mehr rechtzeitig geschafft, aus der Nazi-Uniform zu kommen.«

»Ob die Amerikaner jetzt alle Nazis einkassieren?«

»Bestimmt!« Sie nickte nachdrücklich. »Ich habe gesehen, wie sie Männer in Uniformen auf Lastwagen abtransportiert haben. Soldaten, Braunhemden und sogar Feuerwehrleute.«

»Und wer sich rechtzeitig Zivilsachen anzieht, kommt davon?« Günthers Frage klang wie eine Feststellung. »Das bedeutet ...« vor seinem inneren Auge erschien das Bild des NSDAP-Funktionärs, der bei Simmershausen den Jugendlichen erschossen hatte. Wenn dieser Mann den Amerikanern nicht in die Hände fiel – wer würde ihn jemals zur Rechenschaft ziehen?

»Ich muss dafür sorgen, dass sie ihn finden«, murmelte er und erklärte, als Ursula ihn fragend ansah: »Dieser Goldfasan, den wir beobachtet haben, hat einen Jungen erschossen. Einfach so. Ich möchte, dass er bestraft wird.«

»Das kannst du nicht. Wie willst du das anfangen?«

Günther hob die Schultern. »Die Amerikaner müssen ihn finden. Er ist ein hohes Tier in der Nazi-Partei. Bestimmt nehmen sie ihn gefangen.«

»Aber wenn er seine Uniform verschwinden lässt? Und seine Papiere? Dann ...«

»Die Aktentasche!« Günther sprang auf. »Er ist doch mit einer Aktentasche in die Kirche gegangen und ohne sie wieder herausgekommen. Wir müssen sie finden. Da ist bestimmt alles drin. Kommst du mit?« Als sie nicht sofort antwortete, begann er, seine Habseligkeiten zu verstauen. »Wir können uns morgen wieder am Bahnhof treffen. Wenn du willst.«

»Ich komme mit«, sagte sie entschlossen. »Einer muss ja auf dich achtgeben. Wenn der Mann einen Freund von dir erschossen hat ... Der würde dich bestimmt auch noch umbringen.«

»Dazu wird er keine Gelegenheit haben. Ich kann ganz gut selbst auf mich aufpassen.«

»Vier Augen sehen mehr als zwei«, stellte Ursula fest und erhob sich. Ihr Tonfall signalisierte Günther, dass die Diskussion für sie beendet war.

Nebeneinander wanderten sie durch das Trümmerfeld des Kasseler Stadtzentrums. Um keiner Patrouille zu begegnen, mieden sie die geräumten Straßen und bewegten sich auf Trampelpfaden zwischen Schutthalden und Ruinen.

Friedrich Nissen hatte sich einen Handwagen besorgt, das Nötigste darin verstaut und das Fuhrwerk hinter dem Haus versteckt. Im Viertel an der Lutherkirche war er den meisten Überlebenden bekannt. Hier konnte er nicht bleiben. Zwar hatte er alle Beweisstücke für seine Parteikarriere verbrannt oder an einem sicheren Ort verwahrt, aber es gab immer und überall Denunzianten. Sobald die neuen Herren ihr Regime errichtet hätten, würden sich Neider und Verleumder, Verräter und Zuträger finden, die ihr Wissen zu Markte tragen würden.

Noch waren die Besatzer nicht weiter als zum Hauptbahnhof vorgedrungen, aber es war nur eine Frage der Zeit, bis sie auch die Straßenzüge östlich der Bahnhofstraße durchkämmen würden. Er würde versuchen, die Stadt in Richtung Ihringshausen zu verlassen, um den vorrückenden Amerikanern zu entgehen und in einem großen Bogen über die Dörfer nach Oberzwehren zu gelangen. Bei seiner Schwägerin würde er unterkommen und sich als deren aus dem Krieg zurückgekehrter Ehemann ausgeben. Mit hereinbrechender Dunkelheit würde er sich auf den Weg machen.

In der Küche der kleinen Wohnung wartete er auf den Abend. Seine Pistole lag vor ihm auf dem Tisch. Er hatte sie mehrfach kontrolliert, gereinigt, geölt und das Magazin nachgefüllt. Wenn es sein musste, würde er sich bis zur letzten Kugel verteidigen.

Hin und wieder stand er auf, trat ans Fenster und beobachtete die Straße. Mit Widerwillen und zunehmender Wut registrierte er die Anzeichen für den Zusammenbruch der nationalsozialistischen Ordnung. Männer mit undeutschem Aussehen und undeutscher Haltung liefen frei auf den Straßen herum. Fremdarbeiter und Kriegsgefangene mussten aus den für sie bestimmten Lagern entkommen sein. Hin und wieder zielte er mit der Pistole auf einen dieser Untermenschen. Doch er drückte nicht ab, denn dafür waren ihm seine Kugeln zu schade.

Zufrieden schweifte sein Blick über die Ruine der Lutherkirche. Das Versteck aus Kindheitstagen würde sein Geheimnis sicher verwahren. Und wer wusste schon, ob er nicht eines Tages zurückkehren und seine Stellung in der Partei wieder einnehmen könnte.

Als sein Blick wieder einmal die Straße hinunterwanderte, entdeckte er ein junges Paar, das sich ungeniert an den Händen hielt und auf die Kirche zustrebte. Der Anblick löste ein unbewusstes Kopfschütteln aus. Wie schnell mit der Ordnung auch die Sitten verfielen! Doch dann glaubte er jenen Bengel zu erkennen, den er unter halbwegs normalen Verhältnissen durch eine Streife hätte suchen lassen, um sich seiner zu entledigen. Nun erschien er unter seinem Fenster und servierte ihm sein Leben auf dem Silbertablett.

Nissen zog sich vom Fenster zurück, holte seine Pistole aus der Küche, steckte sie unter seinem Sakko in den Gürtel der Hose und verließ die Wohnung durch den Hinterausgang. Er umrundete den zerschossenen Block und schob sich an der Hauswand entlang, bis er die Straße erreichte.

Er war es! An das Äußere seiner Begleiterin hatte er keine Erinnerung, aber den Burschen erkannte er zweifelsfrei. Er trug jetzt eine karierte Jacke, die einige Nummern zu groß war, aber er hatte sich das Gesicht gemerkt.

Der Junge und das Mädchen sahen sich immer wieder um. Dann verschwanden sie unter den Bäumen, von denen die Kirche umgeben war. Nissen überquerte die Straße und hielt nach ihnen Ausschau.

Als die Jugendlichen in der Ruine verschwanden, durchzuckte Nissen ein erschreckender Gedanke. Waren sie nicht in der Nähe gewesen, als er seine Aktentasche in der Kirche versteckt hatte? Hatten sie ihn unbemerkt beobachten können? Er tastete nach seiner Pistole und beeilte sich, ihnen zu folgen.

16

»Scheißwetter.« André Olewski deutete zum Himmel, unter dem schwere Regenwolken schon am Nachmittag für Dunkelheit sorgten. Sein Kumpan nickte. »Und wir müssen noch auf irgendwelche Idioten warten.«

Im Schatten der gewaltigen Rundbögen, die den felsigen Berg zur Straße hin begrenzten und gleichsam abzustützen schienen, in der Nähe des Eingangs zur Kellergruppe fünf des Weinbergbunkers, hatten sich etwa zwei Dutzend Menschen aller Altersgruppen versammelt, die im Nieselregen auf Nachzügler warteten. André und Daniel hielten sich etwas abseits der Gruppe und zogen die Kapuzen ihrer Jacken tiefer.

Auf der Frankfurter Straße rollte dichter Verkehr in beide Richtungen, die Lichterkette aus Scheinwerfern schien nicht abzureißen. Auf der gegenüberliegenden Straßenseite erschien ein Pärchen. Die Frau winkte kurz, dann überquerten sie und ihr Begleiter die Fahrbahn, zwischendurch innehaltend, dann wieder rennend und durch den fließenden Verkehr Haken schlagend.

Etwas atemlos stießen sie zur Gruppe der Wartenden. »Kommen wir zu spät?«, hechelte die junge Frau, ihr Begleiter hob entschuldigend die Hände.

»Nicht der Rede wert.« Der Hauptbrandmeister von der Kasseler Berufsfeuerwehr, der die Gesellschaft durch den Bunker führen würde, schien Wartezeiten gewohnt zu sein. »Meine Damen und Herren«, wandte er sich an die Gruppe, »ich muss Sie nun bitten, mir ein kleines Stück entlang der Straße zu folgen. Alles weitere erkläre ich Ihnen, wenn wir uns im Inneren des Bunkers befinden.«

Das nasskalte Wetter schien den Besuchern in das unterirdische Gewölbe gefolgt zu sein. Während der Feuerwehrmann über die Geschichte des Weinbergbunkers sprach, schlossen einige der Zuhörer ihre Jacken bis zum Hals.

»Ja«, bestätigte der Führer schmunzelnd, »hier im Bunker ist das ganze Jahr über November, das Klima ist kalt und feucht. Konstant zehn Grad und immer 99 Prozent Luftfeuchtigkeit.«

Während die Gruppe durch die düsteren, nur sporadisch erleuchteten Gänge wanderte, warteten die beiden jungen Männer auf eine Gelegenheit, sich selbstständig zu machen. Sie fanden sie, als der Feuerwehrmann den Besuchern den ehemaligen Eiskeller zeigte und dessen Nutzung als Kommandozentrale für den letzten Kommandanten der Festung Kassel, Generalmajor von Erxleben, beschrieb.

Lautlos eilten sie zu jenem Schacht, durch den sie in die untere Etage des Bunkers hinabsteigen wollten. Dort würden sie eine gute Stunde warten müssen. Bis zum Ende der Führung. Wenn sie Glück hatten, würde niemand sie vermissen, und sie konnten die ganze Nacht und den nächsten Tag – bis zur nächsten Führung – im Bunker zubringen. Und vielleicht ihr Ziel schon erreichen.

Als Erstes würden sie einen Durchgang zu dem Stollen schaffen müssen, den sie untersuchen sollten. Er war mit Bauschutt und anderem Geröll angefüllt. Zum Glück gab es seitlich zwei kleinere Gänge, in denen sie den abgetragenen Schutt lagern konnten. Ihren Rucksäcken entnahmen sie kleine Scheinwerfer, deren Leuchtdioden nur wenig Strom verbrauchten, so dass die Spezialbatterien viele Tage, notfalls sogar Wochen halten würden.

Haltbare Lebensmittel – dauerhafte Notrationen aus Bundeswehrbeständen – und etliche Flaschen Wasser würden dafür sorgen, dass sie mehrere Tage im Bunker verbringen konnten, falls es notwendig werden sollte. Das Hauptproblem war die Kälte. Darum hatten sie Brennmaterial mitgebracht. In dem Bauschutt, der einen Teil der Gänge füllte, fanden sich außerdem Balken und Bretter, so dass bei Bedarf genügend Feuerholz vorhanden war.

Nach etwa einer Stunde waren sie so weit, dass die Aufräumarbeiten beginnen konnten. Sie kehrten zu dem Schacht zurück, durch den sie in die untere Ebene des Bunkers gestiegen waren. An seinem oberen Ende war noch immer das helle Rechteck zu sehen. Also war die Führung noch nicht beendet.

Das hieß warten. Warten und hoffen, dass sich da oben niemand an sie erinnerte.

»Ein Skelett ist – juristisch gesehen – keine Leiche.« Professor Cordalis warf einen Blick in die Runde, die sich in einem Besprechungszimmer des Fachkommissariats 11 im Polizeipräsidium am Grünen Weg versammelt hatte. »«Ich gehe davon aus, dass in erster Linie die Frage nach der Liegezeit für Sie von Interesse ist.«

Von Bredow nickte. »Es geht um die Strafverfolgung. Innerhalb der Staatsanwaltschaft sind wir zu der Überzeugung gekommen, dass die zeitliche Grenze, bis zu der wir zurückgehen, um ein Ermittlungsverfahren einzuleiten, vernünftigerweise bei fünfzig Jahren Liegezeit zu ziehen ist. In diesem Zusammenhang wüssten wir also gern, wie lange die gefundenen Skelette bereits dort lagen. Ich denke«, er sah zu den Beamten der Kriminalpolizei, »dass Sie keine Einwände haben?« Wartete aber deren Stellungnahme nicht ab, sondern fuhr fort: »Die nächste Frage wird dann sein, ob es sich um Opfer der nationalsozialistischen Diktatur handeln könnte.«

Mit einem Blick auf seinen Nachbarn fuhr Cordalis fort: »Mein geschätzter Kollege Dr. Stein von der hiesigen Pathologie, die Kollegen von der Universität Gießen und ich sind uns darin einig, dass die auf der Großbaustelle gefundenen menschlichen Knochen schon sehr lange dort lagen. Da keines der Gebisse eine Zahnbehandlung aufweist, dürften die Gebeine von Menschen stammen, die bereits vor dem Ersten Weltkrieg gestorben sind. Außerdem sind die Knochenoberflächen vollständig abgeblättert – ein weiteres Zeichen dafür, dass die Liegezeit deutlich über fünfzig Jahre beträgt.«

»Können Sie herausfinden«, warf Hanna Wolf ein, »woran die Menschen gestorben sind?«

»Grundsätzlich und bis zu einem gewissen Grad – ja. Sofern Erkrankungen die Todesursache sind, ist diese Feststellung immer dann möglich, wenn sie am Skelett Spuren hinterlassen, wie bei Rachitis oder bestimmten Tumoren. An den Zähnen können wir sehen, ob die Menschen unter Vitamin-C-Mangel litten. Wenn die Knochen Spuren von Gewalt aufweisen, die kurz vor dem Tod auf sie ausgeübt wurde und den Tod des Menschen vielleicht sogar verursacht hat, beispielsweise durch Kugeln oder durch ein Bajonett, würde das darauf hinweisen, dass sie in einer militärischen Auseinandersetzung gestorben sind. Aber auch dafür gibt es keine Anhaltspunkte.«

»Was ist mit der These von der Typhus-Epidemie?«, hakte der Oberstaatsanwalt nach.

Cordalis hob die Schultern. »Dazu können wir nichts sagen, weil diese Krankheit keine Spuren an den Knochen hinterlässt. Die Frage gebe ich gerne an die Herren Historiker weiter.«

»Bitte!« Von Bredow nickte dem Stadtarchivar und seinen Kollegen zu.

Einer der Geschichtswissenschaftler schilderte ausführlich die Bestattungsbräuche und die Verhältnisse im Bereich der Fundstelle zur Zeit des neunzehnten Jahrhunderts. Während er über die Wahrscheinlichkeit einer Typhus-Epidemie referierte, auf die auch der Stadtarchivar im Gespräch mit Hanna bereits hingewiesen hatte, schweiften ihre Gedanken ab.

Der Anblick der jungen Frau, die Frankenstein mitgebracht und ihr als seine neue Mitarbeiterin Dr. Engelhardt vorgestellt hatte, gab ihr Rätsel auf. Sie glaubte das Gesicht schon einmal gesehen und den Namen schon einmal gehört zu haben. Und sie verband damit ein ungutes Gefühl. Eine Empfindung, die überhaupt nicht zu dem zarten Wesen passen wollte. Ein ungewöhnlich hübsches Gesicht mit freundlicher Ausstrahlung. Blaue Augen unter einem hellblonden Schopf lächelten Hanna hin und wieder an. Eigentlich nicht unsympathisch. Warum nur kroch dieses Gefühl von Misstrauen in Hanna hoch? War das schon die professionelle Deformation? Machte sich bei ihr aufgrund ihrer beruflichen Erfahrungen – wie Nina einmal behauptet hatte – überall dort Argwohn breit, wo sie unsicher war?

»Wir können hier noch keinen wissenschaftlichen Beweis antreten, meine Damen und Herren.« Einer der Historiker in der Runde hatte die Stimme gehoben und Hanna aus ihren Gedanken gerissen. »Aber wir sind uns darin einig, dass es sich bei den gefundenen Gebeinen um die Überreste von Opfern einer Epidemie handelt. Alles – von der Lage der Skelette bis zur Anordnung der Knochen – spricht dafür, dass seinerzeit eine Massenbeisetzung stattgefunden hat. Stellen wir die von den Rechtsmedizinern festgestellte Liegezeit in Rechnung, bleibt nach menschlichem Ermessen keine andere Erklärung.«

»Dann gehe ich davon aus«, ergriff Oberstaatsanwalt von Bredow wieder das Wort, »dass wir es hier nicht mit den Folgen strafbarer Handlungen zu tun haben. Stimmen wir darin überein?«

Sein Blick richtete sich auf Hanna. Doch Kriminaloberrat Wenzel kam ihr zuvor. »Unter den gegebenen Umständen ... aus kriminalpolizeilicher Sicht sehe ich ... sehen wir ... keine ...äh ... Veranlassung zu weiteren ... Ermittlungen.«

»Gut.« Von Bredow nickte zufrieden. »Ich werde die Einstellung des Todesermittlungsverfahrens veranlassen.«

»Was geschieht mit den Skeletten?«, warf Hanna ein.

»Rechtlich ist das Sache der Universität als Grundstückseigentümerin«, antwortete der Oberstaatsanwalt. »Wie Professor Cordalis eingangs erwähnt hat, handelt es sich bei den aufgefundenen Gebeinen nicht um Leichen. Insofern fallen sie nicht unter die Bestattungsverordnung. Meines Wissens gibt es bereits Gespräche zwischen Stadt und Universität. Die Toten sollen ihre endgültig letzte Ruhe auf einem Kasseler Friedhof finden, wahrscheinlich auf dem Hauptfriedhof.«

»Mir geht das alles ja ein bisschen schnell«, grummelte Dr. Stein, als er sich nach der Sitzung von Hanna verabschiedete. »Andererseits können wir froh sein, dass wir die Geschichte vom Tisch haben. Oder wie sehen Sie das, Frau Wolf?«

Hanna hob die Schultern. »Wenn die Staatsanwaltschaft keinen Anlass für eine Strafverfolgung sieht, kann uns das nur recht sein. Wir haben mit unaufgeklärten Fällen genug zu tun.« Während sie Frankenstein antwortete, wanderte ihr Blick zu der jungen Frau neben ihm. Irgendwo in den Tiefen ihres Unterbewusstseins war der Schatten einer Idee aufgetaucht, aber sofort wieder verschwunden. Ihr Hinweis auf unaufgeklärte Fälle musste die Assoziation ausgelöst haben. Aber so sehr sie sich auch bemühte – sie bekam den Gedanken nicht zu fassen.

»Auf Wiedersehen, Frau Hauptkommissarin. Hat mich gefreut, Sie kennen zu lernen.« Dr. Engelhardt streckte Hanna die Hand hin.

»Du wirkst heute etwas zerstreut«, sagte von Bredow, als die übrigen Sitzungsteilnehmer den Raum verlassen hatten. »So kenne ich dich gar nicht. Ist mit dir alles in Ordnung?«

Hanna sah ihn an. Sein Gesichtsausdruck wirkte tatsächlich besorgt. »Danke für deine Anteilnahme, Carl. Aber es ist alles okay. Ich bin nur etwas gestresst.«

»Na, wenigstens seid ihr den einen Fall schon wieder los. Oder sind es private Probleme, die dir Sorgen machen?«

Hanna schüttelte den Kopf. »Eigentlich nicht.«

»Eigentlich?« Carl von Bredow berührte ihren Unterarm. »Was hältst du von einer kleinen Arbeitsunterbrechung? Ich habe dem Oberbürgermeister versprochen, ihm persönlich vom Ergebnis unserer Zusammenkunft zu berichten.« Er warf einen Blick auf seine Armbanduhr. »In knapp zwei Stunden treffe ich ihn im Rathaus. Wir könnten zusammen in die Stadt gehen und im Café Nenninger eine Kleinigkeit essen. Wie wär's?«

Die Aussicht auf Putensteak und frischen Salat, Baumkuchen und Cappuccino erschien Hanna plötzlich um ein Vielfaches attraktiver als die Vorstellung, am Schreibtisch über ungelöste Fälle zu grübeln oder Akten nicht aufgeklärter Todesfälle zu wälzen.

Dankbar willigte sie ein.

»Ich muss nur noch Isabella Bescheid sagen.«

Im Nenninger war Hanna zuletzt zu einer musikalisch begleiteten Krimi-Lesung gewesen. Früher hatte sie regelmäßig hier Station gemacht, um sich nach Dienstschluss oder während eines Einkaufsbummels einen Cappuccino zu gönnen. Meistens war es dabei jedoch nicht geblieben. Das Angebot an Kuchen und Confiserie war derart verführerisch, dass sie nie lange hatte widerstehen können. Wenn die süßen Kalorien nur nicht dazu neigten, sich als Fettpölsterchen an Bauch und Hüfte festzusetzen. Seit sie die Vierzig überschritten hatte, nahmen diese unschönen Anzeichen alternden Bindegewebes dramatisch zu. Auch wenn ihre jeweiligen Lebensabschnittsgefährten stets beteuert hatten, wie formvollendet ihre Figur sei, war Hanna mit ihrem Gewicht nie so recht zufrieden gewesen. Als die Anzeige der Waage die Sechzig-Kilo-Marke dauerhaft zu überschreiten begann, hatte sie die Besuche im Nenninger eingeschränkt. Aber nach wie vor liebte sie das charakteristische Ambiente des Cafés. Weder Designermöbel noch Neon-Bilder buhlten um die Generation Golf oder um sich jugendlich gebärdende Enddreißiger. Fast erschien ihr die Einrichtung mit ihren rot bezogenen Sitzmöbeln und den schwarzen Tischen ein wenig von gestern. Und so war es vielleicht kein Zufall, dass Hannas Altersgruppe besonders gut vertreten war.

Carl von Bredow hielt ihr galant die Tür auf, und schon umwehten betörende Düfte Hannas Nase. Eine Mischung aus Kaffeeduft, dem Aroma frischer Backwaren und einem Hauch italienischer Küche ließen ihr das Wasser im Mund zusammenlaufen.

Sie drehte sich zu ihrem Begleiter um. »Eine gute Idee, Carl. Ich merke gerade, wie hungrig ich bin.«

Er deutete auf einen frei werdenden Tisch mit Blick auf den Karlsplatz. Hanna nickte, um ihr Einverständnis zu signalisieren. »Ich will nur mal sehen, was es hier Neues gibt.« Zwischen Torten und Gebäck mit Mandeln und Marzipan, Nugat und Früchten auf der einen und dem Schokoladenherkules und König-Lustik-Figuren auf der anderen Seite entdeckte Hanna die Reihe der Kasseler Bildertörtchen, auf denen das Schloss und der Herkules, die Löwenburg und das Rathaus zu erkennen waren. Sie beschloss, einige davon mitzunehmen. Und einen König Lustik. Nur wegen Nina, redete sie sich ein. In diesem Jahr würde es im Fridericianum eine Ausstellung zum ehemaligen Kasseler Regenten geben. Vielleicht ergab sich eine Gelegenheit, mit ihrer Tochter hinzugehen.

»Ich nehme ein Putensteak mit Salat.« Hanna überschlug in Gedanken die Kalorien und kam zu dem Ergebnis, dass ihr damit noch Spielraum für ein Stück Apfeltorte blieb. Carl von Bredow bestellte Pasta mit Gorgonzolasoße.

»Dazu ein Glas Wein?« Die Bedienung wartete.

Hanna wollte eigentlich den Kopf schütteln. »Warum eigentlich nicht?«, hörte sie sich sagen.

Von Bredow lächelte und schlug einen Pinot Grigio vor. Hanna nickte zustimmend.

»So gefällst du mir schon besser. Ganz die alte Hanna. Vorhin in der Sitzung ...«

Hanna hob die Hände. »Ich war ein bisschen abwesend, ich weiß. Mir sind Fragen durch den Kopf gegangen, die mit den Skelettfunden nichts zu tun haben. Tut mir leid.«

»Das muss dir nicht leid tun, Hanna. Mir täte es jedoch leid, wenn du Probleme hättest, die dich belasten. Wenn ich dir irgendwie helfen kann ...«

»Danke, Carl. Es ist nichts Ernstes. Aber manche Dinge beschäftigen einen eben trotzdem. Und ich habe das Gefühl, dass ich mit zunehmendem Alter immer dünnhäutiger werde.«

»Das spricht für dich, Hanna. Andere werden immer dickfelliger. Das würdest du doch erst recht nicht wollen. Oder?«

Die Bedienung brachte den Wein, und Hanna erhob ihr Glas. »Da hast du auch wieder Recht, Carl. Zum Wohl!«

Während des Essens vermieden sie das Thema Knochenfunde. Ein draußen an der Leine zerrender Rottweiler lenkte das Gespräch auf den türkischen Jungen, der auf dem Weg zum Kindergarten von einem solchen Hund angefallen und schwer verletzt worden war. Von Bredow berichtete von der Beißattacke eines Rottweilers auf den Hund eines Bekannten in Kaufungen, mit dem er am Steinertsee spazieren gegangen war. Das wiederum erinnerte Hanna an einen Mordfall, bei dem der Anblick eines Hundes eine Joggerin ins Unterholz getrieben hatte. Dort war sie dann auf die Leiche eines Mannes gestoßen. Wieder blitzte ein Erinnerungsfetzen auf, der ihr bedeutungsvoll erschien, sich aber erneut nicht fassen ließ.

»Erinnerst du dich an den Fall Colberg? Den toten Antiquitätenhändler?«

Von Bredow nickte. »Der von seinem Mörder aufgehängt wurde? Wegen dieses berühmten Gemäldes? Wie kommst du jetzt auf den?«

Hanna hob die Schultern. »Da spielte auch ein Hund eine Rolle. Aber es ist schon seltsam. Seit ich Frankensteins neue Kollegin kennen gelernt habe, muss ich öfter an zurückliegende Fälle denken. Sie erinnert mich an eine ungeklärte Frage. Ich komme nur nicht darauf, an welche.«

»Das wird dir schon wieder einfallen. Wie ich dich kenne, wirst du keine Ruhe geben, bevor du nicht herausgefunden hast, was es damit auf sich hat.«

Hanna lächelte. Carl kannte sie besser, als sie vermutet hätte.

Beim Cappuccino griff sie die Bemerkung von Frankenstein am Ende der Sitzung auf. »Einigen Leuten wird das rasche Ende der Diskussion um die Skelette auf dem Universitätsgelände ungewöhnlich erscheinen. Sie erwarten vielleicht weitergehende Untersuchungen. Und die Aufklärung der Todesumstände.«

»Für uns ist der Fall abgeschlossen.« Von Bredow hob die Schultern. »Was sollen wir machen? Weder juristisch noch sachlich gibt es Ansatzpunkte für weitere polizeiliche Ermittlungen. Und sollen wir die Gebeine der Verstorbenen noch Monate oder Jahre aufbewahren und auf künftige rechtsmedizinische Erkenntnisse hoffen? Oder gar auf erst noch zu entwickelnde Analyseverfahren? Ich denke schon, dass eine rasche Beisetzung angemessen ist.«

»Ich stimme dir ja zu, Carl. Aber es würde mich nicht wundern, wenn in der Öffentlichkeit Fragen laut würden. Immerhin kursieren allerlei eigenwillige Theorien. Unsere gute Isabella zum Beispiel ist der Meinung, dass es sich auch um Ritualmorde handeln könnte. Eine Bekannte hat ihr erzählt, dass bei manchen Skeletten die Kiefer auseinandergeklappt waren, was darauf hindeute, dass den Menschen die Kehlen durchgeschnitten worden seien. Anderen seien die Schädel eingeschlagen worden.«

Er schüttelte den Kopf. »Gerüchte können wir nicht verhindern. Aber maßgebend sind für uns die Ergebnisse der wissenschaftlichen Untersuchungen. Und wenn es keine Anhaltspunkte für eine Strafverfolgung gibt, findet auch keine statt. Wir haben weiß Gott genug aktuelle Straftaten aufzuklären.«

»So ist es«, bestätigte Hanna. »Unser Fall Benjamin Bandele liegt mir auch noch auf der Seele.«

»Gibt es Fortschritte?«

»Wie man's nimmt. Wir suchen nach einem jungen Mann, dessen Beschreibung und DNA wir zwar haben, von dem wir aber nicht wissen, wie er heißt. Er muss bei der Tat dabei gewesen sein. Ich hoffe, dass ihn die Kollegen vom ZK 10 aufspüren oder wenigstens identifizieren, damit wir nach ihm fahnden können.«

»Ich drücke beide Daumen.« Er gab der Bedienung ein Zeichen und sah auf die Uhr. »Ich muss jetzt leider gehen, Hanna. Es war ... nett mit dir. Ich wünsche dir noch einen schönen Nachmittag.«

»Danke, Carl. Auch für den Vorschlag zum gemeinsamen Mittagessen.«

Von Bredow übernahm trotz Hannas Einspruchs die Rechnung und verabschiedete sich. Beim Hinausgehen stieß er fast mit einem ebenso hoch gewachsenen und ebenso schlanken Mann zusammen. Im Gegensatz zum Anzug mit Krawatte und zum eleganten Mantel des Oberstaatsanwalts trug dieser Jeans und Lederjacke. Er steuerte geradeswegs auf Hanna zu, die gerade das Angebot an Eisbechern studierte und sich fragte, ob sie sich noch einen Lago di Garda leisten sollte.

Als sein Schatten auf die Karte fiel, sah Hanna auf. Überrascht breitete sie die Arme aus. »Was machst du denn hier?«

Jonas Roth beugte sich herab und küsste Hanna auf die Stirn. »Ich komme gerade aus dem Rathaus. Da sah ich dich hier sitzen. Mit diesem ... Herrn, der ... mich beinahe überrannt hätte.«

»Das war Oberstaatsanwalt von Bredow. Setz dich doch, Jonas. Möchtest du ein Eis? Das würde mir die Entscheidung erleichtern.«

Roth ließ sich auf dem frei gewordenen Platz nieder und sah sich um. »Von Bredow? Ist das der, mit dem du mal ...?«

Hanna lachte. »Genau der. Hast du ein Problem damit?«

»Nicht wirklich.« Er warf einen Blick auf die Eiskarte. »Ich nehme lieber einen Espresso.«

Hanna seufzte und klappte die Karte zu. »Ist vielleicht auch besser so. – Was hattest du im Rathaus zu tun?«

»Was hattest du mit dem Oberstaatsanwalt zu tun?«

»Ich habe zuerst gefragt.«

Er zögerte. »Ich habe versucht, vom OB eine Stellungnahme zum Streit um die Eissporthalle zu bekommen. Ich bin sicher, irgendwann wird er sich einschalten müssen. Aber vorerst will der Magistrat sich aus dem Streit heraushalten. Außerdem bin ich einer ziemlich abenteuerlichen Geschichte auf der Spur. Habe ein bisschen im Archiv gewühlt und Leute befragt, die sich in Kassels Geschichte auskennen. Und du? Habt ihr über die Knochenfunde gesprochen?«

»Neugierig bist du wohl nicht?«

»Berufskrankheit. Genau wie bei dir. Also: Wie ist der Stand?«

»Das sage ich dir heute Abend.« Hanna warf einen Blick auf die Uhr. »In frühestens acht Stunden.«

»Dann ist es zu spät.« Er verzog das Gesicht.

Hanna hob bedauernd die Schultern. »Für eine gute Geschichte ist es nie zu spät.«

»Du meinst ... deine Information gegen meine Geschichte?«

»Meine Information unterliegt der Schweigepflicht.«

»Und heute Abend um zehn nicht mehr?« Seine Miene veränderte sich vom Ausdruck völligen Unverständnisses zum Zeichen plötzlicher Erkenntnis. »Um zehn Uhr ist Redaktionsschluss.« Er gab sich Mühe, nicht zu breit zu grinsen. »Ich verstehe. Also wird dein Staatsanwalt morgen die Einstellung der Ermittlungen bekannt geben. Und das will er natürlich nicht schon vorher beim Frühstück in der Zeitung lesen.«

»Alles Spekulation«, kommentierte sie. »Erzählst du mir deine Geschichte trotzdem?«

Jonas nickte und lehnte sich zurück. »Du weißt doch, dass hier in Kassel vor dem Zweiten Weltkrieg und während des Krieges in den Fieseler Flugzeugwerken unter anderem der *Fieseler Storch* gebaut wurde. Ein solches Flugzeug ist kürzlich von Tauchern in einem See im Sauerland entdeckt und gestern gehoben worden. Das ist der erste Teil der Sensation. Der zweite besteht darin, dass die Maschine seinerzeit aus Kassel gekommen sein muss. Das haben die Kollegen vom dortigen Provinzblatt recherchiert. Und ihren Artikel ins Internet gestellt. Ein pfiffiger Praktikant in der Redaktion hat die Meldung aus dem Netz gefischt. Doppelter Glücksfall also. Ich fahre heute noch hin, um mit den Leuten vor Ort zu reden. Vielleicht erinnert sich jemand daran, wie der *Storch* dorthin gekommen ist. Es könnte eine ganz banale Erklärung geben, aber auch eine spannende Geschichte aus Kasseler Kriegstagen werden.«

»Eine erstaunliche Geschichte.« Hanna schüttelte den Kopf. »Wenn sie nicht von dir käme, würde ich sie nicht glauben.«

»Siehst du! Genau das macht den Reiz aus.« Er rührte reichlich Zucker in seinen Espresso.

Hanna sah ihm zu und fragte sich: *Wieso setzt dieser Mann kein Gramm Fett an? Er nimmt mehr Zucker als ich, isst nicht zu knapp, verkneift sich weder Kuchen noch Schokolade und geht einem guten Cognac nicht aus dem Weg. Trotzdem bleibt er schlank. Die Welt ist ungerecht.* Laut sagte sie: »Und was ist mit der Eissporthalle?«

»Es ist ein Jammer. Die Huskies spielen sich gerade an die Spitze der Bundesliga, und die verantwortlichen Herren können sich nicht einigen.«

»Habt ihr nicht kürzlich erst geschrieben, dass sich der Eigentümer der Halle und der Chef der Huskies verständigt hätten? Die Halle sollte doch weiter an die Eishockey-Leute vermietet werden. Sogar mit einer Kaufoption.«

»So ist es«, bestätigte Jonas. »Genauer gesagt – so war es. Jetzt ist wieder alles offen. Und mich ärgert, dass ich nicht herauskriege, was dahintersteckt. Ob es wirklich nur persönliche Animositäten zwischen ...« Die Melodie von Hannas Handy unterbrach ihn.

Sie entschuldigte sich und nahm den Anruf an. Es war Florian Stöber. Sie hörte ihm aufmerksam zu und antwortete knapp: »Ich komme.«

Jonas sah sie fragend an.

»Es tut mir leid. Ich muss ins Präsidium. Es gibt Neuigkeiten im Fall Benjamin Bandele.«

17

»So schnell stirbt sich's nicht. Und der da ist ein zäher Bursche.« Hildes Großvater sprach beruhigend auf seine Enkelin ein. »Wir sind gleich da. Martha wird ihn wieder aufpäppeln, glaub mir, Kind.«

Er führte das Pferd am Halfter auf dem schmalen Fußweg, der zum Hof führte. Der Fremde lag bäuchlings über dem Pferderücken. Arme, Kopf und Beine baumelten an den Seiten des Braunen herab. Seit Heinrich Berghaus den Mann auf das Pferd gelegt hatte, war kein Wort mehr über die Lippen des Holländers gekommen. Gelegentlich drang ein Stöhnen aus seinem Mund. Die Augen hielt er meistens geschlossen.

Das Pferd schnaubte und setzte trotz des unwegsamen Grundes gleichmäßig einen Fuß vor den anderen. Sein Fell glänzte vom Schweiß. Offenbar war der Aufstieg sogar für den Braunen kräftezehrend. Während dem Großvater nichts anzumerken war, schwitzte Hilde zunehmend, und wenn sie nach der Hand des Fremden tastete, fühlte die sich eiskalt an.

Hildes Angst, mit einem Toten auf dem Hof einzutreffen, war von Minute zu Minute gewachsen. Sie hatte ihn vor dem Ertrinken gerettet, nun fühlte sie sich für ihn verantwortlich. Außerdem war da noch etwas. Ein unbekanntes Gefühl, das sie sich nicht erklären konnte. Ein Blick auf den ausgemergelten Körper versetzte ihr einen Stich und ließ Tränen in ihre Augen treten. Gleichzeitig drohte ein Kloß im Hals ihr den Atem zu nehmen.

»Geht es nicht etwas schneller, Großvater? Ich fürchte, dass er stirbt.« Schon dreimal hatte ihre Angst sie die Worte ausstoßen lassen. Und dreimal hatte Heinrich Berghaus seine besänftigende Antwort gebrummt.

Großvater muss es wissen. Er war im Krieg. Hat Menschen sterben sehen. War selbst lebensgefährlich verletzt. Er weiß bestimmt, wie es ist, wenn's ans Sterben geht. Oder will er mich nur beruhigen? Fieberhaft suchte Hilde in ihrem Gedächtnis nach Belegen für die Ehrlichkeit ihres Großvaters. Hatte er nicht immer die Wahrheit offen ausgesprochen? Nichts beschönigt, nichts verschwiegen, nichts erfunden?

Endlich kam das Hoftor in Sicht. Martha Berghaus hielt bereits Ausschau nach ihnen. Mit einem Blick erfasste sie die Situation und lief, ohne Fragen zu stellen, zurück ins Haus.

Als Hilde und ihr Großvater den Mann vom Rücken des Pferdes gleiten ließen und ihn an seinen Armen stützend in die Küche führten, standen dort wie immer mehrere Töpfe mit Wasser auf dem Herd. Martha hatte auch noch die Zinkwanne aufgestellt und Handtücher bereit gelegt.

»Wir kümmern uns um den Jungen«, sagte sie. »Du gehst wieder nach Hause. Deine Mutter macht sich bestimmt schon Sorgen.« Ihr Ton duldete keinen Widerspruch. Und Hilde wusste, dass sie Recht hatte. Dennoch wäre sie gern geblieben. Aber ihre Großmutter schob sie aus der Küche. »Mach dich auf den Weg, Mädchen. Wenn sie erst anfangen, nach dir zu suchen, bekommen wir Schwierigkeiten.« Sie deutete hinter sich. »Und der junge Mann erst recht. Also geh!«

Schweren Herzens verließ Hilde den Hof. Um den Rucksack holen zu können, musste sie noch einmal den Umweg über das Seeufer nehmen. Der See lag ruhig und friedlich, als hätte nie etwas anderes als der Wind seine Oberfläche berührt. Als Hilde ihren Blick schweifen ließ, nahm sie am gegenüberliegenden Ufer eine Bewegung wahr. Erschrocken starrte sie auf die Stelle im Schatten der Bäume. War ein Wildtier aus dem Unterholz getreten? Oder hatte dort ein Mensch gestanden? So sehr sich ihre Augen auch anstrengten, sie vermochten nichts zu erkennen.

Mit klopfendem Herzen schlug Hilde den Weg zum Dorf ein.

Im zerstörten Mittelschiff der Lutherkirche hatten sich Menschen versammelt, die offenbar einen Gottesdienst abhielten. Ein alter Mann im Ornat eines evangelischen Pfarrers hatte die Arme erhoben und murmelte für Günther unverständliche Worte. Die meisten seiner Zuhörer waren Frauen, einige ältere Männer hielten sich abseits. Unsicher verharrten Günther und Ursula an der Maueröffnung, in der einmal eine Tür gewesen war. Eine Frau fasste sie an den Ärmeln und zog sie ins Innere. »Keine Angst, Kinder. Wir sind hier sicher.«

Während Günther stumm der Liturgie und dem dann einsetzenden Gesang folgte, begann Ursula in das Lied der Gemeinde einzustimmen, erst zögernd, dann zunehmend sicher und mit klarer, heller Stimme. »Und wenn die Welt voll Teufel wär' und wollt uns gar verschlingen, so fürchten wir uns nicht so sehr ...«

Nach dem Gottesdienst warteten sie darauf, dass die Menschen die Ruine verließen. Doch einige verharrten in dem alten Gemäuer. Sie redeten leise, aber heftig aufeinander ein und schienen kein Ende zu finden, so dass Günther und Ursula ihr Vorhaben auf später verschoben.

»Wo wohnst du eigentlich?«, fragte Ursula, als sie unschlüssig und etwas verlegen auf dem Kirchplatz standen.

»Druselgasse«, antwortete er automatisch. »Nein. Da haben wir gewohnt. Meine Eltern, meine Großeltern und ich. Bis zur Bombennacht. Jetzt schlafe ich in einem Gartenhaus. Auf dem Möncheberg.«

»Und deine Leute sind alle tot?«

Günther hob die Achseln. »Mein Vater ist im Krieg. In Russland. Meine Mutter und meine Großeltern sind bei dem großen Feuer umgekommen. Vom Haus ist nichts übrig geblieben. Ich war bei einem Einsatz der HJ. Unsere Kameradschaft ist zu spät zurückgekehrt. Da brannte schon alles.«

Ursula ergriff seine Hand. »Bei mir war es so ähnlich. Meine Mutter hatte mich zu Verwandten nach Altenbauna geschickt. Aber die wollten mich gar nicht. Wir haben uns ständig gestritten. Nach dem großen Feuer bin ich abgehauen, weil ich zurück wollte. Aber unser Haus am Königstor war nicht mehr da. Ich habe dann tagelang nach meiner Familie gesucht. Im Luftschutzbunker habe ich eine Nachbarin getroffen. Die hat mir alles erzählt. Das Gebäude ist von einer Bombe getroffen worden. Alle tot und verbrannt.«

Eine Weile schwiegen Günther und Ursula und vermieden es, sich anzusehen. Schließlich brach das Mädchen den Bann. »Zeigst du mir dein Gartenhaus?«

Überrascht sah Günther sie an. »Es ist nur eine Hütte aus Holz. Willst du wirklich ...?«

Sie nickte nachdrücklich. »Wenn es dir nichts ausmacht.«

Günther zögerte und dachte an die Unordnung in seiner Behausung. Was würde sie von ihm denken, wenn sie sah, wie unaufgeräumt und schmutzig alles war? »Ich weiß nicht«, murmelte er. »Ich glaube nicht, dass es dir gefällt.« Sein Blick wanderte zur Kirche. »Außerdem müssen wir noch die Aktentasche von dem Goldfasan suchen.«

»Das machen wir morgen«, entschied Ursula. »Wer weiß, wie lange die Leute noch da drin bleiben. Und auf einen Tag kommt es jetzt auch nicht mehr an. Also: Zeigst du mir, wo du wohnst?«

Ihre Hand brannte in Günthers Hand, die Vorstellung, mit Ursula allein in der Hütte zu sein, erschien ihm erregend und beängstigend, beglückend und beunruhigend zugleich. Um seine Gefühlsverwirrung zu verbergen, hob er die Tasche mit den Vorräten und schlenkerte sie in Augenhöhe. »Wollen wir erst noch was essen?«

»Gern. Ich habe schon wieder Hunger.« In Ursulas Miene stahl sich ein kleines Lächeln. »Wir können uns ja dort auf die Mauer setzen.«

Als sie einige Zeit später in Richtung Möncheberg aufbrachen, folgte ihnen ein Mann in grauem Anzug und grauem Hut.

Friedrich Nissen fluchte innerlich über die unerwartete Wendung. Die Ansammlung von Leuten in der Kirche hatte seinen Plan vereitelt. Und auf den Straßen waren zu viele Menschen unterwegs. Wenn er sein Ziel noch erreichen wollte, musste er den Jugendlichen folgen und auf eine günstige Gelegenheit warten. Möglicherweise bis in den Abend hinein. Dann würde er seinen Aufbruch nach Oberzwehren verschieben müssen. Damit wuchs das Risiko, den Amerikanern in die Hände zu fallen. Sollte er die Verfolgung aufgeben, um kein Wagnis einzugehen? Nein, ein Friedrich Wilhelm Nissen gab so schnell nicht auf.

In sicherem Abstand folgte er dem Jungen und dem Mädchen über die Untere Königsstraße in die Bremerstraße und von dort in die Mönchebergstraße. Auch hier kamen ihm Menschen entgegen, deren Anblick er kaum ertragen konnte. Zerlumpte und ausgemergelte Gestalten, die für seine Ohren unartikulierte Laute ausstießen und kaum der arischen Rasse angehören konnten. Aber die Begegnungen wurden seltener, je weiter er sich vom Stadtzentrum entfernte. Und wenn der Junge mit seinem Anhang die eingeschlagene Richtung beibehielt, würden sie bald den Bereich geschlossener Bebauung verlassen. Damit wuchs die Chance, ihn doch noch vor Einbruch der Dunkelheit zu erwischen. Nachdem sie das Landeskrankenhaus passiert hatten, überquerten sie die Ihringshäuserstraße. Wenig später tauchte ein Kleingartengelände auf, zwischen dessen Büschen und Bäumen der Junge und das Mädchen verschwanden. Erneut stieß Nissen einen Fluch aus. Wenn er sie aus den Augen verlor, würde er die Schrebergärten und ihre Hütten durchsuchen müssen. Hastig eilte er auf das Gartengelände zu und kroch durch dasselbe Loch im Zaun, durch das die Jugendlichen verschwunden waren.

Günther hatte Ursula jenseits des Durchschlupfs rasch seitwärts in den Schatten der Bäume gezogen. Er hatte einen Finger auf die Lippen gelegt und ihr Erklärungen ins Ohr geflüstert. »Wir müssen aufpassen. Hier kommen immer wieder Leute her. Manche von ihnen sind mit Knüppeln und Messern bewaffnet. Uns darf niemand sehen. Bleib dicht hinter mir.«

Ursula hatte stumm genickt, und dann waren sie hintereinander zwischen Gebüsch und Hecken, über schmale Wege und durch verlassene Gärten geschlichen, hatten sich hinter kleinen Hütten und größeren Gartenhäusern, zwischen Regentonnen und Gerätschaften versteckt, wenn jemand ihren Weg kreuzte, und schließlich eine etwas abgelegene Hütte erreicht.

Aufmerksam musterte Günther die Umgebung, dann griff er durch eine Öffnung in der Tür nach innen und stieß sie auf. Rasch zog er Ursula herein, schob die Tür zu und legte den Riegel vor.

»Hier wohne ich.«

Das Mädchen ließ ihren Mantel von den Schultern gleiten und sah sich um.

In einer bunten Kittelschürze kam ihre Mutter ihr auf der Dorfstraße entgegen, winkte und rief ihren Namen. Hilde war der Auftritt peinlich. Sie liebte ihre Mutter und bewunderte sie, wenn sie im dunkelblauen Mantel aus feinem Stoff, mit einem farblich passenden kleinen Hut auf den hochgesteckten Haaren und einer eleganten Handtasche in der Armbeuge zum Kirchgang, zur Schneiderin oder zu einer Veranstaltung im Gasthof unterwegs war, die Männer die Hüte zogen und die Frauen ihr neidvolle Blicke zuwarfen. Aber in diesem Augenblick hätte Hilde im Boden versinken mögen, denn mit aufgelösten Haaren, der schäbigen Schürze und den schrillen Rufen wirkte ihre Mutter gewöhnlich. Und die Vorstellung, dass die Leute im Dorf sie so sahen, ließ Hilde das Blut in den Kopf steigen.

Zu allem Überfluss marschierte in diesem Augenblick eine Jungenschaft des Deutschen Jungvolks durch die Straße. Die Pimpfe hielten den Blick geradeaus und sangen. »Unsere Fahne flattert uns voran, unsere Fahne ist die neue Zeit, und die Fahne führt uns in die Ewigkeit, denn die Fahne ist mehr als der Tod ...« Sie interessierten sich nicht für andere Menschen. Aber Hilde bemerkte den interessierten Blick des Jungenschaftsführers. Und sie wusste, dass der jüngste Sohn des SS-Mannes Hermann Siepenbeck, der das Geschäft für Uniformen und Ausrüstungsgegenstände der Partei in der Bahnhofstraße führte, zu Hause berichten würde, was ihm aufgefallen war. Die Kinder dieser Familie waren darauf abgerichtet, auffälliges Verhalten anderer Menschen festzuhalten und alle Beobachtungen ihren Eltern mitzuteilen. Und an der Familie Berghaus hatten die Siepenbecks ein besonderes Interesse.

Hilde hatte sich eine Erklärung zurechtgelegt, um ihre verspätete Heimkehr zu rechtfertigen. Aber als sie in die geröteten Augen ihrer Mutter sah, als diese sie in die Arme schloss, fragte sie sich, ob sie ihre Lügen würde auftischen können. Vorerst stellte sich die Frage jedoch nicht. Was immer zu besprechen war, würden sie hinter verschlossenen Türen klären. Wortlos eilten sie zum Haus.

Nachdem Hilde ihren Rucksack abgelegt und die Mutter dessen Inhalt in der Vorratskammer verstaut hatte, ließen sich die beiden Frauen mit einem Krug Wasser am Küchentisch nieder. Hilde stürzte hastig zwei Gläser hinunter. Zu ihrer eigenen Überraschung kam ihr dann die Lügengeschichte doch recht leicht über die Lippen. Sie habe sich auf dem Rückweg den Knöchel verstaucht, sei deshalb noch einmal umgekehrt, um sich von der Großmutter kalte Umschläge auf das Fußgelenk legen zu lassen.

Seltsamerweise akzeptierte die Mutter ihre Erklärung ohne weitere Nachfragen. Sie unternahm auch keinerlei Versuche, den Fußknöchel zu untersuchen oder zu behandeln, schien sogar erleichtert. Sie ergriff die Hände ihrer Tochter und sah ihr in die Augen. »Ich muss dir etwas sagen, Hilde. Der Werner Siepenbeck ist wieder da.«

Hilde erschrak. Sie spürte ihr Herz und hatte das Gefühl, dass eine eiskalte Hand sich um ihren Hals legte.

Nach dem Vorfall am See hatte Siepenbeck junior ihr noch einige Male aufgelauert. Weil er auf diesem Weg nicht zum Ziel gekommen war, hatte er noch am Tag seiner Einberufung zum Militärdienst offiziell um Hildes Hand angehalten und ihr zugerufen, dass er sie heiraten werde, sobald der Krieg vorbei sei.

»Wahrscheinlich hat er nur ein paar Tage Heimaturlaub«, versuchte die Mutter sie zu beruhigen. »Bestimmt muss er bald wieder an die Front.«

Gedankenverloren nickte Hilde. Sie hatte in den zurückliegenden Jahren genug Selbstbewusstsein entwickelt, um sich nicht mehr vor Nachstellungen zu fürchten. Was sie wirklich beunruhigte, war die Angst, Werner Siepenbeck könnte sie am See beobachtet haben.

»Das ist doch gar nicht so schlecht«, stellte Ursula fest. »Jedenfalls besser als in einem Bunker zu übernachten, wo dauernd Leute herumlaufen, Kinder schreien, ständig einer hustet oder heult und der Bunkerwart Befehle brüllt. Außerdem ist hier die Luft viel besser.« Sie deutete auf eine durch einen halbhohen Schrank abgeteilte Ecke, in der ein Tisch und zwei Stühle standen. »Du hast hier sogar ein Esszimmer. Wollen wir uns nicht setzen?«

Günther beeilte sich, ein paar Krümel von der Tischplatte zu wischen und rückte einen Stuhl zurecht. »Bitte!« Unauffällig wanderte sein Blick zu der Stelle, wo er die Ratte erschlagen hatte. Die Spuren hatte er zwar beseitigt, aber ein dunkler Fleck war zurückgeblieben. Ursula schien ihn nicht zu bemerken. Sie betrachtete die Scheiben in den Fenstern, durch die wärmende Strahlen der Nachmittagsonne hereinfielen, warf einen Blick auf das schmale Bett auf der gegenüberliegenden Seite und musterte einen Schrank ohne Türen, in dem Töpfe und anderes Küchengeschirr gestapelt waren. Dann entdeckte sie das kreisrunde Loch in der Wand. »Bestimmt stand da mal ein Herd zum Kochen.«

Er nickte. Ursula sah sich weiter um. »Gibt es hier irgendwo Wasser?«

»Da hinten ist eine Pumpe.« Günther deutete aus dem Fenster. »Man muss ein paar Schritte gehen. Ist aber kein Trinkwasser.«

»Ich würde mich gerne waschen.« Sie erhob sich.

»Das geht nicht so einfach.« Günther schüttelte den Kopf. »Um diese Zeit sind noch zu viele Leute unterwegs. Und du kannst nicht alleine gehen. Einer muss aufpassen, ob jemand kommt.«

»Gut. Dann versuchen wir es später. Zusammen.« Sie ließ sich wieder auf dem Stuhl nieder. »Aber du darfst nicht zuschauen. Ich will mir nämlich nicht nur die Hände waschen.«

Günther spürte, wie ihm das Blut in die Wangen schoss. Er bekam eine trockene Kehle. Er räusperte sich, brachte aber kein Wort heraus, denn das Bild vor seinem inneren Auge erschreckte und erregte ihn zugleich. Im Konversationslexikon seiner Eltern hatte er einmal die Abbildung eines Gemäldes mit einer unbekleideten Frau entdeckt. Die nackte Maya von Francisco de Goya hatte ihn seitdem in seinen Träumen verfolgt. Manchmal auch in Tagträumen. Und ihm immer wieder Seelenpein beschert, wenn der Gedanke an das Bild ihn zu unkeuschen Handlungen verführt hatte.

Nun sah er Ursula in jener Pose. Auf dem Diwan, die Arme hinter dem Kopf verschränkt, die Augen ohne Arg auf den Betrachter gerichtet.

»Ist noch etwas von dem Malzbier da? Ich habe Durst.«

Ursulas Frage riss ihn aus seinen Gedanken. Er verscheuchte das Bild, so gut es ging, und bückte sich nach der Tasche.

»Hier. Die letzte.« Er ließ den Verschluss aufschnappen und schob die Flasche zu ihr hinüber. Eigentlich hätte er jetzt Gläser auf den Tisch stellen müssen, aber es gab keine.

Ursula schien seine Gedanken zu erraten. »Von mir aus können wir zusammen aus einer Flasche trinken.«

Sie nahmen immer abwechselnd einen Schluck Bier und sahen sich dabei gegenseitig zu. Günther bemerkte, dass Ursula beim Trinken die Augen schloss. Wenn sie sie wieder öffnete, glänzten sie jedes Mal ein bisschen mehr. Eine unbestimmte Sehnsucht erfasste ihn. Plötzlich wurde ihm klar, was als irrlichternde Empfindung schon seit gestern sein Inneres in Aufruhr brachte: Das musste die Liebe sein. Jenes Gefühl, von dem er nur dem Reden nach wusste, dass es einen unverhofft überfallen und manchmal sogar den Geist verwirren konnte. Ob Ursula etwas Ähnliches empfand? Immerhin hatte sie seine Hand genommen und festgehalten.

Wenn die Flasche über den Tisch wanderte, berührten sich ihre Fingerspitzen. Und jedes Mal empfand Günther einen kleinen elektrischen Schlag. Nach dem letzten Schluck ließ er eine Hand auf der Tischplatte liegen. Ursula stellte die Flasche zur Seite, legte ebenfalls ihre Hände vor sich auf den Tisch und sah ihn an. Das Lächeln, das sich auf Ursulas Gesicht ausbreitete, löste in ihm ein wunderbar-schauriges Gefühl aus. Die Sehnsucht nach Berührung wurde immer stärker. Konnte er es wagen, ihre Hand zu ergreifen? Was würde dann geschehen? Er stellte sich vor, wie er um den Tisch herumging. Suchte nach einem Grund aufzustehen, um sich neben sie zu stellen. Wollte ihr über das Haar streichen, ihre Wange berühren, ihre Lippen ... Wieder erschien dieses erregende Bild vor seinen Augen.

»Woran denkst du?« Ursulas Frage trieb ihm die Röte ins Gesicht. Fieberhaft suchte er nach einer unverfänglichen Antwort, fand keine Worte, spürte wieder diesen Kloß im Hals, räusperte sich, hustete verlegen.

»Ich habe kein sauberes Handtuch«, stieß er schließlich hervor. »Ich meine, weil du dich doch waschen möchtest. An der Pumpe.«

»Ich komme schon zurecht.« Ursula lachte leise. »Mach dir darum keine Gedanken.« Sie erhob sich und trat ans Fenster. »Die Sonne steht schon ziemlich tief. Meinst du, dass wir bald gehen können?«

Günther nickte stumm. »Ja. Bald.«

Ursula kehrte zum Tisch zurück, setzte sich aber nicht, sondern umrundete ihn und legte ihre Hände auf Günthers Schultern. An seinem Rücken spürte er ihren Bauch und etwas sehr Weiches an seinem Hinterkopf. Günther überfiel ein wohliger Schauer, der sich vom Rücken hinauf in den Nacken und hinab bis in die Fußspitzen verbreitete.

»Danach muss ich aufbrechen«, murmelte Ursula, als spräche sie zu sich selbst. »Oder könnte ich eventuell hierbleiben?«

»Über Nacht?« Günther sah ungläubig auf.

»Warum nicht?« Ursula beugte sich herab. Schließlich trafen sich ihre Lippen.

18

Die erste Neuigkeit stammte aus dem Staatsschutzkommissariat.

»Die Göttinger Kollegen haben uns einen Hinweis gegeben«, erklärte Hauptkommissar Schubert vom ZK 10, während sie im Besprechungszimmer des Fachkommissariats für Tötungsdelikte Platz nahmen.

Hanna hatte - das war die zweite Neuigkeit - soeben erfahren, dass eine Sonderkommission unter ihrer Leitung gebildet werden sollte. Zwei Kollegen aus dem Kommissariat für Staatsschutz würden die Beamten aus dem K11 unterstützen. Sie hatte ihre engsten Mitarbeiter hinzugezogen und nickte dem Staatsschützer zu. »Wir sind gespannt.«

»Im Universitätsklinikum Göttingen«, fuhr Schubert fort, »liegt ein alter Bekannter von uns. Ein gewisser Sascha Rudolph. Der könnte im Fall Benjamin Bandele eine Rolle spielen.«

»Aber wenn der in Göttingen im Krankenhaus liegt, kann er kaum hier beteiligt sein«, warf Florian Stöber ein.

Schubert lächelte. »Im Prinzip hast du Recht. Aber Rudolph wurde erst zwei Tage nach dem Überfall in Göttingen eingeliefert. Obwohl er hier in Kassel wohnt. Zudem unter falschem Namen und mit einer falschen Versichertenkarte. Dummerweise hatte er aber seinen Personalausweis in der Tasche. Und den hat eine Krankenschwester zufällig entdeckt. Die Stationsleitung hat dann die Polizei informiert.«

In Hanna Wolf stieg eine Ahnung auf. »Weshalb ist er überhaupt in ärztlicher Behandlung?«

»Gebrochene Kniescheibe.« Hauptkommissar Schubert beugte sich über seine Notizen. »Patellafraktur. Angeblich ist er auf einer Treppe gestürzt.«

»Die Hosen des jungen Mannes müssen sichergestellt werden.« Hanna war elektrisiert. »Die Spurensicherung hat Fasern unter Benjamins Schuhen gefunden, die wir bisher nicht zuordnen konnten.« Sie stieß Florian Stöber an. »Du hast doch den Vater noch einmal befragt. Hat Benjamin einen Kampfsport ausgeübt?«

»Das nicht. Aber er war schon sportlich. Hat Basketball gespielt und für Leichtathletik trainiert. Außerdem war er in der Schule ein guter Geräteturner.«

»Ein sportlicher, durchtrainierter Sechzehnjähriger lässt sich sicher nicht ohne Gegenwehr zusammenschlagen. Wenn dieser Sascha Rudolph an dem Überfall beteiligt war, könnte er sich seine Knieverletzung bei der tätlichen Auseinandersetzung zugezogen haben. Was mich nur etwas irritiert, ist die Tatsache, dass er sich erst zwei Tage später in ärztliche Behandlung begeben hat. Ein Kniescheibenbruch muss doch außerordentlich schmerzhaft sein.«

»Das sind eben noch deutsche Männer«, bemerkte Schuberts Kollege ironisch.

»Also auf nach Göttingen?« Florian Stöber sah seine Chefin erwartungsvoll an.

Doch die zögerte. »Natürlich müssen wir diesen Rudolph vernehmen. Aber darum können sich Starsky und Hutch kümmern.«

Sie wandte sich an die Oberkommissare. »Setzt euch mit den Göttinger Kollegen in Verbindung. Wir sind in Niedersachsen ja nicht zuständig. Ich möchte nicht, dass es zu Verstimmungen kommt. Am besten sprecht ihr mit Hauptkommissarin Alexa Engel. Sie ist die Leiterin des FK 1 – das ist dort für Tötungsdelikte zuständig – und Expertin für Vernehmungen.«

Sie wandte sich an Stöber. »Du kümmerst dich um die Wohnung von diesem Rudolph. Lass dir von Oberstaatsanwalt ... von der Staatsanwaltschaft einen Durchsuchungsbeschluss besorgen und schau, was du dort findest. Von der KTU lässt du dir sagen, welche Farbe der Stoff hat, von dem die Fasern stammen. Und dann bringst du aus der Wohnung alle Hosen mit, die dazu passen. Ich werde in der Zwischenzeit ...« Hanna Wolf wurde unterbrochen, weil sich die Tür öffnete, ohne dass jemand geklopft hatte. Unwillig sah sie sich um.

Isabella Rodriguez schlich mit schuldbewusster Miene auf Zehenspitzen herein und hielt ein Blatt Papier hoch. »Entschuldigt bitte die Störung. Kriminaloberrat Wenzel hat mir das gegeben. Es gibt zwei Leichen.« Sie streckte Hanna den Zettel hin.

Die Hauptkommissarin überflog die Notiz. Dann sah sie auf. »Zwei junge Männer. Im Weinbergbunker.«

Florian Stöber pfiff leise durch die Zähne. »Im Weinbergbunker? Vor ein paar Tagen wusste ich noch gar nicht, dass es ihn gibt. Und jetzt begegnet er mir zum zweiten Mal. Kürzlich hatten wir doch diesen Brief aus Amerika mit der Zeichnung vom Bunker. Und heute werden dort Leichen gefunden. Ist doch seltsam, oder?«

»Wäre doch eine schöne Aufgabe für dich«, spottete Hauptkommissar Schubert, »herauszufinden, wie beides zusammenhängt.«

Stöber wandte sich an Hanna Wolf. »Wollen wir uns nicht erst mal den neuen Tatort ansehen?«

»Nein, es bleibt alles so, wie wir besprochen haben. Ich kümmere mich um den neuen Fall.« Sie wandte sich an die Sekretärin. »Ist Franken... Ist der Pathologe schon informiert?«

Isabella schüttelte den Kopf. »Die Meldung ist gerade erst reingekommen. Soll ich Dr. Stein anrufen?«

»Ich bitte darum.« Hanna sah in die Runde. »Für den Augenblick sind wir fertig. Morgen früh setzen wir uns wieder zusammen.«

Die Temperatur im Bunker unterschied sich nicht wesentlich von der draußen. Trotzdem fröstelte Hanna, als eine junge Kollegin vom Streifendienst sie ins Innere der Anlage führte. Feuchte Luft und schummriges Licht weckten die Vorstellung einer Gruft. Nur dass hier die gewölbten Gänge unendlich tief ins Innere des Weinbergs zu führen schienen.

»Wer hat die Toten entdeckt?«, fragte sie, nachdem sie sich vorgestellt und ihren Ausweis gezeigt hatte.

»Ein Feuerwehrmann. Er wartet am Schacht auf Sie.«

»Am Schacht?« Hanna zog unwillkürlich den Kopf ein, als sie in einen niedrigeren Gang einbogen.

»Ja. Die Leichen befinden sich in der unteren Ebene, sozusagen eine Etage tiefer.«

»Wusste gar nicht, dass es hier mehrere Stockwerke gibt.«

Die Beamtin in Uniform hob die Schultern. »War mir auch neu. Aber der Hauptbrandmeister Kühnert kann Ihnen das erklären. Seine Personalien habe ich bereits aufgenommen.«

»Ist Dr. Stein schon eingetroffen?«

»Der Pathologe? Nein. Aber eine Kollegin von ihm ist da. Sie ist vor fünf Minuten angekommen.«

Wieder durchzuckte Hanna der Gedanke an einen ungelösten Fall. Aber sie schob ihn beiseite und nahm sich vor, Frankenstein bei Gelegenheit über seine neue Mitarbeiterin auszufragen.

»Gut. Gehen wir?«

Am Ende des Ganges erwartete sie der Mann von der städtischen Feuerwehr. Im Boden neben ihm schimmerte Licht aus einem offenen Geviert. An einer Seite waren eiserne Bügel eingelassen, die wie eine Leiter abwärts führten.

Nachdem die Kollegin von der Streife die Hauptkommissarin und den Hauptbrandmeister miteinander bekannt gemacht hatte, beugte sich Hanna über die Öffnung des Schachtes. »Hier geht's noch eine Etage tiefer?«

»Ja, aber viel wissen wir über die untere Ebene des Bunkers auch nicht. Auf jeden Fall gibt es dort ein System von Gängen und Kanälen, die seinerzeit teilweise der Entsorgung dienten.«

»Während des Krieges?«

»Genau. Sie müssen sich vorstellen, dass sich in diesem Bunker zeitweise mehr als zehntausend Menschen aufgehalten haben. Für die Toiletten gab es keine Wasserspülung. Alles ... fiel nach unten und wurde hin und wieder zentral gespült, so dass es zur Hofbleiche floss. Später wurde ein großer Teil der unteren Ebene zugeschüttet. Bei der Sanierung der Frankfurter Straße in den fünfziger Jahren hat man einfach den anfallenden Schutt dort eingelagert.«

Hanna warf erneut einen Blick in den Schacht. »Und da unten haben Sie die Toten entdeckt? Was hat Sie veranlasst, in diesen ... Orkus hinabzusteigen?

»Es hat nach Rauch gerochen. Dem mussten wir nachgehen. Wir hatten schon mal Brandstifter hier drin.« Er deutete auf rußgeschwärzte Stellen an der Wand. »Damals, als die illegale Technoparty veranstaltet wurde. Aber dieses Mal kam der Geruch hier aus dem Schacht. Ich bin dann runter ... Na ja, und da lagen sie. Zwei junge Männer. Die haben wohl da unten in dem Schutt gegraben. Und ein Feuer gemacht. Vielleicht hat sich Kohlenmonoxid ...«

»Danke, Herr Kühnert.« Hanna trat an den Schacht. »Dann schauen wir uns das mal an.«

»Sie wollen da runter?«

»Ich muss. Glauben Sie, ich passe da nicht durch?«

Der Feuerwehrmann wirkte verlegen. »Nein. Ich dachte nur ... Sie werden sich schmutzig machen.«

»Das lässt sich manchmal nicht vermeiden. »Hanna Wolf streckte die Hand aus. »Helfen Sie mir bei den ersten Stufen?«

Während Hanna sich Schritt für Schritt nach unten hangelte, spürte sie die Wände des Schachtes am Rücken und an den Schultern. Mit zehn Kilo mehr hätte sie den Abstieg wohl nicht geschafft. Erleichtert erreichte sie festen Boden unter den Füßen und sah sich um. Eine Lampe beleuchtete einen Gang, seitlich zweigten schmalere und niedrigere Gänge ab und verloren sich in der Dunkelheit. Dort, wo das Licht war, beugte sich eine Frau im weißen Overall über zwei dunkel bekleidete Körper. Frankensteins neue Kollegin. Wie hieß sie noch? Dr. Engel... irgendwas mit Engel ...

Unter Hannas Schuhen knirschten Gesteinsbrocken. Die Ärztin drehte sich um. »Guten Tag, Frau Wolf.«

Hanna war es peinlich, dass sich die junge Frau ihren Namen gemerkt hatte, während sie nicht mehr wusste, wie Steins Mitarbeiterin hieß. »Guten Tag, Frau Doktor. Können Sie schon etwas zur Todesursache sagen?«

»Ja und nein«, antwortete die Ärztin und wies auf die Toten. »Die rötliche Färbung der Schleimhäute deutet auf eine CO-Intoxikation hin. Es gibt keine äußeren Verletzungen. Und die Tatsache, dass hier ein Feuer gebrannt hat, spricht ebenfalls dafür. Offenbar haben die beiden geglaubt, die Abgase der Verbrennung würden durch den Schacht entweichen. Aber ein endgültiges Urteil kann ich ... können wir natürlich erst nach der Obduktion ...«

»Danke, Frau Doktor Engelhardt.« Endlich war Hanna der Name eingefallen. »Ich höre dann sicher von Ihnen.«

»Selbstverständlich.« Die Ärztin lächelte verbindlich. »So schnell wie möglich.«

Das schlammverkrustete Flugzeug war ins Dorf geschafft und auf einem Grundstück des Bürgermeisters abgestellt worden. Jonas Roth hatte den Fieseler Storch aus allen Perspektiven fotografiert und die Fotos zusammen mit einem Bericht über die Bergung per E-Mail an seine Redaktion geschickt. Die Kollegen von den örtlichen Zeitungen waren bereits abgereist, und die Fernsehreporter packten ihre Ausrüstung ein. Doch für Jonas Roth war die entscheidende Frage noch nicht beantwortet: Wie kam der Flieger aus Kassel hierher? Weder der Bürgermeister noch die alten Männer in der Dorfkneipe, von denen er sich Hinweise erhofft hatte, konnten ihm dazu etwas sagen. Niemand hatte jemals etwas vom Absturz eines Flugzeuges gehört. Und vom Piloten gab es keine Spur. Weder in der kleinen Maschine noch außerhalb.

Je mehr der Journalist fragte, desto wortkarger wurden die Menschen. Eigentlich gab es nun nichts mehr für ihn zu tun. Doch das Schweigen der Dorfbewohner weckte seine Neugier. Er bestellte ein Zimmer im Gasthof, das ihm der Wirt nur widerwillig zu überlassen schien, und nahm sich vor, noch einmal mit dem Bürgermeister zu sprechen.

Er war Kaufmann, dem ein Lebensmittelgeschäft, ein Haushaltswarenladen und die Gaststätte gehörten, und zugleich der Chef der örtlichen Feuerwehr und Vorsitzender des Heimatvereins. Jonas Roth war es nicht sonderlich schwer gefallen, sich über Besitzverhältnisse und Ämter des Bürgermeisters zu informieren. Eine arglose Verkäuferin hatte geplaudert, nachdem Roth ein wenig seinen professionellen Charme hatte spielen lassen. Er vermutete, dass ihm noch weit mehr Häuser und Grundstücke gehörten und er in diesem Dorf so etwas wie der ungekrönte König war.

Auf dem Weg zum Rathaus folgte Roth einer Eingebung und nahm den Weg über den Stellplatz des Flugzeugs. Vielleicht brachte ihn der Anblick der kleinen Maschine auf eine Idee, wie er seine Taktik anlegen musste.

Der kleine Flieger bot ein trauriges Bild. Zwar war die äußere Form unversehrt, doch einige Scheiben waren eingedrückt, andere mit einer Schicht aus Schlick und Pflanzenresten überzogen. Der Schlamm war inzwischen getrocknet, und dort, wo das Cockpit geöffnet werden konnte, abgeblättert. Jemand hatte den Griff zum Öffnen gereinigt, offenbar hatten die Feuerwehrleute bei der Bergung auch das Innere des Flugzeugs untersucht. Roth zog die Klappe auf, um einen Blick in den Innenraum der Maschine zu werfen. Sitze, Instrumente und Bedienungselemente waren mit Schlamm bedeckt. Ebenso der Boden. Der Abdruck eines größeren rechteckigen Gegenstandes und Schleifspuren im Schmutz weckten sein Interesse. Offenbar war eine Kiste aus dem Flugzeug entfernt worden.

Hinter Roth ertönte ein Knurren, gefolgt von einem scharfen Ruf. »Sie da! Lassen Sie die Finger von dem Flugzeug! Und verlassen Sie mein Grundstück!«

Er fuhr zurück und ließ die Tür des Cockpits zufallen.

Bürgermeister Siepenbeck hielt einen Schäferhund am Halsband zurück. »Sonst lasse ich den Hund los.« Der Mann neben dem Hund war klein und untersetzt. Er trug einen Anzug, der ihm ein wenig zu eng zu sein schien. Unter seinem kurzen braunen Haar ragten große abstehende Ohren hervor. Sein breites Gesicht wirkte verkniffen.

Jonas Roth zog seinen Presseausweis aus der Tasche und hielt ihn hoch. »Ich hätte da noch eine Frage, Herr Bürgermeister.«

»Es ist alles gesagt. Fragen werden nicht mehr beantwortet. Und nun verschwinden Sie!«

Das Knurren des Hundes wurde bedrohlicher, und Roth zog es vor nachzugeben. Er hob die Hände. »Ich gehe ja schon.«

Trotz des unrühmlichen Abgangs jubilierte der Journalist innerlich. Offenbar hatte der Mann etwas zu verbergen. Etwas, das ihm wichtiger war als der Ruf seines Dorfes. Und das hing möglicherweise mit der Ladung des Flugzeugs zusammen.

Als er zum Dorfkrug zurückkehrte, begegnete ihm auf der ausgetretenen Steintreppe zur Gaststube ein alter Mann in einem abgetragenen Lodenanzug, der sich mit seinem Gehstock mühsam die Stufen hinabtastete. Jonas Roth ergriff den Arm des Alten. »Warten Sie, ich helfe Ihnen!« Eine Wolke aus Bier- und Zigarrendunst, vermischt mit dem charakteristischen Geruch zu lange getragener und zu selten gewaschener Kleidung wehte Roth an. Mit sicherem Griff geleitete er den Mann zum Gehsteig. Dort tippte der Alte mit zwei Fingern an den Schirm seiner Mütze.

»Danke, junger Mann!« Er sprach undeutlich, wie jemand, der keine Zähne mehr hat. »Sie müssen die Holländerin fragen.« Dabei deutete er in Richtung der bewaldeten Hügel, zwischen denen auch jener See lag, aus dem das Flugzeug geborgen worden war. »Auf dem Berghaus-Hof.« Dann wandte er sich um und humpelte davon.

»Danke für den Tipp«, rief Roth ihm nach, doch der Alte schien ihn nicht zu hören.

Nach einem Blick auf die Uhr beschloss er, sofort aufzubrechen. Auf dem Dorfplatz traf er auf eine Frau, die bei der Frage nach dem Berghaus-Hof nickte. »Zur Holländerin wollen Sie?« Ihre Miene verriet Zweifel. Aber sie beschrieb ihm den Weg. Die Frage, wer die Holländerin sei, quittierte sie mit einem Schulterzucken. »Man erzählt sich dies und das im Dorf. Soll ein bisschen seltsam sein. Über achtzig, vielleicht schon neunzig. Habe sie nie kennen gelernt.«

Es dämmerte bereits, als Jonas Roth den Hof erreichte. Das Anwesen wirkte heruntergekommen, lediglich das Wohnhaus machte einen etwas gepflegteren Eindruck. Eine baufällige Scheune und offensichtlich ungenutzte Stallungen deuteten darauf hin, dass der Berghaus-Hof nicht mehr bewirtschaftet wurde. Das Rauschen des Windes in den Baumwipfeln war das einzige Geräusch in der Abendstille. Nicht einmal ein Hund schlug an.

Roth stieß die unverschlossene Haustür auf, nachdem niemand auf sein Klopfen reagiert hatte. »Hallo! Ist jemand da?« Knirschend fiel hinter ihm die Tür ins Schloss, dann war es vollkommen still. Er befand sich in einem weitläufigen Flur, der durch einfallendes Licht aus einem einzigen Fenster nur spärlich beleuchtet wurde. Es roch nach frischem Kaffee. Schnuppernd folgte er dem Duft und stieß auf eine angelehnte Tür. Er klopfte.

»Pieter, bist du das? Komm rein. Ich habe uns einen Kaffee gekocht.«

Jonas Roth drückte die Tür vorsichtig auf. Offenbar die Küche. Am Spülbecken hantierte eine alte Frau in einer blauen Kittelschürze. »Entschuldigen Sie bitte! Die Tür war offen. Mein Name ist ...«

Die Frau drehte sich um, die Kaffeetasse in ihrer Hand fiel zu Boden und zerschellte auf den Fliesen. »Pieter!« Über das runzlige Gesicht ging ein Leuchten. Zwei helle blaue Augen strahlten den Besucher an. »Ich habe es immer gewusst. Du kommst zu mir zurück.«

»Mein Name ist Jonas Roth. Verzeihen Sie, dass ich hier so einfach eindringe. Sie haben offenbar jemand anderen erwartet. Sind Sie Frau Berghaus? Ich würde gern mit Ihnen sprechen.«

Eine seltsame Verwandlung spiegelte sich im Gesicht der alten Frau. Das Strahlen wich einem traurigen, nach innen gekehrten Ausdruck. Dann erschien ein distanziertes Lächeln. Sie senkte den Kopf und betrachtete sekundenlang die Scherben zu ihren Füßen. Schließlich winkte sie Roth heran und deutete auf einen Stuhl am Küchentisch. »Setzen Sie sich. Ich muss mich entschuldigen. Manchmal spielen mir die eigenen Sinne einen Streich.« Ihr Zeigefinger tippte gegen die Schläfe. »Dieser Kopf arbeitet nicht mehr ganz richtig.« Sie seufzte. »Setzt manchmal aus. Möchten Sie einen Kaffee?«

»Ja, gern. Danke.«

Mit erstauntem Blick musterte ihn die alte Frau. »Sie erinnern mich an meinen verstorbenen Mann. Der war auch so ein fescher Bursche. Als er jung war. Als *wir* jung waren. Seit er von mir gegangen ist, sehe ich ihn fast täglich. Mal kommt er zur Tür herein und wirft seine Mütze auf den Schrank, mal steht er vor meinem Bett. Manchmal wache ich auf, weil ich seine Hände ...« Sie unterbrach sich und schüttelte den Kopf. »Hören Sie nicht auf das Gewäsch einer alten Frau!«

»Ihr Mann hieß Pieter?«

Sie nickte stumm und stellte zwei Tassen auf den Tisch. »Milch gibt's nicht. Möchten Sie Zucker?«

»Danke. Nein. – Pieter ist ein holländischer Name. Nennt man sie deshalb die Holländerin?«

Die alte Frau verzog das Gesicht. »Die Leute im Dorf.« Sie nahm die Kaffeekanne vom Herd und stellte sie auf den Tisch. »Die reden viel.«

Während sie einschenkte, betrachtete sie Jonas Roth erneut. »Erstaunlich«, murmelte sie. »Wirklich erstaunlich.« Laut sagte sie: »Mein Mann war Holländer. Ich heiße Hildegard de Boer. Lassen Sie den Kaffee nicht kalt werden.« Während sie trank, sah sie Roth über die Tasse hinweg in die Augen. »Was wollen Sie eigentlich von mir?«

»Es geht um das Flugzeug, das im See gefunden wurde.«

Die Tasse schlug hart auf die Untertasse, als Hildegard de Boer sie abstellte. Sie schlug die Hand vor den Mund und starrte Jonas Roth ungläubig an. Ihre Augen füllten sich mit Tränen, ihr Atem ging heftig.

Eine lange Minute saßen sich der Journalist und die alte Frau stumm gegenüber. Schließlich schien sie sich gefangen zu haben. »Warum kommen Sie deswegen zu mir?«, fragte sie kaum hörbar.

»Ein alter ... älterer Herr, einer in grünem Loden und mit Schirmmütze, hat mir einen Tipp gegeben. Wissen Sie etwas über das Flugzeug? Es soll aus Kassel stammen. Ich arbeite dort bei der Zeitung, und mich interessiert, wie der *Fieseler Storch* hierher gekommen ist. Jemand muss während des Krieges von Kassel bis hierher geflogen sein. Wahrscheinlich in den letzten Kriegstagen oder -wochen, als schon alles drunter und drüber ging, denn es gibt keine Aufzeichnungen über den Flug. Und keinerlei Hinweise auf den Piloten. In der Maschine wurden auch keine ... menschlichen Überreste gefunden.«

»Hermann Vegesack, der alte Suffkopp. Pieter und er waren früher eng befreundet. Ihm hat er wohl mal seine Geschichte anvertraut. Leider ist der Hermann später ...«

»Seine Geschichte?«

Erneut ruhte der Blick der alten Frau lange auf Jonas Roth. »Unsere Geschichte«, murmelte sie schließlich. »Seine Geschichte ist auch meine Geschichte. Geworden. Damals. Neunzehnhundertfünfundvierzig.«

Roth wartete. Er betrachtete ihr Gesicht, ihre tiefblauen Augen, die nach hinten gekämmten und zu einem Knoten gefassten weißen Haare. Je länger er sie ansah, desto mehr verschwammen die Falten, traten feine ebenmäßige Züge hervor. Sie musste einmal eine schöne Frau gewesen sein. Wahrscheinlich waren alle Männer verrückt nach ihr.

»Ich war neunzehn Jahre alt«, begann Hildegard de Boer unvermittelt.

19

Hildes Befürchtungen wurden schon wenig später zur Gewissheit. Die Großmutter war mit dem Einspänner ins Dorf gekommen, um ihre Schwiegertochter nach Kleidungsstücken für ihren Gast zu fragen. Inzwischen hatte Hilde ihrer Mutter gebeichtet, was an jenem Sonntag wirklich geschehen war.

»Die Sachen vom Heinrich passen ihm nicht«, erklärte die Großmutter. »Kannst du uns mit ein paar Hemden und Hosen von Gerhard aushelfen?«

»Natürlich«, nickte Hildes Mutter. »Liegt ja alles ungenutzt im Schrank. Wie geht es dem jungen Mann?«

»Er fiebert. Vielleicht eine Lungenentzündung. Und er ist sehr geschwächt. Wahrscheinlich geben sie den ... diesen armen Menschen kein ordentliches Essen. Aber ...«

»Wird er ... wieder gesund?« Hilde empfand ihre eigene Stimme als schrill und krächzend, als sie gegen die Regeln des Anstands ihrer Großmutter ins Wort fiel. Die beiden Frauen sahen sich an.

»Das weiß Gott allein, mein Kind. Aber wir tun alles, damit er wieder auf die Beine kommt. Mit dem Essen klappt's noch nicht so recht. Aber in ein paar Tagen sieht das bestimmt schon anders aus. Wenn du das nächste Mal kommst, kannst du ihn vielleicht schon sehen.«

»Vielleicht?« Hildes Stimme zitterte. Doch die Großmutter ging nicht auf ihre Frage ein. Erneut tauschte sie Blicke mit ihrer Schwiegertochter. »Ich komme am Sonntag«, verkündete Hilde.

Großmutter Berghaus schüttelte den Kopf. »Nicht am Sonntag. Wir müssen vorsichtig sein. Gestern ist dieser Siepenbeck um den Hof geschlichen. Heinrich hat so getan, als verjage er einen Einbrecher. Mit der Schrotflinte.«

Hilde presste die Faust gegen ihre Lippen. Was hatte Werner Siepenbeck mitbekommen? Wenn er von dem Holländer wusste und seinem Vater davon erzählte, würden sie ins Konzentrationslager kommen. Oder sie würden Großvater erschießen. Die Tränen ließen sich nicht länger zurückhalten.

»Nun wein man nicht, mein Kind.« Hildes Mutter legte den Arm um die Schultern ihrer Tochter und strich ihr übers Haar. »Großmutter wird den jungen Mann schon wieder auf die Beine bringen. Sie kennt alle Mittel und Heilpflanzen und weiß, wie man sie anwendet. In zwei oder drei Wochen ist er bestimmt auf dem Weg der Besserung.«

Hilde schluckte und atmete tief durch. Sie musste etwas unternehmen. Es so einrichten, dass sie Werner Siepenbeck – wie durch Zufall – begegnete. Wenn er etwas wusste, würde er es sie spüren lassen und versuchen, einen Vorteil daraus zu ziehen. Vielleicht konnte sie auf diese Weise herausbekommen, was er am See beobachtet hatte.

Sie traf ihn auf dem Dorfplatz inmitten einer Gruppe von Hitlerjungen, vergewisserte sich, dass er sie gesehen hatte, und setzte ihren Weg fort, ohne sich noch einmal umzudrehen. Hinter dem Dorfkrug bog sie in einen schmalen Weg ein, der sie an einer Reihe von Gartengrundstücken entlang zu einem etwas abseits gelegenen Fachwerkhaus führte. Dort hatte der alte Schuhmachermeister Kerpenbroich seine Werkstatt. Ein paar Stiefel des Großvaters warteten auf die Reparatur. Sie würde sich beim Schuster danach erkundigen, obwohl sie wusste, dass sie noch nicht fertig sein konnten.

Schuster Kerpenbroich blinzelte die junge Frau durch dicke Brillengläser an, verneinte wie erwartet die Frage, ob die Stiefel für Herrn Berghaus senior fertig seien, trug dem Mädchen einen Gruß an die Frau Mutter auf und wandte sich wieder seiner Arbeit zu. Hilde versprach, nach Ostern wieder vorbeizuschauen und verabschiedete sich.

Auf der Höhe der Gärten, im Schatten einer ausladenden Weide, stand er plötzlich vor ihr. Obwohl sie mit seinem Erscheinen gerechnet hatte, fuhr Hilde zusammen.

Werner Siepenbeck grinste. »Warum so schreckhaft, junge Frau? In unserem Dorf gibt es nur anständige Deutsche.«

»Wenn das so ist«, versetzte sie, »ist es ja gut. Du hast mich erschreckt, weil du so plötzlich aufgetaucht bist. Und nun geh mir aus dem Weg, Werner. Ich habe noch einige Dinge für die Mutter zu erledigen.«

Er machte keinerlei Anstalten, auszuweichen. »Ein paar Minuten wirst du schon für mich erübrigen müssen, Hildegard Berghaus.«

»Warum sollte ich das? Wir haben nichts miteinander zu besprechen, Werner Siepenbeck.«

»Oha.« Er riss theatralisch die Augen auf. »Aus dem sanften Lamm ist ein bockiges Schaf geworden. Das gefällt mir. Die deutsche Frau steht heutzutage ihren Mann an der Heimatfront. Allerdings hat sie sich seinen Wünschen unterzuordnen.«

»Was willst du mir sagen, Werner? Ich habe meine Zeit nicht gestohlen. Und wir sind weiß Gott nicht Mann und Frau.«

Siepenbeck lachte meckernd. »Noch nicht, schöne Hildegard, noch nicht. Aber wir werden heiraten. Noch in diesem Jahr. Dienstag nach Ostern bestellen wir das Aufgebot. Die Hochzeit findet im Sommer statt. Während meines nächsten Heimaturlaubs.«

»Was redest du für ein dummes Zeug! Wann und wen ich heirate, entscheide ich selbst. Und das wirst gewiss nicht du sein. So, und jetzt lass mich durch.«

»Dreifacher Irrtum, Fräulein Berghaus.« Er kicherte. »Es handelt sich erstens um eine kluge Entscheidung, denn das Land deiner Großeltern würde unserer Familie zufallen. Zum Zweiten wird der Tag der Eheschließung durch meinen Urlaub bestimmt. Drittens entscheidest nicht du, sondern deine Eltern, wer dich zur Ehefrau nimmt. Oder auch deine Frau Mutter und dein Herr Großvater.«

»Und die haben keinen Grund, sich mit einem Siepenbeck einzulassen.« Hildegards Herz schlug bis zum Hals. Würde Werner jetzt die Katze aus dem Sack lassen?

Siepenbecks Gesicht verzog sich zu einem breiten Grinsen. Er näherte sich Hildegard, so dass sie seinen Atem roch, und flüsterte an ihrem Ohr: »Vielleicht versteckt sich der Grund auf dem Berghaus-Hof?«

Ihr wurde schwindlig, sekundenlang fürchtete sie, die Fassung zu verlieren und sich zu verraten. Was wusste Werner? Hatte er etwas gesehen? Oder stocherte er auf gut Glück im Nebel? Sie hob die Schultern und bemühte sich, ihrer Stimme einen möglichst gleichmütigen Klang zu geben. »Nichts und niemand versteckt sich auf dem Hof meines Großvaters. Das würde er nicht zulassen. Und wenn, dann wüsste ich davon.«

Siepenbeck trat einen Schritte zurück. Aus zusammengekniffenen Augen studierte er prüfend Hildegards Gesichtszüge. »Was immer auf dem Hof vor sich geht, ich werde es herausfinden. Und dann hast du die Wahl. Hochzeit oder Konzentrationslager.«

Auf dem Weg zur Wasserpumpe fühlte sich Günther wie benommen. Das Blut in seinen Adern schien zu rauschen, gleichzeitig empfand er seinen Körper als schwerelos, war versucht, die Arme auszubreiten, um abzuheben und zu fliegen. Gewohnheitsmäßig suchte sein Blick die umliegenden Gärten und Hütten ab, aber sein ganzes Fühlen und Denken konzentrierte sich auf Ursula. Er hatte sie an die Hand genommen und führte sie schweigend im Schatten von Hecken und Sträuchern durch die Kleingartenanlage.

Als sie die Wasserstelle erreicht hatten, hielt er inne, sah sich in alle Richtungen um und deutete schließlich auf die Pumpe. »Du musst ein paar Mal pumpen«, flüsterte er, »bevor Wasser kommt.«

Ursula nickte. »Danke.«

Unschlüssig wanderte Günthers Blick zwischen Ursula und der Pumpe hin und her. »Das Wasser ist ziemlich kalt.«

»Das macht nichts«, sie lächelte. »Und jetzt dreh dich um!«

Günther trat ein paar Schritte zurück und wandte der Wasserstelle den Rücken zu. Er nahm sich vor, Ursula auf dem Rückweg seine Jacke umzuhängen, denn sie hatte ihren Mantel in der Hütte gelassen. Als es hinter ihm zu plätschern begann, kehrten jene Bilder in seinen Kopf zurück, die er seit Stunden zu verdrängen suchte.

Friedrich Nissen schwankte zwischen Wut und Resignation. Fast eine Stunde hatte er die Gärten durchstreift, in Hütten und Gartenhäuser gespäht, sich versteckt, wenn Personen auftauchten, sich entschieden umzukehren und die Suche dann doch fortgesetzt. In ihm fraß der Ärger über das unwürdige Versteckspiel. Wenige Tage zuvor hätte er eine Streife losschicken können, die ihm den Jungen eingefangen hätte. Er hätte ihn wegen Wehrverweigerung oder Diebstahls ins Konzentrationslager schicken oder durch ein SS-Kommando erschießen lassen können. Unvorstellbar, dass sich das Blatt so schnell hatte wenden können.

Inzwischen hatte die Dämmerung eingesetzt. Anscheinend hatte er den nördlichen Rand der Kleingartenanlage erreicht. Er wandte sich um und schlug die Richtung zur Ihringshäuser Straße ein. Langsam spürte er seine Hoffnung schwinden, den Jungen doch noch zu erwischen. Die Dunkelheit würde seine Chancen endgültig zunichte machen.

Ein rhythmisches Plätschern von Wasser, wie aus einer Pumpe, erregte seine Aufmerksamkeit. Es schien nur ein oder zwei Gartengrundstücke entfernt zu sein. Vorsichtig, jede Deckung ausnutzend, schlich er näher an das Geräusch heran. Und plötzlich sah er den Jungen. Unverkennbar: die viel zu große, karierte Jacke. Er stand am Rande eines kleinen Platzes, auf dem offenbar jemand an der Pumpe beschäftigt war. Wahrscheinlich das Mädchen.

Nissen zog seine Pistole hervor und entsicherte sie. Er wusste, dass er kein guter Schütze war, also würde er den Schuss aus nächster Nähe anbringen müssen. Vorsichtig bewegte er sich vorwärts, fand schließlich eine sichere Position und legte die Waffe auf den Jungen an.

In diesem Augenblick näherten sich von hinten schwere Schritte. Nissen drehte sich um, erkannte schemenhaft zwei Gestalten und drückte sich in den Schatten einer Ligusterhecke, um sie passieren zu lassen. Wenige Meter von ihm entfernt blieben sie stehen. Die beiden Männer waren schwer bepackt, sie stellten ihre Rucksäcke und Koffer ab, tranken abwechselnd aus einer Flasche und besprachen sich leise. Dann nahmen sie ihr Gepäck auf und setzten ihren Weg fort.

Als ihre Schritte verklungen waren, wandte sich Nissen wieder der Wasserstelle zu. Doch der Junge und das Mädchen waren verschwunden. Nissen fluchte leise. Er stellte sich auf die Zehenspitzen, um über die Hecke schauen zu können, und versuchte, in der Dämmerung etwas zu erkennen. Schließlich entdeckte er zwei sich bewegende, dunkle Punkte. Köpfe, die zwischen Sträuchern und unter Bäumen auftauchten und wieder verschwanden.

Zügig, dabei jedes Geräusch vermeidend, eilte Nissen zwischen den Gärten hindurch auf die Stelle zu, an der er die Bewegung gesehen hatte. Wenige Augenblicke später hatte er die beiden Jugendlichen im Blick. In sicherem Abstand folgte er ihnen.

Vor einer der Hütten blieben sie plötzlich stehen und verschmolzen zu einer einzigen Figur. Kurz darauf lösten sie sich voneinander. Während der Junge verharrte, verschwand die andere Gestalt im Gartenhaus.

Nissen frohlockte. Sein Opfer präsentierte sich ihm im letzten Augenblick nun doch noch. Mit wenigen raschen Schritten überbrückte er die letzten Meter. Noch immer wandte der Junge ihm den Rücken zu. Nissen hob die Waffe.

Instinktiv ließ er sich fallen, als der erste Schuss fiel, und drückte sich auf den Boden. Automatisch zählte er mit. Eins, zwei, drei. In unmittelbarer Nähe. Dann hörte er Schritte, die sich rasch entfernten. Vorsichtig robbte Günther zum Ende des Gartenhauses und suchte mit den Augen die Umgebung ab. Er sprang auf. Ursula war nirgends zu sehen. Hoffentlich hatte sie sich gut versteckt. Halblaut rief er ihren Namen, doch sie antwortete nicht. Panik kroch in ihm hoch. Eine eiskalte Faust wollte sein Herz umklammern und ihm die Luft abdrücken.

Zuerst sah er nur seine Jacke, und für Bruchteile von Sekunden stellte er sich vor, dass Ursula sie beim Sprung in die Deckung verloren hatte. Doch dann entdeckte er den Haarschopf. Günther fiel auf die Knie, warf die Jacke beiseite und zog Ursula an sich. Ihr Kopf fiel nach hinten, ihre Augen starrten blicklos in den Nachthimmel. Mit einem Aufschrei sank er vornüber. Zum ersten Mal, seit er seine Familie verloren hatte, weinte Günther.

Er hätte nicht sagen können, wie lange sein Kopf auf ihrer Brust gelegen hatte, wie lange er ihren Körper umklammert hatte. Irgendwann in der Nacht waren seine Tränen versiegt, hatte er Ursula in die Hütte getragen und auf das Bett gelegt. Seine Hände waren blutig, die Matratze würde blutig werden, und auf dem hölzernen Boden der Hütte verlief eine blutige Spur. Es kümmerte ihn nicht.

Seit er wieder halbwegs klar denken konnte, hatte er sich zusammengereimt, was geschehen war. Der Goldfasan musste ihnen gefolgt sein. Er hatte sie entdeckt, ihnen aufgelauert und auf Ursula geschossen, weil sie seine Jacke getragen hatte.

»Ich habe sie ihr umgehängt. Ich bin schuld an ihrem Tod.« Viele Stunden kreisten nur diese beiden Sätze in seinem Kopf. Doch dann wuchs der Wunsch, sich an dem Mann zu rächen. Als die ersten Sonnenstrahlen jenseits des Fuldatals über die Berggipfel krochen, stand Günthers Entschluss fest. Er würde nach dem Goldfasan suchen. Und wenn er ihn gefunden hatte, würde er ihn töten. Nein, zu Tode foltern. So wie er es einmal in einem Indianerbuch gelesen hatte. Mit einem Messer. An einem Marterpfahl. Ganz langsam.

Bis zur Bremer Straße kam Nissen zügig voran. Doch als er die untere Königsstraße überqueren wollte, stieß er auf eine Militärkolonne. Amerikaner. Leise fluchend drückte er sich in einen Hauseingang. Die Kolonne hielt, Soldaten sprangen aus den Fahrzeugen und schwärmten in die Umgebung aus. Friedrich Nissen hastete über Trümmerhaufen und Schuttberge, fand schließlich einen Schlupfwinkel zwischen eingestürzten Hauswänden und Dachbalken, kroch hinein und verbarg sich hinter verkohlten Brettern.

Erst gegen Morgen wagte er sich aus seinem Versteck. Abseits der freien Straßenzüge schlich er, stets hinter Mauerresten oder Fassaden Deckung suchend, zurück zu seiner Wohnung. Hier schienen die Amerikaner noch nicht nach ihren Feinden zu suchen. Erleichtert registrierte er, dass sich alles an seinem Platz befand. Auch sein Handwagen war unberührt. Den Tag über würde er die Wohnung nicht verlassen, aber sobald die Dämmerung einsetzte, würde er sich auf den Weg machen, um sich nach Oberzwehren durchzuschlagen.

Günther musste ein halbes Dutzend Gartenhäuser aufbrechen, bis er fand, was er für sein Vorhaben brauchte. Ein langes Messer mit einer scharfen Klinge und einem stabilen Griff. An einem Findling schärfte er zusätzlich die Klingenspitze so an, dass sie fast ohne Widerstand durch die Lederhaut eines Sessels glitt, den er in derselben Hütte entdeckte. Rasch steckte er das Messer in die metallene Scheide zurück und band diese an seinem Gürtel fest. Er hatte eine blaue Arbeitsjacke übergezogen, die er in einem der Gartenhäuser gefunden hatte.

Ursula lag noch immer, eingewickelt in seine Jacke, auf dem Bett. Er hatte sie mit ihrem Mantel zugedeckt und die Fenster der Hütte verhängt. Sobald er seine Mission erfüllt hatte, würde er sie begraben. Der Gedanke an ihr bleiches Gesicht auf der Seegrasmatratze trieb Günther die Tränen in die Augen, und er musste sich zwingen, sich von dem Bild loszureißen. Mit grimmiger Entschlossenheit trat er den Weg in die Stadt an.

An Straßenkreuzungen und auf Plätzen standen Jeeps, an denen bewaffnete Soldaten lehnten. Sie schienen sich nicht sonderlich für ihn zu interessieren. Trotzdem schlug er Bögen um die Amerikaner. Wenn sie ihn durchsuchen würden und das Messer fänden, wäre es möglicherweise mit ihrer Langmut vorbei.

Als Günther das Haus erreichte, in dem er den Goldfasan vermutete, erschien ihm sein Vorhaben plötzlich fragwürdig. Der Mann besaß eine Pistole. Was sollte er mit seinem Messer dagegen ausrichten? Er würde ihn in eine Situation locken müssen, in der er von seiner Waffe keinen Gebrauch machen konnte. Zum Beispiel auf offener Straße. Aber wie sollte er ihn aus seiner Wohnung locken?

Die Aktentasche! Günther überquerte die Straße und versuchte, sich so unauffällig wie möglich zur Ruine der Lutherkirche zu bewegen.

Im Inneren des offenen Kirchenschiffs sah er sich um. Heute befand sich hier niemand. Schritt für Schritt wanderte er durch das Gotteshaus. Die Trümmer des eingestürzten Daches hatte man zur Seite geräumt, so dass Teile des Innenraums begehbar waren. Günther fragte sich, wo er eine Aktentasche verstecken würde, damit sie auch bei Aufräumarbeiten nicht so leicht gefunden werden konnte. Zwar gab es unzählige Nischen, Ecken und Vorsprünge, doch nichts, was ein brauchbares Versteck abgeben konnte. Erst als er zum dritten Mal die Sakristei durchsuchte, entdeckte er einen Mauerstein, der sich - kaum erkennbar - von den anderen unterschied. Er war ein wenig dunkler und ein wenig glatter, und ringsum wirkte der Mörtel rissig. Mit dem Messer lockerte er den Stein, bis er sich herausziehen ließ. Er war so schwer, dass er ihn kaum halten konnte. Er stellte ihn auf dem Boden ab und griff in den Hohlraum. Seine Hand ertastete ein Stück Leder. Mit einiger Mühe gelang es ihm, die Tasche durch die Öffnung herauszuziehen. Rasch schob er den Stein an seinen Platz zurück, eilte mit der Aktentasche ins Kirchenschiff und ließ sich auf einer der erhalten gebliebenen Bänke nieder.

Zeugnisse, Ernennungsurkunden, Ehrungen, Belobigungen und schriftliche Anweisungen des Gauleiters. Und ein rotes Parteibuch. Günther steckte alles zurück. Mit der Aktentasche unter dem Arm verließ er die Kirche.

Wieder und wieder trat Friedrich Nissen ans Fenster und spähte auf die Straße hinab. Noch immer waren keine amerikanischen Soldaten aufgetaucht. In die Erleichterung mischte sich die Angst, dass sich die Situation im Laufe der nächsten Stunden ändern könnte. Falls die Amerikaner auftauchten, würde er notfalls ohne Gepäck durch den Hinterausgang fliehen. In der unübersichtlichen Trümmerwüste hätte er sicher gute Chancen, ihnen zu entwischen. Bei diesem Gedanken tastete er nach seiner Pistole. In jedem Fall würde er sich mit der Waffe verteidigen.

Sein Blick wanderte zur Lutherkirche, dann in Richtung Königsstraße, von wo aus die Gefahr drohte, und erneut die Straße entlang. Seine Augen blieben an einem Gegenstand hängen, der ihm vertraut erschien. Sein Herz begann zu rasen. Das konnte nicht sein! Vor dem Kirchengrundstück, auf der Mauer, lag eine Aktentasche. Seine Aktentasche?

Nissen stürzte in sein Wohnzimmer und durchwühlte eine Schublade, in der er ein Fernglas aufbewahrte.

Mit bebenden Händen kehrte er zum Fenster zurück und nahm das Glas an die Augen. Kein Zweifel. Seine Aktentasche! Jemand kannte das Versteck und hatte es ausgeräumt. Aber die Tasche war für andere wertlos. Nur für ihn war sie von Bedeutung.

Er richtete das Fernglas auf die Bäume vor der Kirche, dann suchte er die Straße ab. Niemand zeigte sich dort. Die Menschen versteckten sich in ihren Kellern, und die Amerikaner waren offenbar anderweitig beschäftigt. Er würde die Tasche holen und ein neues Versteck suchen.

Hastig eilte er die Treppe hinab, nahm den Hinterausgang, umrundete den Block und bewegte sich vorsichtig an der Hauswand entlang bis zur Straße. Weit und breit war kein Mensch zu sehen, kein Fahrzeug zu hören. Nissen überquerte die Straße.

In diesem Augenblick rollte ein amerikanischer Jeep hinter der Kirche hervor.

Sergeant George Andersson hatte den Befehl, die Keller und erhalten gebliebenen Häuser im Viertel zu durchkämmen, genutzt, um einen Blick auf die Lutherkirche zu werfen. Seit sie nach Kassel einmarschiert waren, hatte er die Zerstörungen in der Stadt mit gemischten Gefühlen wahrgenommen. Einerseits empfand er es als befriedigend, dass Nazi-Deutschland in Schutt und Asche gelegt worden war und es nur noch eine Frage der Zeit sein konnte, wann Hitlers Wehrmacht kapitulierte. Doch der Anblick der Trümmerwüste von Kassel und der darin hausenden Menschen hatte ihm bewusst werden lassen, dass die Bombardierungen Frauen und Kindern die Lebensgrundlage genommen hatten und dass Jahrhunderte alte Bauwerke unwiederbringlich vernichtet worden waren. Seit sie auf deutschem Boden vorrückten, hatte er schon manche Kirche bewundert und insgeheim ihren Baumeistern Respekt gezollt.

Es war nicht das erste Mal, dass ein Deutscher in Panik geriet, wenn sie sich mit ihrem Fahrzeug näherten. Der Mann vor ihnen begann zu rennen, und routinemäßig gab Andersson seinen Leuten den Befehl, anzuhalten und abzusitzen. Mit ihren Maschinenpistolen im Anschlag sprangen die Männer aus dem Jeep und bildeten einen Halbkreis. Sein Corporal, der von deutschen Einwanderern abstammte und die Sprache beherrschte, rief dem Mann den üblichen Befehl zu. »Stehen bleiben! Hände hoch! Über den Kopf.«

Der Deutsche machte noch zwei Schritte und hielt neben einer niedrigen Mauer an. Langsam hob er die Hände.

»Durchsucht ihn!«, befahl Sergeant Andersson. In dem Augenblick, als einer der Soldaten seine Maschinenpistole auf den Rücken schob, um den Deutschen abzutasten, griff dieser an seinen Gürtel, hatte plötzlich eine Pistole in der Hand und richtete sie auf ihn. In der nächsten Sekunde griff er jedoch nach einer Tasche, die neben ihm auf den Steinen gelegen hatte, sprang über die Mauer und rannte davon.

George Andersson zog ein Gewehr aus der Halterung, lud durch, zielte und schoss. Der Deutsche schlug der Länge nach hin und rührte sich nicht mehr.

Im nächsten Augenblick waren zwei seiner Männer über ihm und richteten ihre Waffen gegen seinen Kopf. Mit dem Fuß rollte einer von ihnen den Körper auf den Rücken. Nachdem Sergeant Andersson sich vergewissert hatte, dass der Mann nicht mehr lebte, hob er die Aktentasche auf und öffnete sie. Er warf einen Blick auf die Papiere, nahm ein rotes Büchlein heraus und schlug es auf. »Nazi«, sagte er und reichte die Tasche an seinen Corporal weiter. Das Parteibuch steckte er ein und wies seine Männer an, die Leiche des Mannes vor die Mauer zu legen. »Um ihre Toten müssen sich die Deutschen selbst kümmern.«

Mit angehaltenem Atem hatte Günther die Szene beobachtet. Als der Jeep außer Sichtweite war, kletterte er aus dem Baum herab, in dessen Geäst er sich verborgen gehalten hatte. Enttäuscht und gleichzeitig auch erleichtert betrachtete er den toten Mann. Die amerikanischen Soldaten hatten verhindert, dass er an ihm Rache nehmen konnte. Aber vielleicht war es besser so.

Er wandte sich ab und machte sich auf den Weg. Eine bedrückende Aufgabe wartete auf ihn.

20

»Was ist aus Siepenbeck geworden?« Jonas Roth versuchte, im Gesicht der alten Frau zu lesen. Doch die fortschreitende Dämmerung ließ ihre Mimik nur noch erahnen. Hildegard Berghaus hatte ihre Erzählung unterbrochen und schlürfte kleine Schlucke des längst erkalteten Kaffees. Es schien ihm, als weilten ihre Gedanken noch in der Vergangenheit, wo seine Frage sie nicht erreichte.

Die Sekunden verrannen und wurden zu Minuten. Schließlich stellte Hildegard Berghaus ihre Kaffeetasse ab und schloss die Augen. »Der Werner musste schon am Dienstag nach Ostern überraschend wieder einrücken. Aus dem Aufgebot wurde also nichts. Und dann ...«

»Und dann?«

»Dann ... dann habe ich mich um Pieter gekümmert. Es ging ihm bald besser. Besonders, als er erfuhr, dass der Krieg zu Ende war. Es hat ja nur noch ein paar Wochen gedauert. Plötzlich waren englische Soldaten im Dorf, und plötzlich waren alle Nazi-Uniformen verschwunden; die Fahnen, die Abzeichen, die Hitler-Bilder – alles war weg. Man hörte keine Nazi-Lieder mehr, und der alte Siepenbeck schraubte eigenhändig die Schilder ab, auf denen sich das Dorf als *judenfrei* gepriesen hatte.«

»Und sein Sohn?«

»Werner blieb vermisst. Man hat nie wieder etwas von ihm gehört. Sein Bruder ist 1955 aus russischer Kriegsgefangenschaft zurückgekehrt. Damals, als der Bundeskanzler Adenauer in Moskau war und ... Na, darüber wissen Sie bestimmt Bescheid.«

Jonas Roth nickte. »Und die Familie Siepenbeck hat nach dem Krieg im Dorf wieder den Ton angegeben?«

»Es ist mir ein Rätsel, wie sie es geschafft haben, die Engländer zu überzeugen. Jedenfalls durfte der alte Siepenbeck Bürgermeister bleiben. Und sein Sohn wurde sein Nachfolger, und dessen Sohn ...«

»Den habe ich schon kennen gelernt. Er bewacht dieses Flugzeug wie Zwerg Alberich den Schatz der Nibelungen.«

»Das wundert mich nicht.« Hilde Berghaus stieß ein kleines helles Lachen aus. »Wahrscheinlich hat er das Gold gefunden und beiseite geschafft.«

»Gold?« Ungläubig zog Jonas Roth die Augenbrauen zusammen. Die Spuren, die er im schlammigen Innenraum des Flugzeugs gesehen hatte, erschienen vor seinem inneren Auge. Sein Herz schlug schneller. War er einer Sensation auf der Spur? Es kostete ihn einige Anstrengung, seine Ungeduld zu verbergen. Doch er wusste, dass er die ganze Geschichte hören würde. Wenn er der alten Frau Zeit ließ.

»Ja«, bestätigte Hildegard Berghaus und fiel sofort wieder in nachdenkliches Schweigen. Schließlich – Roth befürchtete schon, sie sei eingeschlafen – holte sie tief Luft. »Pieter hat bei seiner Flucht aus Kassel wahrscheinlich einen Teil eines Nazi-Vermögens mitgenommen. Unabsichtlich. Er war sich zwar nie ganz sicher. Aber er hat es vermutet. Ich erzähle Ihnen die ganze Geschichte. Und dann können Sie sich selbst einen Reim darauf machen. Alles begann wenige Tage vor Ostern 1945 auf dem Flugfeld eines kleinen Ortes bei Kassel. Ich glaube, er hieß ... Ihr Name hat mich dran erinnert. Rot...«

»Rothwesten?«

»Bin wieder nach Frankfurt gefahren. Muss noch mal mit Jan sprechen. Er tut mir so leid. Danke für alles! Nina. P. S.: Im Kühlschrank steht Paella für Dich.«

Hanna Wolf seufzte und legte die Nachricht ihrer Tochter zurück auf den Küchentisch. *Dieses Mädchen weiß offenbar nicht, was es will. Habe ich etwas falsch gemacht? Hätte ich sie anders erziehen müssen? Hat ihr der Vater gefehlt?*

Unbewusst schüttelte Hanna den Kopf. Nina hatte früh begonnen, ihre Probleme selbst in die Hand zu nehmen und zu lösen. Sie war selbstsicher, sozial engagiert und hatte ihr Studium zu einem guten Ende gebracht. Und das Referendariat würde sie ebenfalls erfolgreich abschließen. Woher kam diese Unsicherheit der Gefühle? Hatte sie etwas mit ihrer eigenen Beziehungsunfähigkeit zu tun? Oder war es ganz normal, dass eine junge Frau an der

Schwelle zum dritten Lebensjahrzehnt noch einmal Anflüge pubertärer Verwirrung bekam?

Hanna beschloss, diese Erklärung vorerst gelten zu lassen und sich keine weiteren Gedanken um ihre Tochter zu machen. Nina würde ohnehin tun, was sie wollte. Und dass sie vor ihrer Abreise daran gedacht hatte, ihrer Mutter ein Abendessen vorzubereiten, zeugte ebenso von ihrer Umsicht wie von ihrer Zuneigung.

Während sie die Paella aufwärmte, wanderten ihre Gedanken zu der Szene im Weinbergbunker. Alles sprach dafür, dass zu den Todesfällen kein Täter gesucht werden musste. Ganz offensichtlich waren die beiden jungen Männer durch eine selbst verursachte Kohlenmonoxidvergiftung gestorben. Es blieb die Frage, wonach sie gegraben hatten.

Seit Jahren hatte sie nicht mehr an den Weinbergbunker gedacht, nun begegnete er ihr innerhalb weniger Tage zum zweiten Mal. Florian Stöbers Assoziation war ihr zunächst abwegig erschienen. Aber seit sie die Toten in dem Bunker gesehen hatte, fragte sie sich, ob es eine Verbindung zwischen ihnen, dem Fall Benjamin Bandele und jener Postsendung aus Minneapolis geben konnte. Immerhin hatte in dem NS-Parteibuch diese Skizze gelegen. Sie nahm sich vor, die Frau aufzusuchen, an die der Brief aus Amerika weitergeleitet worden war.

Als später am Abend das Telefon klingelte, war Hanna sicher, dass Nina sich meldete, um von ihrer Begegnung mit Jan zu berichten. »Hallo, Nina?«

»Ich bin's. Jonas.«

»Jonas! Welche Überraschung!«

»Ist Nina nicht mehr bei dir?«

»Sie ist wieder zurück nach Frankfurt gefahren. Sie will mit Jan sprechen.«

»Beziehungsprobleme?«

»Sieht so aus. – Und was machst du? Wann kommst du zurück nach Kassel?«

»Morgen Nachmittag. Und zwar mit einer Top-Story.«

»Erzählst du sie mir?«

»Unter einer Bedingung.«

»Und die wäre?

»Wir gehen morgen Abend zusammen essen. Du darfst dir aussuchen, wohin. Ich lade dich ein.«

»Wegen der ... deiner Reportage? Über dieses Flugzeug? Gibt's was zu feiern?«

»Und ob! Kannst du morgen in der Zeitung lesen. Aber ich werde die Geschichte nicht nur in der HNA bringen, sondern auch noch an den Stern verkaufen. Morgen früh fliegt hier ein Fotograf aus Hamburg mit seinem Team ein. Wir schießen ein paar Fotos, anschließend mache ich mich auf den Weg.«

»Demnach muss es sich ja wirklich um eine kleine Sensation handeln.«

»Eine große, Hanna. Hör zu!«

Nach dem Gespräch kreisten verwirrende Bilder in Hannas Kopf. Von einem bestimmten Punkt an hatte Jonas' Bericht begonnen, sie mehr und mehr zu fesseln. Lange zurückliegende Ereignisse schienen sich mit aktuellen Ermittlungen zu verbinden. Aber noch fehlten einige Teile des Puzzles.

In ihrer Vorstellung suchte ein Funktionär der NSDAP während der letzten Kriegstage im zerstörten Kassel nach einem Versteck für ein beträchtliches Vermögen. Es musste in doppelter Hinsicht sicher sein. Vor den eigenen Landsleuten und vor den heranrückenden Amerikanern. Konnte der Weinbergbunker diese Bedingungen erfüllt haben? Hatte jener Parteibonze dort Nazi-Gold vergraben? Schwer vorstellbar. Und dennoch nicht auszuschließen.

Wollte jemand diesen Schatz jetzt heben? Die Toten aus dem Bunker waren noch nicht identifiziert, ihr Äußeres sprach für ihre Zugehörigkeit zur rechten Szene. Sollte jene Skizze, die mit dem NS-Parteibuch aus Amerika gekommen war, das Versteck des Nazi-Goldes bezeichnet haben? In diesem Fall müssten sie die Zeichnung dabei gehabt oder zumindest gekannt haben. Das würden sie morgen klären. Und es würde auch bedeuten, dass die Frau, die Isabella als Nachkomme des NS-Funktionärs ausfindig gemacht hatte, mit diesen Leuten in Verbindung stand.

Es wurde wirklich Zeit, dass sie Karin Siebert einen Besuch abstattete. Sofort nach der Besprechung, die sie für den nächsten Morgen angesetzt hatte.

Marc Brenner langweilte sich. Sich in der ungenutzten Wohnung von Sascha aufzuhalten, wo ihn garantiert niemand vermuten würde, war ihm zunächst wie eine geniale Idee vorgekommen, aber zunehmend machten sich auch Nachteile bemerkbar. Besonders, seit die Biervorräte zu Ende waren. Saschas Kataloge mit Kriegswaffen und Flugzeugmodellen hatte er ebenso oft durchgeblättert wie seine politischen Broschüren und Bücher. Sämtliche Videos waren durchgelaufen, und die Musik von den *Böhsen Onkelz* über *Sturmwehr* und *Landser* bis zu *No Remorse* hatte er so lange dröhnen lassen, dass sie ihm schließlich selbst eintönig erschienen war.

Missmutig starrte er in den Spiegel des winzigen Flurs. Das Nasenbein schmerzte noch immer, als er das Pflaster abzog. Die Wunde war verschorft. Mit einer Mischung aus Angst vor einer neuen Blutung und masochistischer Lust am Schmerz zupfte er an den getrockneten Wundrändern. Bis ein neuer Blutstropfen hervorquoll. Verärgert riss er ein neues Pflaster aus der Packung und klebte es über den Nasenrücken.

Dann beschloss er, mit Torben zu sprechen, ihn zu fragen, wie lange das Versteckspiel noch dauern sollte. Bis zu Saschas Rückkehr aus Göttingen würde er jedenfalls nicht in dieser miefigen Bude ausharren.

Als er das Telefonverzeichnis durchblätterte, um die Nummer herauszusuchen, klingelte sein Handy. Es war Torben.

»Hallo, Torben! Ich wollte dich auch gerade ...«

»Später, Marc. Es gibt eine wichtige Aufgabe für dich. Du musst dich sofort auf den Weg machen. Unser junger Freund läuft aus dem Ruder. Er hat mich gerade angerufen und mir was vorgeheult. Dass er Probleme mit seinem Gewissen hätte und lauter so'n Scheiß. Einer muss sich um ihn kümmern. Wenn Philipp den Bullen in die Hände fällt, brauchen die nicht lange und er kippt um. Du weißt, was das bedeutet.«

»Und ich soll ihn ...?« Marc war nicht sicher, ob er richtig verstanden hatte. In ihm stieg eine Mischung aus Bestürzung, Angst und Beklommenheit auf.

»Wie gesagt, du musst dich um ihn kümmern. Mehr kann ich dir am Telefon nicht sagen. Außerdem müssen wir das Gespräch jetzt beenden. Man kann nie wissen. Ich bin sicher, dass du mich verstanden hast. Schließlich bist du derjenige, der ... du weißt schon. Also mach dich auf die Socken!«

Ein klirrendes Geräusch riss Julia Engelhardt aus dem Schlaf. Etwas benommen lauschte sie in die Dunkelheit. Aber mehr als das Rauschen des nächtlichen Verkehrs auf den Hauptstraßen drang nicht an ihre Ohren. Sie drehte sich um und zog die Bettdecke bis ans Kinn. Dann hörte sie es wieder. Als ob jemand an der Fensterscheibe kratzte. Nein, dieses Geräusch kannte sie. Wenn ein später Besucher auf sich aufmerksam machen wollte, ohne an der Haustür zu klingeln, warf er Kieselsteine gegen die Scheibe.

Sie stieg aus dem Bett und ging zum Fenster. Vorsichtig schob sie den Vorhang zur Seite. Es klirrte erneut. Am Fenster nebenan. Das müsste Philipps Zimmer sein.

Gab es Mädchen, die nach Mitternacht ihre Freunde besuchten und in dieser Weise auf sich aufmerksam machten? Julia sah nach unten. Auf dem Gehsteig vor dem Haus stand eine dunkle Gestalt. Breitbeinig. Auch die kräftige Figur deutete nicht auf ein Mädchen in Philipps Alter hin. Für einige Sekunden fiel der Lichtschein eines vorbeifahrenden Autos auf den Besucher. Julia sah einen großen, dicklichen Mann mit kurz geschorenen Haaren in Kapuzenpulli und dunkler Hose. Das Gesicht war dem Fenster von Philipps Zimmer zugewandt. Auf seinem Nasenrücken leuchtete etwas Helles. Das Fenster nebenan schien sich geöffnet zu haben, denn der Mann winkte nun und legte dann die Hände zu einem Trichter an den Mund. Offenbar rief er etwas, das Julia aber nicht verstehen konnte. Sie kehrte ins Bett zurück und kroch unter die Bettdecke. Wenig später hörte sie Schritte auf der Treppe. Offenbar wurde Philipp von einem seiner Kumpane abgeholt. Eine ungewöhnliche Zeit. Ob sie seine Großmutter darauf aufmerksam machen sollte? Nein, sagte sie sich. Sie dachte an ihre eigenen nächtlichen Eskapaden, als sie mit siebzehn mitten in der Nacht aus dem Fenster geklettert war, um mit der Clique durch die Diskos zu ziehen, während ihre Eltern sie längst schlafend wähnten. Junge Leute hatten ein Recht auf ein bisschen unbewachtes Eigenleben. Das Leben war kontrolliert genug. Außerdem war Wochenende.

Offenbar hatten alle den Artikel in der HNA gelesen. Als Hanna Wolf am Samstagmorgen das Besprechungszimmer betrat, drehten sich die Gespräche um die Flucht des Holländers mit dem *Fieseler Storch*. Das Nazi-Gold hatte Jonas noch nicht erwähnt. Dieser Teil der Geschichte würde am Montag erscheinen und für noch mehr Aufregung sorgen. Im Kreis der Kollegen und in der ganzen Stadt.

»Guten Morgen, die Herren«, unterbrach Hanna die Unterhaltung. »Es freut mich, in euch so fleißige Zeitungsleser zu wissen. Aber es wird Zeit, dass wir in unserem Fall weiterkommen.« Sie ließ sich am Kopfende des Tisches nieder und nickte ihren Oberkommissaren zu. »Klaus und Andreas, ihr seid dran.«

»Ein harter Bursche, dieser Rudolph. Aber die Kollegin aus Göttingen hat ihn geknackt.« In Oberkommissar Starzinskys Stimme schwang Bewunderung mit. Hanna verkniff sich ein Schmunzeln. Alexa Engel war eine ungewöhnlich attraktive Frau, und sie konnte nur hoffen, dass Starsky und Hutch sie nicht aufdringlich angestarrt, sondern allenfalls unauffällig beobachtet hatten.

»Es war ein bisschen schwierig«, fuhr Starzinskys fort, »weil die Ärzte erst nicht wollten, dass wir ihren Patienten vernehmen. Aber wir ... die Kollegin ... hat ihnen klargemacht, dass wir wegen eines erschlagenen jungen Farbigen ermitteln. Dann ging's.«

»Zuerst hat er natürlich alles abgestritten«, ergänzte Andreas Huth, »aber als wir ihm die Ergebnisse der kriminaltechnischen Untersuchung unter die Nase gehalten haben, ist er eingeknickt.«

»Die hattet ihr doch noch gar nicht«, warf Florian Stöber ein.

Starsky und Hutch zuckten synchron mit den Schultern. »Der Hinweis, dass am Tatort gefundene Faserspuren von seiner Kleidung stammen, hat jedenfalls gewirkt. Und ihn so erschreckt, dass er nicht einmal gefragt hat, wie wir an seine Hosen gekommen sind.«

Hanna wollte diesen Punkt nicht vertiefen. »Inzwischen liegt der Bericht der KTU ja vor. Was genau hat Sascha Rudolph denn nun zugegeben? Die Tötung von Benjamin Bandele?«

»Das gerade nicht«, räumte Starzinsky ein. »Immerhin hat er gestanden, an einer Schlägerei beteiligt gewesen zu sein. Gemeinsam mit drei weiteren Kumpanen.«

»Aber sie haben ihn nicht umgebracht«, vermutete Hauptkommissar Schubert vom ZK 11, »sondern nur ein bisschen verprügelt. Und als sie den Tatort verlassen haben, hat das Opfer noch gelebt. Stimmt's?«

»Du sagst es«, gab sein Kollege zu.

»Die üblichen Ausflüchte. Für eine Anklage müssen wir dagegen halten können, und dafür reichen unsere Beweise nicht. Erstaunlicherweise bieten diese Typen oft gewiefte Anwälte auf. Wir brauchen ein Geständnis. Sonst läuft's auf einen unsicheren Indizienprozess hinaus. Habt ihr wenigstens die Namen der Mittäter?«

Oberkommissar Huth blätterte in seinen Notizen. »Marc Brenner, Daniel Heimbruch, André Olewski.«

»Die Namen kommen mir bekannt vor.« Schubert zog einen PDA aus der Tasche und betätigte ein paar Tasten. Schließlich nickte er. »Stehen alle drei in unserer Kartei.«

»Na, wer sagt's denn!« Hanna Wolf klang zufrieden. »Es geht voran. Florian, lass dir die Daten geben und bring sie Isabella. Sie soll die Fahndung veranlassen. Und sie soll sich erkundigen, was bei den Toten aus dem Weinbergbunker gefunden wurde. Besonders interessiert mich, ob sie ... schriftliche Unterlagen bei sich hatten.«

»Ich denke, die ... Schatzsucher fallen nicht in unser Ressort.«

»Ich möchte einfach wissen, wonach die dort gesucht haben. Möglichweise gibt es ein Verbindung zwischen den Toten und ... Das erkläre ich dir später.«

Kommissar Stöber war nicht überzeugt. Aber sie war der Boss. Er hob die Achseln und verließ zögernd den Raum.

Hanna wandte sich an die Oberkommissare Huth und Starzinsky. »Ihr haltet euch bitte für die Kollegen von der Fahndung bereit. Sollten die Gesuchten aufgegriffen werden, dürft ihr sie vernehmen. Nach dem Göttinger Lehrstück sollte euch das nicht schwerfallen. Kollege Schubert unterstützt die Fahnder, damit einer dabei ist, der sich in der Szene auskennt.«

»Und du?«, fragten Starsky und Hutch wie aus einem Munde.

»Ich werde zusammen mit Florian einer Dame einen Besuch abstatten, von der ich mir einen Hinweis auf gewisse Zusammenhänge erhoffe«, antwortete Hanna sibyllinisch. Sie wusste, wie wenig ihre Antwort erklärte, beließ es aber trotz der leicht verwunderten Mienen ihrer Mitarbeiter dabei. Noch war es müßig, über ihre Vermutungen zu diskutieren. Um die Kollegen zu beruhigen, lächelte sie und fügte hinzu: »Ihr erfahrt alles, wenn ich zurück bin.«

»Wohin?« fragte Stöber, als er den Wagen vom Hof des Polizeipräsidiums in den Grünen Weg steuerte.

»Zum Königstor«, antwortete Hanna und schnallte sich an. »Die genaue Adresse sage ich dir, wenn wir dort sind.«

Florian Stöber brannte die Frage schon länger auf der Zunge. »Was versprichst du dir von dieser ... Frau Siebert? Du könntest es mir wenigstens erklären, wenn wir schon am Wochenende unterwegs sind. Und im Fall der Toten aus dem Weinbergbunker gibt es doch nichts mehr aufzuklären ...«

»Es gibt noch etwas aufzuklären«, widersprach Hanna. »Ich möchte ermitteln, ob die jungen Männer dort in ihrem Auftrag gegraben haben. Es könnte nämlich sein, dass sie dort etwas ganz Bestimmtes gesucht haben. Das fällt zwar nicht in unser Ressort, aber wissen möchte ich es trotzdem.«

»Also glaubst du jetzt auch, dass dieser Brief aus Amerika etwas mit den Todesfällen im Bunker zu tun hat?« In Stöbers Frage klang unausgesprochen ein Das-habe-ich doch-gleich-gesagt mit.

»Ich halte es für möglich, Florian. Ja, ich gebe es zu. Du hast offenbar gar nicht so falsch gelegen. Und wenn es stimmt, ist die ganze Angelegenheit noch viel unglaublicher, als wir beide es uns hätten träumen lassen.«

»Du weißt offenbar schon wieder mehr als ich.«

Hanna Wolf lächelte. »Aus einer privaten Quelle. Aber du wirst es als Erster erfahren, das verspreche ich dir. Lass uns abwarten, was bei dem Gespräch herauskommt.«

Vor der Eingangstür des aufwändig sanierten Bürgerhauses aus der Zeit der vorletzten Jahrhundertwende deutete Stöber auf ein Klingelschild. »Das gibt's doch nicht«, murmelte er. »Das ist doch ... Hanna, erinnerst du dich an Julia Engelhardt? Die mysteriöse Zeugin im Fall ... in zwei Todesfällen? Die wohnt hier. Oder es ist eine zufällige Namensübereinstimmung? Du hast damals vermutet, dass sie nicht nur Zeugin war, sondern die Morde selbst begangen haben könnte. Zuerst den Mann, der sie vergewaltigt hat, dann diesen Dennis Soundso, der sie dabei beobachtet haben könnte. Wir hatten aber keine Beweise.«

Durch Hannas Kopf raste eine Folge von Bildern. Als das Karussell stehen blieb, sah sie Dr. Steins neue Mitarbeiterin vor sich. »Dr. Engelhardt«, stieß sie hervor, »die neue Pathologin.«

Überrascht starrte Stöber seine Chefin an. »Du meinst, sie ist Frankensteins Schwester?«

»Ich kann es selbst kaum glauben«, nickte Hanna. »Aber seine neue Kollegin heißt so. Und sie kam mir gleich so bekannt vor. Die ganze Zeit habe ich mich gefragt, woher.«

Stöber grinste und drückte auf beide Klingelknöpfe. »Dann müssen wir nur noch herausfinden, ob sie hier wohnt.«

Auf der obersten Etage empfing sie eine Frau Ende sechzig, aufrecht, gepflegtes Äußeres. Die wahrscheinlich grauen Haare zu einem perfekten Kastanienrot gefärbt, das Kleid in Schnitt und Farbe dezent, aber nicht unmodisch.

Aus der gegenüberliegenden Wohnung trat eine junge, blonde Frau. Julia Engelhardt erschien ebenso überrascht wie die Kriminalbeamten.

Sie fing sich aber sofort und stellte die Ankömmlinge vor. »Das ist Hauptkommissarin Wolf – mit einem Kollegen, nehme ich an.

Sie brauchen nicht zu erschrecken, Frau Siebert. Die Polizisten wollen sicher zu mir. Beruflich.«

Hanna schüttelte den Kopf. »Wir wollen mit Karin Siebert sprechen. Dass Sie hier wohnen, wussten wir gar nicht.«

Die ältere Frau wurde blass. »Ist etwas mit Philipp?«

»Wer ist Philipp?«, fragte Florian Stöber.

»Kommen Sie erst mal herein!« Sie ging voraus und führte Hanna und ihren Kollegen in ein geräumiges Wohnzimmer, das altmodisch, aber stilvoll und teuer eingerichtet war, und forderte sie auf, Platz zu nehmen.

»Was kann ich Ihnen anbieten? Kaffee? Tee?«

Hanna Wolf lehnte dankend ab. »Wir möchten Sie nicht lange aufhalten. Es geht uns nur um eine Frage. Ich muss Sie auch darauf hinweisen, dass Sie uns nicht zu einer Antwort verpflichtet sind.«

»Fragen Sie!«, entgegnete Karin Siebert und ließ sich den Beamten gegenüber in einem Sessel nieder.

»Sie haben kürzlich«, fuhr Hanna fort, »durch uns eine Postsendung aus den USA bekommen. Darin befand sich ein Parteibuch aus der NS-Zeit.«

»Richtig«, bestätigte die alte Dame. »Von meinem Onkel Friedrich.«

»In dem Parteibuch«, ergänzte Florian Stöber, »lag eine Skizze vom Weinbergbunker. Haben Sie die noch?«

»Vom Weinbergbunker? So genau habe ich mir das gar nicht angesehen. Mit dem Nazi-Zeug wollte ich nichts zu tun haben.«

»Also haben Sie die Unterlagen weggeworfen?«

»Das nicht. Mein Enkel hat sich dafür interessiert. Ein Freund von ihm sammelt so was.«

Hanna und Stöber sahen sich an. »Kennen Sie diesen Freund?«, fragte die Kommissarin.

Karin Siebert schüttelte den Kopf. »Tut mir leid. Philipp ist in letzter Zeit mit Leuten zusammen, die auf mich ... na ja, keinen guten Eindruck machen.«

»Philipp ist also Ihr Enkel«, stellte Stöber fest. »Wir würden ihn gern sprechen. Könnten Sie so freundlich sein, uns seine Adresse zu geben?«

»Er wohnt bei mir. Seine Eltern leben nicht mehr, und ich habe ihn ... Er ist bei mir aufgewachsen.«

»Wo befindet sich Ihr Enkel jetzt?«

Karin Siebert hob die Schultern, ihre Züge nahmen einen besorgten Ausdruck an. »Normalerweise schläft er um diese Zeit noch. Frau Dr. Engelhardt hat mitbekommen, dass er gestern Abend ... heute Nacht von einem seiner ... von jemandem abgeholt worden ist. Und er ist wohl nicht zurückgekommen, ich habe in sein Zimmer geschaut. Er ist nicht da. Ich mache mir Sorgen deswegen.«

»Frau Engelhardt hat das beobachtet?«

»Ihre Wohnung grenzt an Philipps Zimmer.«

Hanna Wolf gab ihrem Kollegen ein Zeichen. »Das wollen wir genauer wissen.«

Stöber erhob sich. »Bin gleich zurück.«

Die Hauptkommissarin wandte sich wieder an Karin Siebert. »Ist es ungewöhnlich, dass Ihr Enkel über Nacht wegbleibt?«

»Ja. Jedenfalls hat er sonst vorher Bescheid gesagt oder er hat am nächsten Morgen angerufen, wenn er woanders übernachtet hat. Aber das kommt selten vor.«

Hanna nickte. »Philipps Freunde, sagten Sie vorhin, entsprechen nicht Ihren Vorstellungen. Inwiefern?«

Sein erster Gedanke war gewesen, ihn von der Autobahnbrücke in die Fulda zu werfen. Dann hatte er erwogen, ihn am Keilsberg auf die Eisenbahnschienen zu legen. In beiden Fällen hätte es mit etwas Glück wie Selbstmord ausgesehen. Doch auf der Autobahn war trotz der nächtlichen Stunde zu viel Verkehr gewesen, und die Schienen waren mit der schweren Last zu schwer erreichbar, das Risiko, dabei beobachtet zu werden, zu groß gewesen. Schneller als erwartet war es hell geworden, so dass er auch die dritte Lösung, den Gefesselten einfach irgendwo im Habichtswald abzulegen, verworfen hatte. Statt sich des schweren Bündels zu entledigen, war er in Saschas Wohnung zurückgekehrt und hatte sich ein paar Stunden aufs Ohr gelegt. Nun stand er vor seinem alten Golf und betrachtete ihn missmutig. Philipp lag gut verschnürt im

Kofferraum. Er musste ihn loswerden. Möglichst spurlos. Und ihm blieb nicht mehr viel Zeit. Irgendwann würde die alte Siebert die Bullen informieren. Ziellos in der Stadt herumzufahren, war jedenfalls keine Lösung. Zumal die alte Kiste jederzeit liegen bleiben konnte.

Am besten wäre es, sie samt Inhalt zu entsorgen. Aber wo? Gab es irgendwo einen verlassenen Steinbruch oder einen Baggersee, in dem er das Auto verschwinden lassen konnte? Geld würde er ohnehin nicht mehr dafür bekommen. Und wenn er seinen Auftrag ausgeführt hätte, würde Torben ihm sicher finanziell unter die Arme greifen.

Ein vorbeifahrender LKW mit Container brachte ihn auf eine Idee. Der Schriftzug auf dem Lastwagen enthielt die Telefonnummer einer Verschrottungsfirma. Wenn der Wagen in der Schrottpresse landete, würde es keine Spuren geben. Brenner zog sein Handy aus der Tasche und tippte die Nummer ein. Ob dort am Samstag gearbeitet wurde?

Florian Stöber platzte ohne anzuklopfen in den Raum. »Die Beschreibung passt auf den Typen, der sich mir gegenüber mit der Tat gebrüstet hat. Weißt du, was das bedeuten kann?« Er warf einen Seitenblick auf Karin Siebert.

Hanna Wolf erhob sich. »Entschuldigen Sie bitte, Frau Siebert. Aber wir müssen sofort los.« Sie zog ihre Visitenkarte aus der Tasche und reichte sie der Frau. »Falls sich Ihr Enkel bei Ihnen meldet, rufen Sie mich bitte sofort an. Und danke für Ihre Hilfsbereitschaft.«

»Aber ...« Sichtlich irritiert sah Karin Siebert den hinauseilenden Kriminalbeamten nach.

Im Treppenhaus hatte Hanna Wolf bereits das Mobiltelefon am Ohr. »Hör zu, Andreas, wir müssen die Fahndung erweitern.« Sie gab die Daten von Philipp Siebert einschließlich seiner Handynummer durch. »Ein Foto bringe ich mit. In der Zwischenzeit veranlasst ihr bitte eine Handy-Ortung. Habt ihr über die anderen schon etwas in Erfahrung bringen können? Habt ihr sie gefunden?«

Sie lauschte einen Augenblick. »Dann fehlt uns nur noch dieser Marc Brenner. Er ist unser Mann. Wahrscheinlich hat er den jungen Siebert in seiner Gewalt.«

»Und?«, fragte Stöber, nachdem seine Chefin das Gespräch beendet hatte und sie zum Wagen eilten.

»André Olewski und Daniel Heimbruch sind die beiden Toten aus dem Weinbergbunker. Marc Brenner konnte bisher nicht aufgegriffen werden. Aber die Kollegen waren in seiner Wohnung. Sieht so aus, als wäre er seit einigen Tagen nicht dort gewesen.«

»Wahrscheinlich ist er nach der Begegnung mit mir untergetaucht.«

Stöber setzte das Blaulicht aufs Wagendach und startete mit quietschenden Reifen. Als sie in den Hof des Präsidiums einbogen, meldete sich Oberkommissar Starzinsky über Funk. »Wir haben eine Peilung. Das gesuchte Handy befand sich gerade auf der Fuldabrücke am Altmarkt. Es bewegt sich in Richtung Leipziger Platz. Auf den gesuchten Marc Brenner ist ein weißer VW-Golf, Baujahr 1979, zugelassen.«

»Bleib dran und gib mir ständig seine Koordinaten durch.« Florian Stöber riss das Steuer seines Dienstwagens herum.

Als das Blaulicht im Rückspiegel auftauchte, bog Brenner in die Ochshäuser Straße ein und hielt.

Der Wagen schoss vorbei.

Erleichtert, aber mit rasendem Puls starrte er in den Spiegel. Seine Hände zitterten. Es konnte doch nicht sein, dass die Bullen hinter ihm her waren.

Brenner stellte den Motor ab, verließ den Wagen und rannte zurück zur Leipziger Straße. Das Blaulicht war nicht mehr zu sehen. Doch dann hörte er die Polizeisirene. Sie kamen zurück!

Voller Panik sah er sich um. Er konnte nicht einfach abhauen und Philipp hier stehen lassen. Er eilte zu seinem Wagen, warf den Motor an und fuhr in Panik los. Aber die Bullen kannten doch sein Auto, er musste es verlassen, sich zu Fuß durchschlagen, quer durch die unübersichtlichen Industriegelände. Aber Philipp würde ihn verraten! Er fuhr bis zu einer Baustelle, hielt im Schutze eines

Gebüsches, stieg aus und riss die Heckklappe auf. Tastete vergeblich neben dem gefesselten Verräter nach einem Gegenstand, den er benutzen konnte. Fand auf dem Sockel eines mobilen Baustellenschildes einen großen Stein und holte aus.

In diesem Augenblick kreischten Autoreifen hinter ihm auf. Marc Brenner erstarrte, ließ den Stein fallen und rannte los.

Fast hätte Florian Stöber den Golf gerammt. In letzter Sekunde brachte er den Wagen zum Stehen, sprang hinaus und folgte dem Flüchtenden.

Hanna Wolf stellte Sirene und Blaulicht ab, gab eine kurze Meldung an die Einsatzzentrale durch, verließ ebenfalls den Dienstwagen und beugte sich über den Kofferraum des Golfs. »Gott sei Dank«, murmelte sie, als der gefesselte Junge sie aus aufgerissenen Augen ansah. Rasch entfernte sie den Knebel aus seinem Mund und begann die Verschnürung zu lösen. »Können Sie mich hören, Herr Siebert?«

Philipp stieß einen unartikulierten Ton aus.

»Okay, das Sprechen ist jetzt schwierig. Aber das wird schon noch. Jetzt kommen Sie erst mal da raus.«

Als Philipp schwankend aus dem Kofferraum kletterte, stand Florian Stöber plötzlich neben Hanna und griff dem Jungen unter die Arme.

»Ist er dir entwischt?«

Stöber schüttelte den Kopf und deutete zum Zaun neben der Straße. Marc Brenner hing, mit Handschellen am Fortkommen gehindert, am Einstiegsgriff eines Minibaggers.

»Eine unwahrscheinliche Geschichte. Diese Hildegard de Boer muss eine erstaunliche Frau sein«, kommentierte Hanna Wolf den Bericht von Jonas Roth, während sie eine Scheibe Carpaccio Piemontese auf ihre Gabel nahm und genüsslich den Duft des Knoblauchs einsog. Sie hatte an leichte italienische Küche mit frischen Zutaten gedacht und sich fürs Da Vinci entschieden. Nun war sie nicht mehr so sicher, ob ihre Auswahl wirklich kalorienarm geraten war, denn als Nachspeise hatte sie Tiramisu bestellt.

Nach dem Aperitif und einem ersten Glas Saraceno begann die Anspannung des Tages von ihr abzufallen, und sie genoss die mediterrane Atmosphäre des Restaurants, die Zweisamkeit mit einem gut gelaunten Jonas und die Vorfreude auf das Costolette d'agnello rustico.

Was Jonas an Details mitgebracht hatte, war kaum zu glauben, passte aber in die offenen Lücken ihres Puzzles. »Ich habe auch noch eine Überraschung für dich.« Hanna lächelte verschmitzt. »Etwas, das in deiner Top-Story noch fehlt.«

Jonas sah sie an. Amüsiert und skeptisch, aber auch neugierig. »Du? Hat die Kasseler Kripo Ermittlungen wegen eines vor 63 Jahren gestohlenen Flugzeugs aufgenommen?«

»Das nicht gerade. Aber in dem traurigen Fall, den wir zu lösen hatten, führt eine Spur in den Weinbergbunker.«

»Kenne ich. Ich meine den Bunker, nicht eure Spur.« Jonas Roth füllte die Gläser auf. »Und euren Fall kenne ich auch. Habe vorhin in der Redaktion die Mitteilung eurer Pressesprecherin gelesen. Ihr habt den oder die Täter gefasst, die den farbigen Jungen ... Aber den Zusammenhang mit dem Weinbergbunker verstehe ich nicht.«

»Dann verrate ich dir jetzt, was nicht in der Pressemitteilung steht.«

Jonas Roth hob sein Glas. »Da bin ich aber gespannt.«

»Zwei der an der Tat beteiligten Männer sind bei dem Versuch ums Leben gekommen, im Weinbergbunker nach etwas zu graben.«

»Nach etwas? Du machst es aber spannend.«

»Wir wissen nicht, wonach sie gesucht haben. Aber seit ich von dir die Geschichte dieses Holländers kenne, muss ich annehmen, dass sie jenes Nazi-Gold ausgraben wollten, von dem Hildegard de Boer gesprochen hat. Sie hatten eine Skizze des Bunkers bei sich. Darin waren Markierungen eingezeichnet. Und diese Zeichnung stammt von einem hohen Kasseler Nazi-Funktionär.«

»Und du meinst, das war der Mann, der versucht hat, Kassel mit einem Goldschatz per Flugzeug zu verlassen und dem Pieter in einem Husarenstreich einfach davongeflogen ist, ihn mit seinen Goldkisten zurücklassend, die er dann im Bunker eingelagert hat? Und die würden demnach vielleicht noch dort ...»

Hanna Wolf hob ebenfalls ihr Glas. »Die Vermutung ist doch nahe liegend. Oder?«

Roth setzte sein Glas wieder ab und begann, mit den Fingern auf der Tischplatte zu trommeln. Hanna lächelte. Am liebsten würde er jetzt aufspringen und in die Redaktion fahren. Wie gut, dass morgen Sonntag war. Sonst wäre der Abend gelaufen.

Roth beugte sich vor. »Aber wie sind diese Typen an die Skizze gekommen? Gerade jetzt?«

Hanna leerte genüsslich ihr Glas. »Das, mein lieber Jonas, ist eine andere Geschichte. Die erzähle ich dir nach dem Hauptgericht.«

Kassel Krimi von Wolf S. Dietrich

Wolf S. Dietrich, Die Tränen des Herkules
222 Seiten, Paperback,
3. Auflage 2006, ISBN 978-3-3935263-27-6 / 12,00 EUR

Heike läuft beim Joggen in den Kunst- und Antiquitätenhändler Alfred Colberg hinein. Sie hätte aufpassen müssen. Er konnte ihr nicht ausweichen, er hing in einem Baum, er war tot. Was wie ein Selbstmord aussieht, wird von Hauptkommissarin Hanna Wolf und ihrem Mitarbeiter Florian Stöber bald als Mord entlarvt. Aber Täter und Motiv bleiben im Dunkeln.
Dann tauchen Hinweise auf, dass verloren geglaubte Bilder des Kasseler Malers Anselm Grünberg wieder aufgetaucht sein könnten, an denen Kunstsammler- und Kunsthändler aus der ganzen Welt Interesse haben. Einer von ihnen schreckt auch vor einem Mord nicht zurück.

Göttingen Krimi von Wolf S. Dietrich

Wolf S. Dietrich, Johannisfeuer
233 Seiten, Paperback, Originalausgabe 2006
ISBN 978-3-935263-40-5 / 12,00 EUR

Eine Serie von Bränden versetzt Göttinger Bürger seit Monaten in Unruhe. Nach dem verheerenden Feuer, das im Januar 2005 den Nordturm der Johanniskirche zerstörte, brennen im Lauf des Jahres mehrere Häuser im Stadtgebiet. Im Dezember steht der naturwissenschaftliche Trakt eines Gymnasiums in Flammen. Im Zentrum der Brandstelle wird eine Leiche gefunden. Kriminalkommissar Sven Petersson glaubt an einen Mord und ermittelt gegen einen Kollegen des Verstorbenen. Damit fordert er seine Freundin, die Journalistin Anna Lehnhoff, heraus, die von der Unschuld des Verdächtigen überzeugt ist und auf eigene Faust nachforscht. Sie kommt auch dem Brandstifter in die Quere, der bereits das nächste Großfeuer plant.

Nordsee Krimi von Wolf S. Dietrich

Wolf S. Dietrich, Wattläufer
222 Seiten, Paperback, Originalausgabe 2005
4. Auflage 2007, ISBN 978-3-935263-31-3 / 12,00 EUR

Ein Dorumer Fischkutter fischt eine unbekleidete Frauenleiche aus dem Meer. Wo soll Hauptkommissar Röverkamp von der Kripo Cuxhaven mit seinen Ermittlungen ansetzen? Keine Kleider, keine Papiere, keine Übereinstimmung mit Vermisstenmeldungen. An seiner Seite eine junge Absolventin der Polizeischule. Die gräbt in alten Ermittlungsakten und zieht Parallelen.
Als wieder eine Frau spurlos verschwindet, kommt Bewegung in die Sache. Aber ausgerechnet jetzt fällt Hauptkommissar Röverkamp aus, und seine Assistentin muss allein ermitteln. Sie ahnt nicht, dass es jemanden gibt, der sie ständig beobachtet. Wird die Jägerin zur Beute?

Nordsee Krimi von Wolf S. Dietrich

Wolf S. Dietrich, Eiskalter Sommer
234 Seiten, Paperback, Originalausgabe 2007
2. Auflage 2008, ISBN 978-3-935263-47-4 / 12,00 EUR

Während sich Nordseeurlauber an den Stränden über die außergewöhnlich heißen Tage freuen und Menschen bei der Arbeit über die Hitze stöhnen, erfriert ein Mann im Kühlhaus eines Cuxhavener Fischverarbeitungsbetriebes. Hauptkommissar Konrad Röverkamp und seine junge Kollegin Marie Janssen übernehmen den Fall. Eine Spur führt zu einem Arbeitskollegen des Opfers.
Aber ein weiterer Mord stellt die bisherige Ermittlungsarbeit des Kripoteams in Frage. Es gelingt ihnen nicht, eine Beziehung zwischen ihrem Tatverdächtigen und dem zweiten Toten herzustellen. Doch dann taucht ein Foto auf, das überraschende Verbindungslinien erkennen lässt. Sie deuten in die Vergangenheit. In jenen mörderischen Winter, der das Land zwischen Elbe und Weser vor fast dreißig Jahren heimgesucht hat.

Kassel Krimi von Andreas Herrler

Andreas Herrler, Tödliche Nachrichten
190 Seiten, Paperback, Originalausgabe 2005
ISBN 978-3-935263-33-7 / 11,00 EUR

Stefan Uhland ist Nachrichtensprecher bei Radio KuBa in Kassel. Das Thema Nummer 1 der Lokalnachrichten ist seit Monaten ein unheimlicher Serienmörder, der kaltblütig immer nach demselben Schema tötet. Für diese Nachrichten sorgt Stefan Uhland höchstpersönlich! Ausgerechnet sein einziger Freund, Hauptkommissar Suhlke, leitet die Soko Messermann. So erfährt Uhland den Stand der Ermittlungen immer aus erster Hand und fühlt sich ganz sicher, nie erwischt zu werden. Doch seine Sicherheit gerät ins Wanken, als plötzlich ein Mord nach gleichem Muster geschieht, mit dem er nichts zu tun hat ...

Kassel Krimi von Klara G. Mini

Klara G. Mini, Trau deinem Zwilling nicht
207 Seiten, Paperback, Originalausgabe 2007
ISBN 978-3-935263 54-2 / 9,90 EUR

Luise Wiese ist Kassels jüngste Kriminalhauptkommissarin. Als ein bekannter Kasseler Psychiater ermordet wird, übernimmt sie erstmals eine Soko-Leitung. Die pflichteifrige Polizistin hat den Fall schnell gelöst: Eine typische Beziehungstat, der Sohn ist der Mörder, denkt sie. Luise nimmt die Jagd auf.
Xenia Wiese lebt in einer einträchtigen Hausgemeinschaft mit ihren Mietern in Kassels Vorderem Westen, einem Computerspezialisten, einer Geigenlehrerin und einer Fleischerei. Die Phantasie der impulsiven Krimischriftstellerin wird beflügelt, als der vermeintliche Vatermörder genau vor ihrer Haustür die Flucht ergreift.

Humorvoll beschreibt die Autorin Klara G. Mini das Wettrennen der ungleichen Zwillingsschwestern, die aus sehr unterschiedlichen Motiven beide den Fall aufklären wollen.

Urlaubskrimis im Prolibris Verlag

Antje Friedrichs
Letzte Lesung Langeoog
Inselkrimi
7. Auflage 2007
Paperback, 184 Seiten, ISBN: 978-3-935263-00-9

Antje Friedrichs
Die Langeoog-Lektion
Inselkrimi
Originalausgabe 2007
Paperback, 232 Seiten, ISBN: 978-3-935263-48-1

Antje Friedrichs
Letztes Bad auf Norderney
Inselkrimi
4. Auflage 2008
Paperback, 204 Seiten, ISBN 978-3-935263-17-7

Birgit C. Wolgarten
Und es wurde Nacht
Rügen Krimi
5. Auflage 2008
Paperback, 251 Seiten, ISBN 978-3-935263-24-5

Birgit C. Wolgarten
Tod der Königskinder
Rügen Krimi
Originalausgabe 2005
Paperback, 190 Seiten, ISBN 978-3-935263-32-0